MEMORIAS DEL DESIERTO

Ariel Dorfman

# MEMORIAS DEL DESIERTO

Traducción de Eduardo Hojman
y Angélica Malinarich-Dorfman

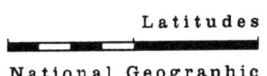

Dorfman, Ariel
   Memorias del desierto.- 1a. ed.- Buenos Aires :
Del Nuevo Extremo, 2004.
   304 p. ; 21x14 cm.

   ISBN 987-1068-61-1

   I. Relatos de Viajes I. Título
   CDD 910.4

Título original: *Desert Memories: Journeys through the Chilean North*
Autor: Ariel Dorfman

Publicado por National Geographic Society
Copyright © de textos y fotografías: 2004, Ariel Dorfman
Copyright © 2004, National Geographic Society
Copyright © de mapa: 2004, National Geographic Society
Copyright © de la traducción: 2004, Eduardo Hojman y
Angélica Malinarich-Dorfman
Todos los derechos reservados

EDICIÓN EN ESPAÑOL
Publicada por RBA Revistas, S.A.
Todos los derechos reservados

© de esta edición: 2005 Editorial del Nuevo Extremo S.A.
   Juncal 4651 (1425) Buenos Aires Argentina
   Tel/Fax: (54-11) 4773-3228
   e-mail: editorial@delnuevoextremo.com
   www.delnuevoextremo.com

Director Editorial: Miguel Lambré
Coordinador de Edición: Tomás Lambré
Imagen Editorial: Marta Cánovas

ISBN: 987-1068-61-1
Primera edición: Marzo de 2005

Reservados todos los derechos. Ninguna parte de esta publicación
puede ser reproducida, almacenada o transmitida por ningún medio
sin permiso del editor.

Hecho el depósito que marca la ley 11723
Impreso en Argentina. Printed in Argentina.

*Este libro es para Angélica,
mi copiloto y navegante en este y todos
los otros desiertos.*

# ÍNDICE

*Mapa*     10

### PRÓLOGO

*Apertura en Arica: regreso a un pasado que se perdió*     11

### PRIMERA PARTE
#### ORÍGENES

| | |
|---|---|
| *Una huella en el sur* | 31 |
| *Los buscadores de estrellas* | 53 |
| *Cementerios bajo la luna* | 73 |

### SEGUNDA PARTE
#### FANTASMAS

| | |
|---|---|
| *Los nómades del nitrato* | 95 |
| *Tiempo para una historia* | 118 |
| *La montaña de fuego* | 129 |
| *Bajo la arena* | 150 |

## TERCERA PARTE
### CUERPOS

| | |
|---|---|
| *Blues de la conservación* | 171 |
| *Secretos de familia* | 205 |
| *Al encuentro de Freddy* | 238 |

### EPÍLOGO

| | |
|---|---|
| *Pisadas en el norte: Arica y más allá* | 277 |
| *Agradecimientos, junto con una última historia* | 295 |

PRÓLOGO

APERTURA EN ARICA:
REGRESO A UN PASADO QUE SE PERDIÓ

*Lunes, 27 de mayo de 2002*

Entonces aquí termina mi viaje, aquí donde termina mi país y donde termina el desierto, aquí, en Arica, en este puerto ubicado en la punta más septentrional de Chile. Éste es el momento, ahora que mi avión se eleva en el aire para volar hacia Santiago, este es el momento en que el recorrido que Angélica y yo emprendimos por los caminos del Norte Grande, el norte chileno, comenzará a formar parte del pasado y a convertirse en un recuerdo, un recuerdo nuestro y quizá también un recuerdo del desierto que allá abajo se extiende a lo largo de innumerables kilómetros desde Arica hacia el sur y que parece recordar todo lo que le ha pasado, que recuerda y que termina por destruir todo lo que le pasa.

Yo había estado antes en Arica, había cruzado ese mismo desierto cuarenta años atrás sin dejar marca alguna, casi sin permitirle que me tocara. Arica —donde el continente sudamericano comienza a ensancharse y expandirse hacia el oeste, inaugurando lo que se conoce como *la cintura cósmica de América*—,\* fue la única ciudad del norte de Chile en la que pernocté aquella vez, aunque sólo fuera una noche. En ese momento de mi vida yo era un joven de veinte años convertido a la causa de *América Latina*, y no tenía tiempo para los pueblos fantasma surgidos del auge y la caída del nitrato, no me detuve en Chuquicamata y la mina de cobre a tajo abierto más grande del mundo, no me interesaba la aldea colonial de adobe blanco de San Pedro de Atacama, que había servido de oasis central en la ruta de los incas y —estúpido de mí— el mágico puerto de Iquique tampoco figuraba en mis planes. No, yo me dirigía a Lima y Cuzco y Machu Picchu, al lago Titicaca y La Paz y Oruro, que en ese entonces consideraba el corazón oculto del continente sudamericano.

Nacido en Buenos Aires y criado en Nueva York desde los dos a los doce años, cuando llegué a Chile con mi familia en 1954 ya me había autodefinido como un niño norteamericano, absolutamente urbano y resueltamente monolingüe en inglés. Si alguna vez soñaba con desiertos —la mayoría de las veces soñaba, incluso en la lejana ciudad de Santiago, con que el equipo de los Yankees ganara el campeonato de béisbol—, sería con uno de esos desiertos hollywoodenses, con peleas en *saloons* de utilería y cactus y buitres esparcidos por un páramo quemado por el sol en Arizona. Aunque en ese punto de mi empobrecida existencia lingüística no entendía cuán crucial había sido el castellano de que abjuraba en la creación del *Wild West* que me fascinaba.

Tuve que sumergirme muchos años en Chile para que

---

\* Las palabras en cursiva aparecen en español en el original. (*N. de los T.*)

me enamorara del idioma y del continente que había repudiado de niño, y no era el Norte Grande la región que quise explorar una vez que decidí reinventarme como hispanohablante y patriota latinoamericano. Planeé aquel recorrido de autostop en 1962 como una manera de recuperar el tiempo perdido, gastarme todo un verano en busca de las grandes civilizaciones originales, los incas y los tiawanaku, fuentes de una identidad amerindia —algo muy de moda en la década de los sesenta— que yo había decidido reclamar como mi origen más vasto.

Pasaron muchos años hasta darme cuenta de que las superficies yermas del norte de Chile que había recorrido con ligereza en 1962 albergaban más secretos sobre el destino que había escogido para mí mismo que todas las ruinas y quebradas de las zonas altas andinas, por más maravillosas que fueran. Mi ceguera a los placeres y desafíos del Norte Grande, a esa edad juvenil, no debería atribuirse exclusivamente a una búsqueda inmadura de raíces donde no las había, sino también a un prejuicio muy arraigado contra los desiertos en general, un prejuicio que, lo admito, recién comenzó a disiparse de verdad en este viaje del año 2002, que acaba de concluir.

No había nada allí, pensaba automáticamente en 1962. Quiero ver árboles, quiero vegetación junto al mar, quiero bosques a la vera de un lago, quiero un valle con sombras protectoras que llaman al reposo. Entendía que para algunas personas una tierra sin vegetación y sin vida animal y sin caminos podría bien ser atractiva, pero no era más que una comprensión intelectual, que no llegaba a mis entrañas, a mis percepciones más íntimas. Tal vez tenía miedo de aquello que tantos otros a lo largo de la historia han encontrado atractivo en los sitios aislados: la soledad y la extrema introspección a las que nos enfrenta inapelablemente un paisaje desprovisto de habitantes humanos, una verdad sobre uno mismo que no puede encontrarse en ningún otro sitio, lo que quizás explique por qué tantas grandes religiones monoteístas se hayan generado en zonas agrestes. O tal vez me inquietaba lo que la luz brutal y despiadada de esos lugares podría revelar respecto de la humanidad, los demonios y santos que buscaban morada en el desierto por una razón: porque no hay sombras en las que esconderse. El desierto, pensaba yo: un lugar de muerte y duras pruebas, un lugar que hay que evitar.

Sin embargo, cuando National Geographic me ofreció la posibilidad de elegir —¿cuál es la localidad, región, espacio de la tierra que quiere visitar?—, escogí el Norte Grande de Chile, el desierto más seco de todos los desiertos posibles.

No estoy exagerando.

Cae menos lluvia en esas arenas pedregosas que en cualquier otra extensión de la Tierra por más seca que sea. Hablé con hombres nacidos en Arica, con una mujer criada en Pisagua, con hombres y mujeres que jamás se habían aventurado más allá del pueblo calichero de María Elena o que jamás habían salido del oasis de Pica —donde se cosechan las naranjas más fragantes que han probado los seres humanos— y durante su vida entera ni uno de ellos sintió alguna vez una sola gota de lluvia cayendo sobre su cuerpo. Y, hablando de cuerpos, en la Arica que mi avión estaba dejando atrás yo había olfateado cuerpos milenarios, momificados por la arena caliente del desierto, con la piel del puente de la nariz todavía tensa y los labios agrietados y el rostro casi reconocible. Una noche, en un bar de Iquique, oí hablar de cierto profesor universitario, de nombre

Quinteros, que había decidido encontrar a un abuelo suyo, que había sido enterrado en el cementerio contiguo a un yacimiento abandonado de nitrato en medio de la pampa del Tamarugal. Después de varios días de búsqueda y excavaciones, Quinteros se topó con un cadáver que tenía que pertenecer al padre de su padre. No había ningún nombre en la cruz, pero Quinteros sintió, según dijo, que estaba mirándose a sí mismo en el espejo. La barba, los dientes, la nariz..., todo era idéntico. Así que cargó al hombre en sus brazos como si fuera un bebé, le hizo un par de cariños y lo transportó a Iquique para que volvieran a enterrarlo. ¿Para qué se necesita el ADN si se tiene el desierto?

Oh, sí, es cierto que una vez llovió, hace algunos años, en el desparramado puerto de Antofagasta. Dos milímetros. Y varios residentes murieron en el consiguiente alud de lodo. Gracias a uno de esos accidentes imprevisibles que deleitan a los viajeros y dejan perplejos a los nativos, cuando Angélica y yo estábamos a unos ciento diez kilómetros de Antofagasta, pasando por un paisaje de colinas ocres y azufre rosado y piedras pulverizadas tan inmisericorde que avergonzaría al Infierno (porque en el Infierno por lo menos hay habitantes), quedamos inmersos en un fenómeno completamente anormal, una especie de fina lluvia y niebla alrededor de nuestro automóvil. Esa semillovizna no llegó a Antofagasta, aunque se produjo un frente de turbulencia poco común que venía desde el mar, por lo que el reportero de la radio local ya estaba tratando de calmar a una población que había comenzado a entrar en pánico. Incluso una mujer había llamado para decir —para nuestro cruel regocijo— que le parecía que le había caído una gota de lluvia en la mejilla y quería saber qué tenía que hacer: ¿debía evacuar a sus hijos?

Para explicar esa excepcional carencia de clima húmedo, lo único que preciso es mirar por la ventanilla de mi avión. Allí está la principal culpable: la cordillera de los Andes, que veo a través del teleobjetivo de mi cámara elevándose a unos pocos cientos de kilómetros al este, donde empieza Bolivia, con sus *mesetas* y sus volcanes, esas montañas supuestamente inmóviles que, con una violencia callada, están siendo subrepticiamente empujadas hacia arriba. Desde el fin del período jurásico (en otras palabras, durante los últimos doscientos millones de años, un lapso ínfimo en términos geológicos y cósmicos), la placa tectónica del Pacífico, que se encuentra a muchos kilómetros de profundidad en las interminables aguas del océano, embiste la placa sudamericana y eleva cada vez más esa inmensa cordillera, a razón de cinco centímetros al año. Son esas jóvenes montañas las que impiden que la humedad acumulada en su ladera oriental pase al oeste. Y, desde el oeste, cualquier precipitación que surja de la más amplia extensión de agua del mundo queda bloqueada y absorbida por la fría corriente del Pacífico de Perú, que sube hacia el norte desde la Antártida.

Hay un solo río con el caudal suficiente para desembocar en el mar en esos mil kilómetros de desierto: el Loa, cuyas aguas están contaminadas con arsénico proveniente de las minas de cobre que están corriente arriba. Las demás vías fluviales que caen de las alturas nevadas hacia las quebradas y las resecas llanuras desaparecen bajo tierra, absorbidas por la arena y la piedra antes de alcanzar el Pacífico. Esa carencia se extiende hasta Arica, donde llegan dos ríos, el Azapa y el Lluta, cuyos extensos y fértiles valles, de ciento sesenta kilómetros de largo, aparecen ante mis ojos justo debajo del avión. También abajo, cerniéndose sobre las playas de la ciudad misma, se encuentra una gran mole de roca llamada El Morro de Arica, el último segmento y culminación de la *cordillera de la Costa*, que se eleva, abrazada a la orilla, cientos de kilómetros hacia el sur. Una monumental cordillera costera que separa la tierra del mar y cuyos últimos e imponentes acantilados corroídos por el viento y el tiempo caen abruptamente al Pacífico. Esos brutales precipicios de casi un kilómetro de altura forman las estrechas franjas de terreno, las calas y ensenadas, casi inaccesibles por tierra, donde la mayoría de los habitantes del Norte Grande ha debido refugiarse para sobrevivir. Angélica y yo hemos viajado durante las últimas dos semanas por ese amplio espacio entre la *cordillera de la Costa* y la cordillera de los Andes, una ancha cuenca o depresión cercada por las dos barreras paralelas de montañas, y que desde el aire se ve incluso más inquietante que desde la autopista que al menos nos ofrecía, con su pavimento y sus señales, una apariencia de civilización.

Sin embargo, fue ese desierto chileno el sitio que finalmente escogí cuando se me ofreció la oportunidad de viajar adonde yo quisiera, aquel mismo desierto que atravesé tan de prisa en 1962. Poco a poco, esa región me había ido colonizando la mente, fue apareciendo en mi interior de una manera cada vez más mítica, una obsesiva neblina de arena invocándome a que viniera y viera con mis propios ojos el territorio que había marcado el destino de un país que yo había convertido en mío, el territorio que de una manera recóndita había marcado mi propio destino.

Qué paradoja: este desierto, que ni siquiera pertenecía a Chile durante la mayor parte de su existencia, que Perú y Bolivia perdieron en una guerra a fines del siglo XIX, resultó ser un factor central y determinante en la historia contemporánea de mi nación. La tierra que luego sería llamada Chile era conocida —incluso antes de que los conquistadores españoles le pusieran encima sus ojos recelosos y sus manos codiciosas— como el fin del mundo, con los inhóspitos archipiélagos de Tierra del Fuego y la helada extensión de la Antártida al sur, el infinito océano Pacífico en el que Robinson Crusoe (Alexander Selkirk, en realidad) naufragaría al oeste, y la imponente masa de los Andes al este. Y aislado al norte por el *desierto* que ahora discurría bajo mi avión, la extensión que los primeros cronistas españoles denominaron el *despoblado de Atacama* —dando a entender falsamente que estaba deshabitada y que era inhabitable— y que trescientos años más tarde Charles Darwin, durante la visita que realizó en 1832, describiría como un «desierto completo y absoluto». Ni siquiera ese científico a quien le fascinaba la más mínima insinuación de vegetación que brotara en su camino y que investigaba hasta la más débil señal de vida, ni siquiera él pudo encontrar nada que redimiera ese vacío. Fundamental, por lo tanto, en el desarrollo de Chile, puesto que esa mera desolación que se cernía desde el norte había circunscrito el país como una isla, de manera que sus exuberantes tierras de labranza en el valle Central y los bosques del sur constituyeron un remanso remoto y poco interesante para los ojos y oídos de cualquier imperio que estuviera en ascenso en ese momento, ya fueran el inca, el español o el británico.

No era cierto, por supuesto, que el desierto no tuviera habitantes. Yo sabía ahora que esas costas que veía allí abajo mientras el avión ponía rumbo al sur habían sido el hogar de los *changos* durante miles de años, y muchos de sus barrancos y oasis habían sido colonizados por otros indígenas, por no mencionar un reprimido aluvión de vida silvestre, animales y arbustos, aves y helechos e insectos. Sin embargo, el desierto no tuvo una participación activa y plena en el destino moderno de Chile —y del mundo— hasta que el nitrato hizo su aparición.

Desde que los seres humanos comenzaron a merodear por el desierto, por lo menos diez mil años atrás, otros minerales, plata y hierro y cobre, se habían extraído de las entrañas de esa tierra desolada. Atraídos por esa escasa riqueza, algunos mineros se aventuraban de vez en cuando por esos páramos, sobreviviendo a duras penas, pero fue el descubrimiento de terrenos interminables de salitre, miles de hectáreas de mineral disponibles para cualquiera que quisiera explotarlas y que no existe en ningún otro lugar del mundo en ese estado natural, lo que cambió la forma en que se percibía el desierto y lo que también lo transformó en el motor principal del progreso de Chile como nación. Durante cuarenta y tantos años Europa y los Estados Unidos se volverían tan adictos al nitrato como Chile, pero por razones opuestas. En la era precolombina esa ardiente sal mineral se apreciaba porque podía utilizarse como pólvora y también se la usó en actividades de minería durante toda la colonización española, pero lo que la lanzó a la escena global fue su papel como fertilizante milagroso e inigualable, en una época en que la revolución industrial exigía un rendimiento superior de los campos y huertos cada vez más agotados que debían, sin embargo, alimentar a las crecientes poblaciones urbanas de EE UU y Europa. Y al mismo tiempo esa revolución industrial creó la ciencia que permitiría la extracción de esos cristales blancos a una escala descomunal, una serie de avances tecnológicos que conquistarían y colonizarían un desierto que, hasta ese entonces, había sido demasiado árido y hostil para permitir asentamientos humanos permanentes. A partir de ese momento, en sitios por los que no se había atrevido a arrastrarse un escorpión siquiera, surgieron pueblos enteros, que disponían de sus salas de teatro visitadas por las principales compañías de Europa y salas de baile donde las damiselas, con sus trajes de última moda diseñados en París y manufacturados en Manchester, bailaban toda la noche al ritmo de orquestas infatigables. Y las bahías que durante milenios no pudieron ofrecer mucho más que moluscos a sus andrajosos moradores recibieron a decenas de miles de emigrantes de todos los rincones del planeta —China y Croacia, Atenas y Cochabamba, Arequipa y Glasgow—, mientras una centena de veleros esperaban cada día para cargar el febril oro blanco que incesantes trenes habían traído hasta esas orillas. En esa tierra reseca se tendieron en un año más vías ferroviarias que las que podían hallarse en todo el resto de América Latina. Rellenando —hasta la quiebra del nitrato, en la década del veinte— los estómagos y las carteras y las bolsas de valores de las potencias occidentales.

Y el nitrato suministró al Estado chileno, durante casi cincuenta años, más de la mitad de sus ingresos. Los enclaves de modernidad del norte (habitados por menos del cinco por ciento de la población) permitieron que el sur se convirtiera en una tierra con abundantes mansiones repletas de abundantes oligarcas que, por cierto, no pagaban impuestos. No pagaban impuestos, ni tampoco sentían la necesidad de afrontar las terribles desigualdades heredadas de épocas coloniales, ni la necesidad de reformar el antiguo sistema rural que obstaculizaba el despegue de la economía, ni la necesidad de desarrollar la industria, ni la necesidad de diseñar ninguna institución verdaderamente participativa, en fin, todo aquello que debería acompañar la modernización. En otros cayó la responsabilidad de exigir esos cambios en una sociedad que mantenía a la gran mayoría de su pueblo en la miseria y en la ignorancia y sin voz. De hecho, todas las necesidades e ideas de aquellos seres rebeldes nacieron principalmente en esas mismas minas de nitrato, cuyos trabajadores fundaron los primeros movimientos democráticos y socialistas de Chile, los primeros grupos sociales y sindicatos de América Latina que, incluso antes de la revolución mexicana, ya habían trazado una estrategia para traer libertad y justicia y autonomía nacional a sus ciudadanos.

Ese desierto, por lo tanto, había engendrado el Chile contemporáneo, todo lo que tenía de bueno y todo lo que era temible. El Chile de la desigualdad y la miseria que yo había presenciado en mi adolescencia, el Chile que me dio la esperanza —cuando crecí y me convertí en un hombre joven— de que esas injusticias pudieran superarse a través de la lucha política. En el desierto se encontraban las fuentes del mundo que yo actualmente habitaba, aunque no hubiera estado dispuesto a detenerme durante aquella primera, apresurada visita mía.

Es probable que haya comenzado vagamente a entenderlo en los años posteriores a mi regreso de aquel viaje de 1962, cuando participé en el proceso de liberación encabezado por Salvador Allende, que en 1970 se convertiría en el primer presidente socialista del mundo que había accedido al poder mediante elecciones libres. En cierto sentido —aunque sólo me di cuenta de ello retrospectivamente—, mi propio interés en el Norte Grande siguió la trayectoria del mismo Allende, quien, aunque había nacido en Valparaíso, en la región central de Chile, más tarde fue senador en representación de la región de Tarapacá, en el norte del país. De hecho, todas las principales figuras políticas innovadoras del siglo xx chileno, Alessandri y Frei y Recabarren, pasaron por el Norte Grande y desde allí se proyectaron. Y también Pinochet, sí, el general Augusto Pinochet, que derrocó a Allende en 1973 y fue dictador de Chile hasta 1990, también fue en el norte donde él pasó muchos años al mando de diferentes puestos militares.

Es extraño que haya sido Pinochet —quien ni siquiera conocía mi existencia y no tenía el menor interés en ella— quien, en cierta manera, me mantuvo lejos del Norte Grande. No estoy tan loco para culparlo directamente. Pero ¿cómo podría explorar el norte si no se me permitía regresar al país mismo durante los primeros diez años de mi exilio? Ni era concebible esa clase de viaje cuando comencé a regresar tentativamente a Chile en plena dictadura ni mucho menos en los difíciles años de transición a la democracia que siguieron a su fin. Sin embargo, yo me ponía a contemplar ese enigmático territorio desde el avión —como lo estoy haciendo en este momento, al final de este viaje en el año 2002—, cada vez que iba y venía desde Estados Unidos, prometiéndome a mí mismo, mientras vislumbraba esas montañas y esa costa agreste y las ventosas extensiones de arena más abajo, que algún día tendría que visitar de verdad el desierto que me había perdido tantos años atrás. Un viaje a los orígenes, murmuraba para mis adentros, al lugar donde había nacido el mundo moderno, donde se había engendrado el Chile contemporáneo, donde por primera vez se había propuesto la búsqueda de una sociedad mejor para los marginales de América Latina. Y una oportunidad de enfrentarme a mis propios prejuicios contra los desiertos, contra las preguntas solitarias sobre la muerte y la supervivencia que el desierto nos presenta, una oportunidad de descubrir qué queda del pasado, si es tragado por la arena y el calor o preservado como las momias de Arica.

Pero había otros motivos —de una naturaleza más personal y, por cierto, carnal— para desear dirigirme al desierto, responsabilidades, podríamos llamarlas, que yo había acumulado a lo largo de los años, y que hacían el Norte Grande particularmente significativo, particularmente tentador. Otra clase de pasado —y tal vez una deuda que había que pagar— me aguardaba en el desierto.

A fines de 1973, pocos meses después del golpe que había puesto fin al experimento de Allende, Freddy Taberna, uno de mis amigos de mi época universitaria, fue ejecutado por un pelotón de fusilamiento en un puerto desolado llamado Pisagua, el mismo que en este mismo momento, de hecho, veo aferrándose a la costa como si estuviera a punto de caer al mar, allí abajo, justo debajo del avión que continúa su avance hacia Santiago.

La época en que conocí a Freddy, a principios de los años sesenta, eran tiempos de militancia, cuando soñábamos con un orden social más equitativo y una verdadera independencia económica y cultural para nuestro país y nuestro continente. Los estudiantes encabezábamos aquel movimiento, y la temeridad de Freddy en las incesantes escaramuzas y confrontaciones con la policía, me había llamado la atención. Asistíamos juntos a algunas pocas clases de filosofía e historia, pero la verdadera hermandad nació en los jardines del *Pedagógico* de la Universidad de

Chile, donde pergeñábamos fervientes planes para la liberación de todos los oprimidos del universo.

También compartíamos el mismo sentido del humor, la manía de bailar rock and roll y una obsesión por la cultura latinoamericana reciente, pero quizá lo que más nos atraía del otro era el hecho de que proveníamos de extremos opuestos del espectro social. Mientras yo era el hijo de un importante e influyente economista de la ONU que vivía en una amplia casa con dos sirvientes y un auto importado a mi disposición, a Freddy —hijo ilegítimo— lo habían criado en las duras calles de Iquique los hermanos de su madre, todos pescadores que apenas vivían al día. Una de las primeras cosas de Freddy en que me fijé —además de lo que yo consideraba un enjuto rostro indígena— eran sus *alpargatas*, una especie de calzado de tela blanda, semejante a las pantuflas. Jamás le vi usar otra cosa. Era casi como si deseara alardear de su insolvencia, de exhibir con furia sus orígenes. No es extraño, entonces, que él, sin lastimarme, se burlara gentilmente del hecho de que yo intentara todo el tiempo ocultar lo que yo era, de dónde venía. En mi intento de convertirme en un latinoamericano completo —la razón de mi viaje a Bolivia y Perú en 1962—, él ocupaba un sitio especial, legendario: alguien que conocía la miseria que estábamos tratando de abolir, que provenía de esa parte del continente sumergida, orgullosa, autónoma, con la que yo buscaba conectarme con tanta desesperación y a la que sospechaba que jamás pertenecería del todo. Él fue el primer estudiante que conocí que vivía en una residencia universitaria —que en Chile están disponibles sólo para los estudiantes becados más necesitados—, y es muy posible que yo haya sido el más cosmopolita de sus amigos, y el abismo de privilegios que se abría entre nosotros no hizo más que aumentar la curiosidad que sentíamos el uno por el otro, un respeto mutuo que se vio reforzado por la manera en que conduje su campaña para el muy codiciado y políticamente crucial puesto de presidente del centro de estudiantes, usando consignas de Madison Avenue y técnicas de marketing, caricaturas y competencias y jingles. Se creó un vínculo muy profundo entre nosotros en esos intensos meses que llevaron a una victoria histórica de las fuerzas revolucionarias en la universidad. Después de graduarnos, nos veíamos menos. Él hizo un viaje de un año a Texas y yo me gané una beca a la Universidad de California en Berkeley. ¡Ambos desembocando en la tierra a la que culpábamos de la miseria y el subdesarrollo de Chile! Cuando regresé al país y a la enseñanza universitaria, me enteré de que él se había mudado al norte, a su Iquique natal, con su reciente esposa, Jinny; pero siempre sabíamos el uno del otro por los amigos en común, Luis Alvarado, Ricardo Núñez, Isabel Allende (la sobrina del que sería nuestro futuro presidente). Y su asesinato en ese ruinoso campo de concentración de Pisagua después del golpe —del que supe en la embajada argentina, donde me habían ordenado refugiarme— más tarde simbolizó, para mí, tal vez más que la pérdida de cualquier otro amigo, la destrucción de mi país, el saqueo de mi pasado. El hecho de que no le hubieran entregado el cuerpo a su esposa, de que Freddy se hubiera convertido en uno de los *desaparecidos* de Chile, puede haber sido una de las razones por las que siempre he sentido muy personalmente el drama de esos hombres y mujeres perdidos, secuestrados en vida y también secuestrados en muerte por los militares.

Pasaron alrededor de diez años hasta que conocí los detalles de la manera en que Freddy había muerto. Yo estaba en Toronto, presentando un libro en Harbourfront, y Jinny, que había obtenido asilo político en Canadá con sus dos hijos, ahora huérfanos de padre, me había localizado y durante tres largas y dolorosas horas derramó su historia en mis oídos y en mi corazón. «Tenemos que encontrarlo —dijo cuando nuestra conversación llegaba a su fin—. *Lo vamos a encontrar.*»

Pero su cuerpo jamás apareció. Ni siquiera cuando volvió la democracia, ni siquiera cuando un juez ordenó excavaciones, ni siquiera cuando el ejército comenzó —después del arresto de Pinochet en Londres, en 1988— a entregar a regañadientes algunas pistas sobre dónde podrían estar enterrados otros restos.

Cuando planeé este viaje al norte, era muy consciente de que pasaría por la ciudad de Iquique en la que Freddy había nacido y donde había sido detenido y donde sus amigos y su familia todavía lo recordaban, tenía muy presente que sólo sería necesario un pequeño desvío de la ruta principal para visitar Pisagua, el lugar donde había sido ejecutado y... Tal vez haya llegado la hora de encontrarlo, dije para mis adentros cuando Angélica y yo comenzamos nuestro trayecto tres semanas atrás, tal vez sea capaz de hallar algunos rastros de mi viejo amigo.

Pero Freddy no era la única persona muerta que buscábamos. Había otros que esperaban nuestra visita.

La familia de Angélica, del lado de su padre, venía de Iquique, tanto su abuelo Malinarich como su abuela Müller. Pero debido a un conflicto familiar, Angélica había sido separada de esa rama de su pasado durante buena parte de su vida. Con los años sólo había oído rumores y leyendas que le habían dejado un confuso reguero de historias sobre su linaje que esperábamos aclarar en esta visita al Norte Grande adonde esos ancestros —¿de Croacia? ¿De Grecia? ¿De Perú? ¿De Alemania?— habían llegado a raíz de la fiebre del nitrato. Había cuentos de piratas y esclavos y tesoros enterrados, la historia de una mujer entristecida que se había internado en el mar porque no podía desposar a su amante, la historia de un abuelo que había abandonado a su mujer embarazada para escaparse con la cuñada, una genealogía de misterios y signos de interrogación. Durante casi un siglo, ningún miembro de la familia cercana de Angélica había regresado a Iquique para averiguar qué verdad, si es que la había, se ocultaba en esas historias.

*Calama: el autor junto al altar de piedras en honor de los desaparecidos.*

Los orígenes de Angélica —y por lo tanto los orígenes de nuestros hijos y nietos— estaban entrelazados con los del norte de Chile, parte y parcela de la historia de cómo tantas personas olvidadas habían amado y vivido el extraordinario experimento de conquistar un desierto.

Siguiendo sus huellas, tratando de arrebatar a las arenas y a los pueblos fantasma y a los sobrevivientes los secretos de un pasado cada vez más lejano.

Esa era la búsqueda múltiple que terminaba hoy, junto con el desierto y sus recuerdos, cuando el avión volaba hacia el sur, con rumbo a Santiago.

Santiago.

Donde, informa el piloto a sus pasajeros, llueve a cántaros.

# PRIMERA PARTE

# ORÍGENES

UNA HUELLA EN EL SUR

*Miércoles, 8 de mayo de 2002. Valdivia/Puerto Montt*

Me encuentro con una caja en las manos en una bodega sin ventanas escondido discretamente entre las aulas y despachos del campus de la Universidad Austral, aquí, en Valdivia, con una caja que sostengo con delicadeza, porque en su interior se encuentra la huella más antigua de las Américas; dentro de ella está el único rastro dejado por un niño que caminó por estas tierras hace doce mil quinientos años. O tal vez hace trece mil años. No podemos saberlo. Lo que se ha verificado científicamente es que en un momento determinado, muchos milenios atrás, en el sitio arqueológico que ahora se llama Monte Verde —un campo pantanoso alrededor de ciento ochenta kilómetros al sur de donde mis propios pies se encuentran en este momento—, un pequeño pie mortal pisó con mucha firmeza el barro y las cenizas junto a una hoguera donde su familia había cocinado la comida. ¿O sería una niña? Si pudiera abrir esta caja de cartón, de aspecto muy común —muy bien cerrada, envuelta en papel marrón y reforzada con cinta aislante negra—, lo que quizá vería a la luz de este polvoriento tubo fluorescente es la *huella*, podría ver una impresión clara de cinco dedos y el contorno de lo que puede haber sido alguna suerte de sandalia o calzado ligero, la silueta de la suela. Una huella común y corriente dejada por una pierna común y corriente, igual que cualquier otra de los muchos miles de millones de piernas que han recorrido esta Tierra nuestra, presionó brevemente la arcilla y luego se levantó y siguió su camino. Otras dos marcas, que podrían interpretarse como rastros de pies, se hallaron río arriba en el mismo yacimiento, pero esta huella es la única de las tres que representa total e inconfundiblemente un paso realizado por una persona, otra espectacular evidencia que se suma a los miles de otros vestigios de habitantes rescatados en Monte Verde y que prueban que los humanos, en esa época tan antigua, ya habían establecido un asentamiento extremadamente sofisticado en las Américas.

La verdad es que no esperaba que la huella estuviera depositada en un entorno tan poco pretencioso ni guardada tan sólo dentro de una de las tantas cajas llenas de objetos y utensilios hechos de madera quemada o tallados en colmillos de mastodontes, cuerdas y fragmentos de tela y hierbas y toda clase de restos del pleistoceno, todas apiladas en un viejo armario arrinconado contra una de las feas paredes de paneles verde claro. Acostumbrado a la suave iluminación indirecta y a la pulcra atmósfera de las exposiciones en los museos, había previsto cerrojos de seguridad y centinelas, procedimientos burocráticos y dispositivos de protección. Cuando le escribí para preguntarle si en verdad se admitiría mi presencia ante este tesoro antropológico, Mario Pino Quivira, el geólogo anfitrión y que en este momento observa con una sonrisa el receptáculo que está en mis manos y quizá también mi desconcierto, me respondió por escrito que «*la huella está bajo mil candados y llaves*». Pero había sólo una llave para abrir esta estructura semejante a un almacén, colgada de un gancho en un minúsculo compartimiento a la entrada de este modesto edificio que alberga el Instituto de Geociencias de la universidad. Y los profesores y los estudiantes —y quién sabe quién más— pueden recorrer esta sala con total libertad y echar un vistazo a su otro ocupante, un sismógrafo ruso de 1908, que tiene tres metros de altura, la forma de una grúa y que, me informan, es la única máquina de su tipo que existe en el mundo y que todavía funciona.

Tal vez sea apropiado, de una manera extraña, que el indicio más antiguo que se conoce de un rastro dejado por seres humanos en América esté custodiado por esta gran máquina, a manera de un dragón, diseñada para calibrar las agitaciones de los movimientos de la Tierra, porque esa huella de pie representa un terremoto arqueológico desatado por el descubrimiento, cerca de diecisiete años atrás, de los materiales de Monte Verde guarnecidos en esta inhóspita bodega, un hallazgo que cambió para siempre la forma en que hoy entendemos la vida de los primeros habitantes americanos.

El destronamiento del paradigma que durante cincuenta años había dominado la interpretación de la prehistoria americana comenzó en el más modesto de los lugares, un pastizal atravesado por el arroyo Chinchihuapi, a unos treinta kilómetros del pueblo pesquero de Puerto Montt, un lugar que justamente visité ayer, jueves 7 de mayo. Había viajado en avión a más de mil kilómetros al sur de Santiago, entusiasmado por volver a visitar un Puerto Montt que en el pasado había utilizado con frecuencia como base de mis numerosas exploraciones del sur chileno, una región cubierta de bosques, mi paisaje favorito, con ríos verdes como esmeraldas y volcanes humeantes, y el mar, el mar más salvaje que pueda imaginarse, en el punto en que el continente sudamericano en su lado del Pacífico se desintegra en un turbulento exceso de archipiélagos, islas quebradas y glaciares enfilando hacia el estrecho de Magallanes. No había tiempo para ese tipo de expediciones cuando aterricé, puesto que tenía a Monte Verde en la mira y debía apresurarme antes de que un anunciado aguacero hiciese todavía más difícil llegar, por un trabajoso camino, a esa zona tan apartada. Aunque quedar bloqueado por la lluvia no habría sido una experiencia anómala; después de todo, el área que rodea Puerto Montt es uno de los sitios más húmedos y empapados de Chile.

¡Un momento! ¿Qué hago aquí?

¿No se suponía que iría al desierto? ¿Acaso mi grandioso plan no consistía en enfrentarme al desafío de una soledad seca y despojada? ¿Qué derecho tenía de gozar una vez más con el magnífico delta del río Valdivia que fluye incesante hacia el mar en medio de una abundante vegetación, de recorrer los frondosos jardines botánicos de la isla que alberga el campus de la Universidad Austral? ¿Acaso éste no iba a ser un viaje al Norte Grande?

Angélica no había vacilado, por supuesto, en señalarme esas contradicciones y se negó a acompañarme a un absurdo viaje relámpago de dos días al sur chileno, justo antes de que tuviéramos que partir hacia el norte, días y días desde Santiago hasta las arenas de Atacama. Mis respuestas no la convencieron. Este viaje a Chile era a los orígenes, cierto, los orígenes de prácticamente todo lo que me importaba; ¿entonces qué podría ser más pertinente que comenzar con la morada humana más antigua de las Américas, el lugar donde todo había comenzado? ¿Para llegar tan al sur, acaso los ancestros de los hombres y mujeres de Monte Verde no habían tenido que atravesar el desierto, no habían sido los primeros humanos en ver el desierto al que nos dirigíamos, los primeros en experimentar sus arenas y darles un nombre?

Y por eso había peregrinado yo ayer hasta ese campo húmedo y lluvioso, guiado por Eduardo Alvar, un gigante gentil que había estudiado silvicultura y ecología y que era uno de los directores de la fundación creada por los descubridores de Monte Verde con el objeto de proteger el yacimiento y reunir fondos para construir un museo en sus cercanías.

Fue la humildad de ese lugar lo que más me impresionó, si el verbo impresionar no fuera una palabra demasiado dramática para referirse a un hábitat tan imperturbable y sereno en el silencio que hubiese sido completo de no ser por los intermitentes resoplidos de satisfacción de un par de cerdos —uno moreno y oscuro, el otro de un desconcertante color rosado— que bufaban al otro lado de un cerco de alambres de púas que cortaba el prado en dos. Qué imagen de felicidad rural, con esos ondulados montículos cubiertos de hierba y matorrales y esa playa de arena y guijarros junto a un arroyo. Era difícil imaginar a aquellos ancestros nuestros cocinando la comida donde ahora las vacas rumiaban y agitaban la cola mientras una bandada de gansos cruzaba graznando las praderas que miles de años atrás habían visto rondar a los mastodontes salvajes, un animal al que suele confundirse con los elefantes pero que en realidad se asemeja más a un tapir gigante. Ya no hay nada en la actualidad que recuerde lo precaria que era la vida en aquel entonces. El único peligro que había que evitar en el siglo XXI eran las grandes bostas de vaca desperdigadas por toda el área.

Eduardo Alvar me sonrió: «Tú eres escritor —dijo—. Usa tu imaginación. Allí había un pantano. —Señalaba con un gesto una pequeña colina revestida de arbustos y una maraña de árboles blancuzcos cubiertos de liquen—. Lo sabemos porque en ese sitio alguna bestia gigantesca quedó atrapada o tal vez se haya echado a morir. En ese lugar los nativos consiguieron matarla cuando quedó inmovilizada o simplemente la faenaron, se la llevaron pedazo a pedazo después de muerta. Si no hubiera estado vieja o enferma, los humanos de esa época habrían sido incapaces de cazarla».

Era cierto que tenía que usar la imaginación: ni siquiera quedaban señales de las excavaciones —pozos de cinco metros de profundidad y muchas veces decenas de metros de ancho y largo— que habían convertido esa pradera en un importante sitio arqueológico. El riachuelo, plácido y tranquilo, había cambiado su recorrido; parte de la orilla se había derrumbado; un tractor nivelador había rellenado los hoyos, la hierba había vuelto a crecer; nada que le recordara al visitante la frenética actividad científica que se había llevado a cabo durante casi una década y que recién había cesado quince años atrás, y mucho menos que le hiciera pensar en las acciones cotidianas de aquellos primeros americanos que habían instalado sus *toldos* —chozas en forma de tiendas— hacía trece mil años.

Un lugar tan poco excepcional que a fines de 1975, cuando los miembros de la familia Barría, dueños de esa propiedad durante varias generaciones, descubrieron unos huesos enormes mientras ensanchaban el arroyo para trasladar árboles secos a un molino maderero cercano, supusieron que se trataba de restos de una vaca bastante colosal. De todas maneras, los Barría, unos granjeros que vivían al borde de la miseria y que hablaban una mezcla de español y *chilote*, el dialecto de la isla próxima de Chiloé, y que carecían de electricidad, teléfono o agua corriente en su desvencijado rancho, decidieron entregar las reliquias a la Universidad Austral de Valdivia, donde se determinó que pertenecían a un megamamífero extinto. Un año más tarde, el profesor Tom Dillehay, un arqueólogo estadounidense que estaba dando clases en la universidad, confirmó que esos restos, así como otros que se extrajeron más adelante de ese yacimiento, presentaban evidencias de actividad humana; en otras palabras, que habían sido utilizados por humanos con propósitos instrumentales. Y en los años posteriores, Monte Verde comenzó a revelar poco a poco una serie de verdades sorprendentes. En 1983, Dillehay, a quien se le habían sumado Mario Pino y otros científicos, ya había conseguido reconstruir una gran área residencial, con casi una docena de estructuras domésticas y un fogón y brasero comunitarios, y las mediciones indicaban que Monte Verde podría ser el asentamiento más antiguo jamás descubierto en el continente americano.

Hasta ese momento la explicación dominante de la prehistoria americana era el paradigma de Clovis: una tesis de cincuenta años de antigüedad, ungida a partir de descubrimientos en Nuevo México, que postulaba que las oleadas migratorias de hombres y mujeres, trayendo sus características puntas de jabalina de base cóncava, habían cruzado el estrecho de Bering por tierra a fines de la Edad de Hielo y se habían dispersado por el continente norteamericano hace once mil quinientos años para desde allí colonizar todas las otras regiones del Nuevo Mundo. Pero la aparición de este oscuro yacimiento chileno doce mil kilómetros más al sur y que, según el radiocarbono, data de entre mil y mil quinientos años antes, demostró que las tribus de Clovis no habían sido los primeros en llegar. Y semejante vuelco del dogma anterior ni siquiera tomaba en cuenta la presencia de un segundo yacimiento en Monte Verde que insinuaba la firme posibilidad de que seres humanos hubieran habitado ese lugar hasta treinta y tres mil años antes. Los dos yacimientos de Monte Verde hicieron retroceder cuarenta o cincuenta mil años la llegada de nuestra especie a las Américas, lo que facilitó la revisión de muchos otros sitios arqueológicos que antes habían sido desechados debido a la rigidez ortodoxa de los defensores de Clovis, y permitió una plétora de nuevas y antiguas especulaciones sobre los múltiples puntos de entrada y desembarco y rutas a partir de los cuales florecieron los asentamientos originales de América.

Los propugnadores de la hipótesis Clovis, según me contó ayer, en Monte Verde, Eduardo Alvar y me confirma Mario Pino hoy en Valdivia, opusieron una tenaz resistencia y sostuvieron que el sitio no había sido adecuadamente protegido de la contaminación, un contraataque de una virulencia y fanatismo que habría sorprendido a los pacíficos habitantes originales de Monte Verde. Pero tal vez, más que esa feroz disputa académica, les habría resultado todavía más asombrosa la forma en que la cuestión finalmente se resolvió. En 1997, un excéntrico millonario de Texas con inclinaciones arqueológicas —Mario dice que tenía lentejuelas de oro en la ropa y que en vez de tarjetas de visita entregaba billetes de diez dólares con su nombre escrito en ellos— decidió contratar a un grupo formado por los paleontólogos y arqueólogos más eminentes del mundo para que visitaran esta misma habitación de Valdivia en la que me encuentro en este momento con la huella en las manos. Mientras me retira amablemente la caja, Mario me informa que esa incursión de los doce científicos había sido la última ocasión en que ese recipiente de cartón se había abierto desde aquel momento en que la habían envuelto muchos años antes, la única vez que la huella, en su molde de silicona, se había extraído de su escondite para que ojos curiosos la examinaran. A continuación, los expertos —entre los que se encontraba mi amigo Lautaro Núñez, a quien visitaré dentro de diez días en el oasis norteño de San Pedro de Atacama— se trasladaron a Puerto Montt para inspeccionar el sitio y dieron por terminada la expedición en un bar de la cercana Pelluco proponiendo un brindis por la muerte del paradigma de Clovis.

—Hay algo que me desconcierta —le digo a Mario, esta mañana de miércoles, mientras él comienza a buscar en un estuche rectangular de madera un colmillo de mastodonte, uno de los artículos más importantes de la colección de Valdivia, que los monteverdianos utilizaban para extraer papas silvestres de la tierra—. ¿Cómo ha sobrevivido todo esto a la humedad? ¿Por qué no se pudrió?

Estaba recordando una anécdota que Eduardo Alvar me había relatado ayer cuando le mencioné mi asombro ante la falta absoluta de rastros del pasado cercano o lejano en Monte Verde, el hecho de que nadie que se aventurara por este camino rural tuviera una pista de su importancia. ¿Era posible que el pasado desapareciera con tanta facilidad?

Eduardo se acarició la barba y apuntó con un dedo hacia un campo que estaba al otro lado del sendero. Un día, años atrás, Tom Dillehay había invitado a todas las familias que vivían cerca de Monte Verde a un picnic de *curanto*. El curanto es una mezcla de mariscos y verduras cocidos a fuego lento en un horno subterráneo durante varias horas, que deja en su deliciosa estela una gran cantidad de conchas esparcidas. A todos les sorprendió que Dillehay, un hombre meticuloso de hábitos espartanos que odia el desperdicio y el desorden, alentara a sus invitados a que no recogieran los despojos después del almuerzo. A continuación trazó un mapa de la basura, fotografió cada elemento y propuso que regresaran periódicamente para ver cuáles de los restos se salvaban de la erosión natural. Tres años más tarde, la vegetación ya había cubierto todos los rastros dejados por los festivos comensales. En otro experimento, una réplica casi idéntica de la clase de piel animal que los monteverdianos usaban para cubrirse se expuso al clima y a los hongos: veinte años después estaba irreconocible.

Pero sin embargo, en algunas ocasiones, algo tan delicado como la huella de un pie consigue soportar por milagro casi treinta mil años de putrefacción. Sucede con frecuencia que las tierras húmedas preservan un registro del pasado con más fidelidad que la tierra seca. En Monte Verde, por pura casualidad —y la suerte es la heroína no celebrada de la mayoría de los hallazgos arqueológicos—, una serie de sellos naturales aislaron el lugar de la descomposición orgánica: una primera capa de sedimentos arenosos y luego otro nivel de óxido ferroso, impermeable a la humedad, que eliminó el oxígeno, más una lámina de turba que no permitía que la lluvia se filtrara hacia abajo.

Y, además, existen las corazonadas. Con una pequeña ayuda de la naturaleza.

En este caso, de un pájaro.

Eduardo Alvar acababa de sugerir que tal vez había llegado la hora de visitar la casa de los Barría, a unos pocos cientos de metros del yacimiento, y ver si podíamos toparnos con Checho Barría, que había presenciado, de niño, el descubrimiento de la huella, pero justo en ese momento un pájaro atravesó el campo y se posó al otro lado de la orilla en la que nos encontrábamos. Se produjo un largo silencio. El ave nos miró, dio unos saltitos y aguardó expectante.

Repitiendo lo que un pájaro igual a ése había hecho, según Eduardo, muchos años atrás, probablemente en 1983, cuando hacía mucho tiempo que el equipo venía excavando y no había encontrado nada que pudiera considerarse espectacular. Era un período en que las excavaciones se hacían siguiendo lo que Tom Dillehay llamaba «estrategia del instinto visceral», una combinación de intuición y experiencia. Todas las mañanas se despertaban y surgía la misma y rutinaria pregunta. ¿Dónde deberíamos comenzar hoy? Allí, aquí, más allá. No se avanzaba mucho.

Y todas las mañanas un pájaro —un *aguilucho*, un ave similar a un águila pequeña— volvía al mismo punto y se posaba allí con serenidad; giraba la cabeza hacia un costado, como si sintiera curiosidad por el trabajo de esos extraños intrusos. Hasta que un día Dillehay dijo: «Muy bien, les diré lo que haremos; vamos a cavar donde nos indica ese pájaro».

Tal vez el ave era un mensajero de los orígenes. Quizás era el único testigo vivo que había quedado de ese pretérito remoto, replicando de generación en generación, reproduciéndose durante más de trece mil años hasta que alguien viniera a rescatar aquel pasado perdido. Porque el lugar que el ave señalaba tenazmente fue donde días más tarde aparecieron las tres huellas sobre un lecho de barro endurecido —una de ellas perfecta, impecable, el dedo gordo, la curva del resto del pie, el tamaño pequeño—, muy cerca de donde en ese momento pasaba el estero. Años más tarde, el arroyo cambió su curso, de manera que cuando por fin estuve de pie junto a Checho Barría y él me enseñó el sitio preciso donde se había descubierto la huella, lo que indicaba era el agua clara, casi cristalina, que corría burbujeando sobre un lecho oscurecido de guijarros marrones. Checho tenía diez años cuando descubrieron la huella; la misma edad que, por alguna razón, yo asigné automáticamente al niño que tantos milenios atrás había dejado esa impresión en la tierra rumbo a quién sabe qué mínima tarea.

Una vez más, el equipo tuvo suerte. Una joven estudiante meticulosa y concienzuda, Doris López, que trabajaba en esa parte del yacimiento, utilizó un cepillo de pelos extra finos y una espátula de bambú para quitar los sedimentos de una especie de concavidad poco profunda que se encontraba cerca del sitio donde una vez se había erigido uno de los primitivos toldos, y Mario recuerda que de pronto ella hizo una pregunta extraña, «*¿qué está pasando?*», porque se había topado con un material diferente, blando, que exigía una paciencia extrema para no dañarlo. «Si no hubiera sido por ella —dice Mario—, *delicadísima*, con esos dedos tan suaves y precisos, la habríamos perdido.»

Y entonces apareció, revelada para que todos la vieran, la primera vez en trece mil años que ojos humanos habían sido testigos de la débil marca dejada por un pie humano. Junto con la pregunta inmediata de cómo preservarla. «Estas cosas —me cuenta Mario en la sala de depósito de Valdivia—, son como... *un suspiro en el viento.*»

El equipo se desesperó. Por suerte aquel día no llovía, pero en Puerto Montt no había nada que pudiera utilizarse para evitar que la huella se deteriorase. Ni plástico, ni poliéster, ni, por cierto, silicona. Tomaron fotografías; y luego cortaron el sedimento, quitaron todo un metro cuadrado de tierra y colocaron yeso en la parte inferior y una tela especial en la parte superior y luego volvieron a cubrirla con yeso. Como si fuera un bebé. El bebé más antiguo de las Américas.

¿Y qué había sentido —le pregunté a Mario— en el momento mismo de ver la huella?

«Una cosa es ver artefactos presumiblemente confeccionados por alguien y otra es ver la *pisada* que alguien hizo, lo que su pie dejó en la tierra. Eso es lo que te da el sentido de humanidad, ¿verdad? Quien haya sido, parece que llevaba un mocasín, ni siquiera estaba descalzo.»

Un arco iris de emoción comenzó a desplegarse en su voz.

La noche anterior, durante la cena, Mario Pino me había hablado de cómo él se imaginaba la vida de esos antepasados nuestros. Él puede ser un geólogo con un doctorado de la Universidad de Münster, Westfalia, acostumbrado a números y experimentos y tablas, pero yo sospecho que lo que le fascina de su profesión es la perspectiva de hurgar en la vida y la mente de esos seres humanos que su ciencia se ocupa de medir.

Me explicó que esos hombres y mujeres habían elegido el mejor lugar posible para la supervivencia: cerca de un caudal de agua que les permitiría escapar del peligro cuando hiciera falta («los arroyos son como senderos», dijo) y que los proveyera de un innumerable suministro de piedras que podían forjarse y convertirse en instrumentos. Siempre junto a un bosque; donde en caso de no conseguir carne, habría frutos rojos, granos, callampas en abundancia. Y ese campamento había sido o bien un hogar permanente o uno al que regresaban todos los años, puesto que le habían dedicado demasiado esfuerzo y cariño, largas horas destinadas a talar y dar forma a pesados troncos de manera que eso fuera una localización transitoria. Me contó sobre las avanzadas formas de tecnología que los monteverdianos tenían a su disposición, la utilización de la arcilla para aislar las fogatas de la tierra, arcilla que debieron de haber traído de algún otro lugar, una arcilla tan valiosa, que permite que el calor suba, conserva las brasas, deposita un lecho de ceniza que un joven humano había pisado sin darse cuenta tantísimos días y noches atrás. Y los nudos —«no hay nada más humano que un nudo», dijo Mario— que permitían que las cuerdas que mantenían las tiendas en su sitio se tensaran o aflojaran con el viento. Y la alfombra dentro de la residencia, hecha con cientos de fragmentos de piel de mastodonte. Y la silueta ovalada de la tienda. Y las manchas del suelo, causadas por bolitas escupidas de *boldo*, una hierba apreciada por sus propiedades medicinales que yo todavía bebo cada vez que visito Chile y que, como no se cultivaba localmente, los monteverdianos tendrían que haberla transportado desde Talca, cientos de kilómetros al norte. Y plantas argentinas que tuvieron que haber traído desde el otro lado de la cordillera o adquirir mediante el trueque con otros grupos.

Y además está ese otro habitáculo humano, más pequeño, a unos treinta metros del toldo principal donde todos dormían; esa estructura en la que sólo entraba una persona, ubicada en dirección este/oeste, lo que indica un proceso de meticulosa deliberación. En su interior, un herbario, lleno de restos de plantas medicinales y comestibles, con hasta sesenta variedades diferentes.

—Esto no lo hemos escrito en los libros —dice Mario, refiriéndose a los dos voluminosos tomos sobre Monte Verde, escrupulosamente documentados, que el Instituto Smithsoniano publicó en 1989 y 1997—, porque hasta ahora son especulaciones, pero seguramente había un chamán, un anciano o una anciana con un poder enorme dentro de la comunidad, que sabía cuándo y qué cosechar. Decidir que una planta puede comerse lleva tiempo, es un proceso lento. Piensa en esos ojos que necesitaban distinguir entre lo que era comida y aquello que podía provocar la muerte.

Mario Pino deja de hablar un momento, ahora, en esta sala del campus. Ayer por la tarde, cuando lo conocí, lo primero que me dijo fue que debía perdonarle si lo veía un poco fatigado: acababa de enterarse de la muerte de un amigo íntimo y colega en Alemania y eso lo afligía. Me preguntaba si sus frecuentes silencios durante la cena podían atribuirse al recuerdo de ese amigo que había fallecido, aparentemente solo, al otro lado del mundo. Seguramente fue eso, porque al día siguiente —en otras palabras, hoy, durante la sesión matinal con la huella y otros elementos rescatados de Monte Verde—, Mario demuestra ser una persona menos seria y reservada, se vuelve más alegre, silba para sus adentros, tararea cancioncillas en voz baja, sonríe con más facilidad. Claro que anoche nuestra conversación había tocado un tema algo más solemne: la sabiduría de la hechicera, sus profundos conocimientos mucho más allá de la botánica.

Tratamos de imaginarla, a esa mujer que de pronto encuentra una planta desconocida que debe clasificar según tradiciones anteriores; ésta es pariente de ésa, se parece a esta otra, esta otra causa tal clase de efectos. Entonces la prueba con la punta de la lengua y espera a ver qué pasa, «¿siento algo?, no siento nada», y aumenta la dosis y va catando y probando, probando y catando.

Para que una planta pase de un estado salvaje a la domesticación tienen que transcurrir muchos años. «No es como comer carne —dijo Mario—. Para comer carne se necesita un palo, se toma un arco y una flecha, o se encuentra un animal muerto, se prepara un fuego, y la cena está lista. Conocer, reunir, cincuenta, sesenta especies de un bosque, eso es mucho trabajo.»

La sabiduría es mucho trabajo, estoy de acuerdo. Así que deben de haberse generado muchas conversaciones nocturnas, transmitiendo conocimientos en esos largos inviernos bajo el toldo, muchas noches masticando hierbas y masticando palabras, la necesidad de hablar y comparar lo que uno sabe, lo que uno necesita que los otros sepan antes de que la muerte se lo lleve. Ocurría de noche, sugiere Mario Pino, cuando el amanecer tardaba en llegar y había un fogón caliente adentro y la lluvia cayendo del cielo afuera y muchas horas que salvar. Hablaban para que las noches no fueran tan largas, para convencer al sol de que apareciera de nuevo, palabra por palabra.

—Debieron de haber tenido una buena vida —había dicho Mario cuando nuestra propia noche estaba llegando a su fin—, *una vida muy buena.*

Él considera que esos inviernos deben de haber sido agradables a pesar de la lluvia y el viento rugieran en el exterior; casi siente nostalgia por las historias que tienen que haberse contado alrededor del fuego.

—¿Y los niños? ¿El niño que dejó esa huella?

—Mañana te mostraré algo —había prometido Mario.

Y por ello ahora —después de haber guardado la caja con la huella en el armario, junto con todos los otros instrumentos que me ha enseñado— me lleva a otra sala donde enciende un proyector de diapositivas.

La imagen de un objeto relampaguea en la pantalla y se queda allí, fija.

—Mira —dice—. ¿Ves esta *boleadora*? Es un trompo. Mira el surco del medio. Hecho para un niño.

Me cuenta que un día hace algunos años él estaba charlando con un grupo de escolares. Las niñas le habían preguntado sobre las *criaturas* de su edad, en la época de Monte Verde, y él les había mostrado esa boleadora, ese juguete y el surco en el medio que había sido tallado con una devoción, una destreza que sólo podría haber nacido del amor. Alguien, les explicó, algún adulto, había querido tanto a ese niño que había pasado muchas horas dándole forma a ese juguete.

—Mira —me dice, señalando la diapositiva de la forma en que seguramente habría señalado el objeto mismo frente a las niñas, repitiéndome sus palabras de entonces—, mira el adorno, la manera en que alguien lo embelleció, tal vez el padre, tal vez la madre, el abuelo, quizá para el niño que dejó la huella.

Las alumnas de la escuela habían querido ver la huella, y Mario había puesto en marcha el proyector para enseñarles la diapositiva. «Ese pie —dijo a su público en el aula—, era pequeño, así de chico. Como un pie de ustedes, una niña como una de ustedes.» Nunca había dicho algo así antes, me cuenta, y desde luego jamás a un grupo de niñas.

En ese momento Mario sintió, dice, la presencia repentina de alguien, una persona, una persona pequeña, invisible, a su lado. Y de pronto, sin saber cómo ni por qué, había comenzado a llorar. Las niñas hicieron una pausa, asombradas, y luego se sumaron y a continuación las maestras y en poco tiempo todos estaban llorando, sollozando sin poder parar. Finalmente, Mario había apagado el proyector.

Ese incidente le rondó por la cabeza muchos días.

—Soy un no creyente —me explica—. No creo en Dios. No creo en nadie excepto en mis amigos.

Aun así, la experiencia había sido tan fuerte y extraña y palpable que se había acercado a una mujer esotérica de Valdivia de la que se rumoreaba que estaba en contacto con los espíritus. Ella le indicó que regresase al cabo de unos días y cuando él volvió le informó que había establecido una conexión con aquella familia de Monte Verde que había vivido tantos miles de años atrás. Un miembro de esa familia era una niña de doce años.

Mario se mostraba escéptico. «Hágale una pregunta —sugirió—, sobre algo que aún no se haya publicado.» ¿Dónde estaba la entrada del toldo en el que habían vivido?

¿En qué dirección apuntaba? Y la respuesta que le dio la mujer fue decepcionante, completamente errada.

Así que Mario había desechado la idea de que los espíritus de esas personas estuviesen rondando. «Pero por las dudas —agrega cuando enfilamos hacia la puerta—, jamás he vuelto a usar esa diapositiva.»

Nos despedimos bajo la llovizna de la típica niebla de Valdivia.

—Cuando los describas —dice, dándome un abrazo—, no olvides, no dejes de mencionar, que cantaban en las noches, no olvides los cuentos nocturnos y... La gente siempre se los imagina gruñendo y ladrando, como simios, peludos y muy sucios; así son las imágenes que tenemos de ellos. Pero una cultura que sabía tanto sobre la naturaleza...

En el trayecto de tres horas al aeropuerto de Puerto Montt me doy cuenta de que me queda un tiempecito antes de que despegue el avión a Santiago, desde donde emprenderemos pasado mañana el viaje hacia el norte en automóvil. Decido tomar el desvío de treinta kilómetros hacia Monte Verde. Si Angélica estuviera conmigo me reñiría, me diría que tuviera cuidado con el barro.

No sería un mal consejo. Casi me quedo atascado al dejar el auto al lado de la embarrada ruta que bordea el yacimiento de Monte Verde. Mientras estaba con la huella en la mano y conversando con Mario Pino, en Puerto Montt no había dejado de llover, una manera perfectamente masoquista de prepararme para el aire seco del desierto que pronto estaré respirando.

Pero tengo una última pregunta para Monte Verde. ¿Por qué se marcharon? ¿Por qué esos hombres y mujeres, por qué los abuelos y los niños de Monte Verde, de pronto abandonaron el sitio que había sido su hogar? Fue algo súbito: dejaron ahí mismo los utensilios con los que habían estado trabajando en un tronco pocas horas antes de la partida. También el grano y los alimentos. Y no había señales de violencia, nada que indicara por qué los monteverdianos debieron desmantelar todo de prisa. Tenían la intención de regresar, pero sencillamente no lo hicieron. ¿Acaso a toda esa extensa familia le sobrevino algún desastre en alguna lejanía? ¿Al niño cuyo último acto en Monte Verde tal vez haya sido dejar esa huella?

El campo de Monte Verde, por supuesto, no responde.

Me interno en él una última vez, ahora sin guía, sin compañía. Está extremadamente húmedo y casi me resbalo cuando avanzo hacia el arroyo, dejando mi propia huella en el barro pantanoso, aunque dudo de que dentro de miles de años a alguien se le haga agua a la boca ante la perspectiva de entender quién caminó por aquí con sus zapatillas deportivas Asic. Tal vez haya otra huella por aquí, que le ha pasado inadvertida a Tom Dillehay y compañía, quienes sólo han trabajado en el ochenta por ciento del yacimiento de manera que las futuras generaciones puedan explorar lo que dejaron sin excavar, con métodos que tal vez arrojen más luz sobre lo que ha sucedido en este lugar. Pronto se descubrirán otros sitios similares y, según creen los investigadores, se revelará toda una cadena de cultura de Monte Verde, desde aquí hasta Canadá. Y entonces Monte Verde no estará tan solo.

Mientras tanto, un museo —llamado Monteverde, La Huella del Hombre, usando la palabra huella no sólo como rastro de un pie sino como sendero, la estela de señales que hemos dejado en la tierra— será edificado en este sitio, a un costado del perímetro exterior del yacimiento original, al otro lado del camino de tierra que he utilizado dos veces para llegar hasta aquí. Tom y Mario y Eduardo están planeando un museo ecológicamente integrado. En una gigantesca sala central, habrá una reconstrucción del yacimiento mismo. Una de sus paredes estará totalmente ocupada por un ventanal que dará a un bosque y a un gran jardín que contendrá una mezcla de plantas, más de cincuenta con propiedades medicinales junto con dos veces esa cantidad de especímenes con valor nutritivo. Se precisarán cien, tal vez ciento cincuenta años para que esas muestras echen brotes. Los visitantes podrán estudiarlas, caminar por *senderos de interpretación* e incluso adquirir semillas y llevarlas a sus hogares para sus propios jardines. Un homenaje al profundo conocimiento del bosque y de los campos que tenían los monteverdianos. Los guardianes del museo serán los mismos Barría que se han ocupado de cuidar el yacimiento durante todos estos años.

Mario Pino me había dicho que él ve a Monte Verde como un desafío, una forma de poner a Chile a prueba. Para un país cuya identidad en un mundo globalizante se ve continuamente asediada, cuestionado por las fuerzas homogeneizantes del extranjero, ésta es un ancla en el pasado: antepasados que estaban concentrados en su propio ecosistema, que sobrevivían dependiendo de cosas que ellos mismos habían creado. «Podemos aprender —había dicho Mario—, de la manera en que los monteverdianos interactuaban con el bosque, podríamos apropiarnos de la Tierra de forma similar.»

Esa es una posibilidad que me parece más bien lejana. La ayuda para Monte Verde o su museo no ha sido muy generosa. Dillehay está buscando fondos externos, ya que casi no hubo hasta ahora apoyo de las autoridades universitarias ni tampoco del gobierno o del público en general.

El único consuelo, tal vez, es que nadie vendrá a saquear este sitio. Hay, después de todo, dos maneras de proteger un lugar de tanto significado para toda la humanidad: una es construir una serie de portales, contratar a guardias de seguridad, rodearlo de alarmas. La otra es mantenerla en la ignorancia y el abandono. Nadie puede robar lo que no se sabe que existe. Quizá, paradójicamente, el mejor escudo de Monte Verde sea su absoluta falta de protección y pretensión.

Me marcho de allí, de ese lugar con consecuencias tan espectaculares para la historia de las Américas, que esconde de ojos invasores sus dramáticos cuestionamientos a las teorías establecidas, lo dejo casi como debe de haber estado antes de que uno de los Barría encontrara por casualidad el colmillo de un mastodonte. Si un descubrimiento arqueológico de esta importancia hubiera sido hallado en Estados Unidos, un cuarto de siglo más tarde ya se habría erigido una cúpula para preservar el yacimiento, y se hubiesen edificado hoteles en las cercanías, y los turistas descenderían de grandes autobuses climatizados, con cámaras en una mano y una Coca-Cola en la otra.

Me estremezco.

Tal vez sea mejor así: sólo las vacas, los gansos, y los Barría. Y un pájaro que pasa volando todas las mañanas a la misma hora. Y tal vez, quién sabe, otra huella dejada por otro niño, allí, en lo profundo de la tierra o bajo el calmo arroyo de Chinchihuapi, esperando el momento de volver a hablarnos.

Si sabemos qué preguntarle.

LOS BUSCADORES DE ESTRELLAS

*Sábado, 11 de mayo de 2002. Cerro Las Campanas.
Ciento sesenta kilómetros al norte de La Serena*

Estamos parados en una colina en la cima del mundo, contemplando la Nube Magallánica de estrellas, mirando, a través del límpido cielo de la medianoche del desierto, los orígenes del universo. Cerca, mi amigo Miguel señala constelaciones que quizás hayan muerto hace miles de millones de años; y su esposa, Jenny, y Angélica y yo mismo, asentimos y nos maravillamos y lo que más nos conmueve es la simple gratitud de estar aquí, los cuatro compartiendo, sencillamente, este momento de asombro.

A quinientos kilómetros, más o menos, de Santiago, Angélica y yo hemos tomado un breve desvío de la ruta principal, como respuesta a una invitación, pendiente desde hacía mucho tiempo, de Miguel Roth, director de este complejo de observatorios en Las Campanas, una de las instalaciones de astronomía más famosas y poderosas del planeta. Es una excelente manera de comenzar nuestro viaje: ser testigos de que el desierto chileno que estamos a punto de explorar permite a sus visitantes o habitantes otra clase de exploración, del tiempo y el espacio, una oportunidad para averiguar, a tientas, cómo fueron los comienzos de ese tiempo y ese espacio, cómo los mismos minerales del desierto que nos espera, se engendraron en alguna caldera de hidrógeno a miles de millones de años luz en el pasado.

¡Hablando de orígenes!

Estos científicos y estudiantes de investigaciones posdoctorales, que utilizan los muchos telescopios que se encuentran en este cerro para trazar la forma en que las galaxias se modifican en el transcurso del tiempo cósmico, se enfrentan a preguntas que resuenan en todas las cabezas humanas: ¿cómo hemos llegado aquí? ¿Qué nos trajo hasta este punto? Y también a otras más específicas: ¿por qué estamos en este planeta que gira alrededor de este sol en particular? ¿Por qué esta estrella está en esta galaxia? ¿Cómo llegó el universo a ser como es?

Una de las razones por las que las respuestas se han vuelto más esquivas es que aquí en Las Campanas, el 24 de febrero de 1987, Ian Shelton, un científico canadiense con este mismo telescopio Magallanes que resplandece como una descomunal cúpula justo a nuestras espaldas, registró la explosión de una supernova. «Fue allá arriba, en la Gran Nube Magallánica —dice Miguel, indicando una franja de estrellas que a mis ojos ingenuos parecen embebidas de un brillo especialmente suave—, y yo aún no había llegado aquí, Jenny y yo acabábamos de regresar a Chile después del exilio.»

Las supernovas son estrellas viejas que no quieren morir, pero cuando se extinguen, lo hacen de una manera espectacular, con un estallido. Y la violenta explosión de material estelar registrada en 1987 se produjo tan cerca de la Tierra (a sólo 163.000 años luz de distancia) y liberó tal cantidad de energía (se mantuvo varios meses visible con el ojo desnudo antes de que comenzara a desaparecer y declinar) que se convirtió en el acontecimiento del siglo en materia astronómica. Debido a que permitió mediciones y comparaciones que hasta ese momento no estaban disponibles para los astrónomos modernos (la visión anterior de una supernova de gran tamaño había ocurrido en 1604), representó un importante avance en la teoría de la evolución de las estrellas y la formación del universo y de cómo se creó nuestro sistema solar. También comenzó a revelar algunos datos inquietantes: el universo que, según las teorías y predicciones previas, debería haber estado contrayéndose o disminuyendo su velocidad o extendiéndose lentamente en el espacio, parecía en cambio estar «acelerándose» y expandiéndose al mismo tiempo; y no había, y aún no hay, explicaciones en la física cuántica de cómo y por qué el universo creado por el Big Bang hace quince mil millones de años actúa de esa manera completamente incomprensible. Así es que más o menos al mismo tiempo que Roth llegó a Las Campanas en 1989 como astrónomo residente, encontró todo el campo de la astrofísica en un caótico estado de redefinición, buscando desesperadamente un paradigma nuevo con un entusiasmo que no se había experimentado desde comienzos del siglo XX, cuando Planck y Bohr y Einstein cambiaron nuestra forma de ver la energía y la luz y la existencia.

En cierto sentido, todos los que en este momento trabajan en el observatorio están abriéndose camino a través de los luminosos residuos dejados por esa sensacional explosión supernova en 1987, y sus vidas e investigaciones están dedicadas a tratar de rastrear otro acontecimiento que pudiera marcar un adelanto similar que confirme o niegue la teoría actual sobre cómo comenzó el universo y cómo llegará a su fin. Mientras tanto, varios de ellos —incluyendo dos astrónomos de Polonia— buscan algo aún más esquivo: la inubicable y esquiva materia oscura que compone el setenta por ciento del universo, tan difícil de poner delante de los ojos como el pasado olvidado de nuestra propia historia humana.

Esa misma noche, horas antes, mientras en lo alto el tono rosado del cielo crepuscular se convertía en un prado oscurecido de estrellas, trepamos por las entrañas del telescopio Magallanes, la sala de mando y control donde cincuenta pantallas y millones (o así parecía) de computadoras zumbaban y chasqueaban y ronroneaban con datos. Debido a que ese día había un leve manto de nubes y vientos de una altura muy poco común, los técnicos habían apagado excepcionalmente tanto ese telescopio como su mellizo, el Dupont, después de apenas cuarenta minutos de operación. Vaya mi suerte... Pero esta nube que me impediría ver el telescopio en pleno uso tenía, no obstante, su lado luminoso, puesto que esos hombres (y la única mujer) a cargo de las investigaciones aprovecharon el tiempo libre disponible para explicarme lo que hacían. Me enseñaron el funcionamiento de un espectrógrafo, el principal instrumento utilizado por los astrónomos para medir las longitudes de onda que parten de la energía de una estrella. El viraje al rojo en el espectro de la luz de una estrella les permite deducir a qué distancia, temporal y espacial, se encuentra verdaderamente un sistema galáctico, y a qué velocidad puede estar desplazándose. Vi fotografías de galaxias de alrededor de cinco mil millones de años en el pasado, captadas en un asombroso remolino de colores que pondrían azul y verde y rojo y amarillo de envidia a cualquier pintor moderno, pero que en el caso de ellos —o al menos en el caso de Scott Trager, un becario posdoctoral—, los ayuda a captar galaxias que son antiguas y que han cesado de formar estrellas, con la esperanza de determinar cuándo se detuvo ese proceso.

Y todavía más tarde, mientras el anochecer se convertía en noche cerrada —sí, el tiempo pasa en esta Tierra nuestra también, en incrementos infinitesimales en comparación con el cosmos, pero de todas maneras avanzando hacia nuestra extinción—, Jason Prochaska y Hsiao-Wen Chen, dos jóvenes científicos visitantes de Santa Cruz, me enseñaron el espectro de un quásar que estaban estudiando y que se encuentra a una distancia superior de lo que cualquier mente humana podría, en realidad, llegar a entender. ¿Cómo, entonces, son capaces día a día, todos los días, de lidiar con esos escandalosos marcos temporales y esas distancias abrumadoras? Y la respuesta es que, de hecho, son incapaces de hacerlo. Todavía tienen, a pesar de su familiaridad con todos esos conceptos —una galaxia después de esta comida, un cometa de postre, gas intergaláctico con el coñac—, problemas increíbles para imaginar lo que verdaderamente significan quince mil millones de años. «Este desierto —me había dicho Scott—, tiene doscientos millones de años y la Tierra tiene cuatro mil quinientos millones de años y yo... tengo treinta.»

Ahora, a altas horas de la noche, contemplo junto a Jenny y a Miguel y a Angélica el maravilloso cielo que los veintitantos de astrónomos ni siquiera pueden vislumbrar desde el interior de sus cámaras cerradas llenas de instrumentos de medición, las estrellas que son nuestras durante unos pocos momentos libres sin que sea necesario traducirlas a gráficos, nuestras aunque sepamos o no que efectivamente son hornos lejanos dejados de la mano de Dios. Pienso en los científicos, todos acurrucados en espera de que los vientos se silencien y mejoren las condiciones de manera que no se pierda la noche, puesto que cada hora frente al telescopio se ha programado con un año de anticipación. Segmentadas como recompensa por cientos de despiadados crepúsculos de ojos bien abiertos, estas horas en Las Campanas son tan valiosas que de todas maneras ninguno de ellos se irá a dormir hasta las seis de la mañana, por si surge la más mínima oportunidad de que los técnicos cedan y abran la cúpula y les permitan, a estos huérfanos del cosmos, descargar el cielo.

Al día siguiente, antes del amanecer —hoy es domingo, 12 de mayo—, me despierto temprano para poder presenciar la desaparición de las últimas estrellas en el horizonte, y aquí vienen de regreso los astrónomos. Entran tambaleantes, rezagados, a unos dormitorios en los que las cortinas más gruesas y las contraventanas más ajustadas que he visto jamás evitan que la enemiga luz del sol invada sus sueños diurnos. Se pierden un paisaje asombroso, cuando los primeros rayos de nuestra propia estrella solar comienzan a filtrarse desde detrás de los Andes y dejan al descubierto las numerosas cúpulas del observatorio, blancas y brillantes y agradables de ver, esparcidas sobre varias colinas onduladas y superpuestas, que se destacan contra las rocas y peñascos saturados de rojizas sombras color ocre. Como naves marcianas, pienso para mis adentros, concebidas por un genial escenógrafo de una película hollywoodense, que imponen una armonía secreta, una simetría, una austeridad geométrica en una tierra indiferente. Ni una mancha de verde, ni siquiera un arbusto, tiñe el rigor de ese valle amesetado, un panorama fragmentado de matices en un beige y tostado tan delicados que de alguna manera consiguen suavizar la dureza de la tierra reseca. Hacia el oeste hay más colinas, parte de la cordillera de la Costa, amortajadas en la base por un algodón blanco de nubes lisas, que el Pacífico hizo llegar durante la noche y que jamás alcanzarán la altura en que me encuentro.

Observo a un pájaro suspendido en lo alto, encima de mí, un cóndor o tal vez un águila, de los que levitan por horas en el aire, inmóviles, sin cambiar de sitio, sin siquiera planear, sino limitándose a permanecer en el mismo lugar con apenas un ajuste de las plumas, demasiado lejos para que yo pueda percibir si su cabeza gira ligeramente en busca de una presa. Me permito la esperanza —¿acaso el desierto ya está ejerciendo su despiadada influencia sobre mí?— de que la criatura se lance hacia abajo sobre algo, un zorro, una vizcacha, un guanaco muerto, y me deje vislumbrar un rastro de la lucha por la vida y el alimento que se desarrolla sin cesar en regiones como ésta. Pero el ave se aleja, asciende y desaparece en una finísima nubosidad, como de telaraña, que enturbia el cielo y que tal vez, si las plegarias de los científicos que duermen en este momento son atendidas, se disipe antes de que anochezca. Por ahora, Las Campanas está limpio y despejado, y más allá, sobre otra colina a treinta y dos kilómetros de distancia, al otro lado del cañón, otro observatorio, La Silla, dirigido por un consorcio de países europeos, también titila bajo el resplandor del amanecer, y es probable que sus habitantes también estén rogando por una noche translúcida y sin viento. Es uno de los numerosos centros astronómicos que se han construido durante los últimos cuarenta años, esparcidos por todo el desierto chileno, el más reciente en Paranal, en las afueras de Antofagasta, tan poderoso que sus telescopios cuadruplican el alcance de Las Campanas.

Las mismas condiciones que hacen que el norte de mi país sea tan seco —altas cumbres en la proximidad de una costa enfriada por una corriente oceánica de baja temperatura— también crean las especiales circunstancias climatológicas que permiten a los astrónomos instalarse alegremente para captar la luz que fluye desde los cielos. Yo pensaba que sólo era cuestión de 365 noches sin nubes por año, pero el viento es igualmente crucial. Miguel Roth nos ha explicado —mientras examinábamos el telescopio Magallanes, con sus miles de ojos espejados que devoran y localizan la luz— lo que sucede cuando el rayo de una estrella choca con la atmósfera nocturna: cada rayo es reflejado y desviado por racimos minúsculos e invisibles de células en el aire y va zigzagueando de una en una mientras desciende hacia el telescopio. Si se puede encontrar un lugar donde los vientos no causen turbulencias, no agiten esas células, entonces se logra lo que puede denominarse una calidad óptima de imagen. Y ése es el caso de este desierto: los vientos liminares que ya han recorrido miles de imperturbables kilómetros sobre el Pacífico llegan constantes y homogéneos, una estabilidad que garantiza un pasaje suave para la luz que viene desde su fuente, a miles de millones de kilómetros de distancia. Por esa razón los telescopios espaciales como el Hubble tienen tanto valor.

Pero ciertos espacios de la Tierra también son valiosos, entre ellos el norte de Chile. Este desierto nuestro no sólo exporta minerales como cobre, bórax, yodo, litio y, sí, todavía un poco de nitrato, sino también el mismo cielo, un cielo de perpetua serenidad, como lo describió en el siglo XVIII el Abate Juan Ignacio de Molina desde el exilio en Italia al que lo había enviado el rey de España junto con todos los otros hermanos jesuitas de América Latina: *la perpetua serenidad del cielo*, escribió.

Es magnífico, no cabe duda; pero, ¿día tras día tras día?

Y éste era sólo el Norte Chico, como se lo llama para diferenciarlo de las enormes extensiones de Atacama y Tarapacá —aunque lo bastante inmenso, a pesar de su nombre, para empezar allá lejos, en las afueras de Santiago—. Una serie interminable de colinas áridas nos han escoltado hacia el norte, cientos de kilómetros sólo interrumpidos por un repentino manantial de arbustos y tristes bosquecillos que se descuelgan de los barrancos que algún arroyo ha dejado tras de sí en medio de la arena y el polvo. Y, cada tanto, un valle y túneles que atraviesan montañas y cada hora un valle menos y rocas, rocas, rocas a ambos lados de la carretera Panamericana que serpentea por esta tierra yerma.

Yo ya estaba un poco harto de todo eso, anhelaba la lluvia de Monte Verde, los montes repletos de vegetación y las cataratas del sur chileno. Sin embargo, no podría haber mejor forma de prepararnos para nuestra incursión en el desierto mucho más rencoroso que nos aguardaba en el norte que esta breve temporada con Miguel y Jenny y la colonia de astrónomos. En cierto sentido, desde luego, nada podría estar más lejos de los pueblos fantasmas que pronto rondaríamos. Las Campanas se encuentra a la vanguardia de la modernidad, un prodigio de tecnología importada; como las *salitreras* en su momento. Una tremenda infraestructura ha brotado alrededor de estas cúpulas y estos científicos para mantener las cámaras disparando y las computadoras zumbando y las manos apuntando dimensiones. Cuando Angélica y yo llegamos a Las Campanas, nos perdimos en el laberinto de edificios: un generador eléctrico, una unidad de mantenimiento mecánico, alojamiento para el personal y los trabajadores, instalaciones recreativas, un gimnasio, una biblioteca, un centro médico menor con una ambulancia. Billares, ping pong, toda clase de juegos. La mayoría de astrónomos y técnicos —así como de huéspedes como nosotros— duerme en las cómodas habitaciones al estilo de los hospedajes de montaña, similar a un hotel de vacaciones, donde la arquitectura, las piedras multicolores, la cuidadosa construcción de las paredes, recuerdan a algún pequeño complejo de esquí en Colorado o los Alpes franceses. Y al igual que la gente que está de vacaciones, en este refugio todos comen de más, compensan la desolación sirviéndose la comida sabrosa y abundante del restaurante de autoservicio. Preparada por un personal cuyos miembros se turnan para regresar a sus esposas e hijos en las ciudades cercanas de La Serena u Ovalle, puesto que ellos, al igual que todos los demás en Las Campanas, no consideran que ésta sea su residencia principal. Dos semanas aquí, dos semanas allá. No importa cuánta atención estética se haya dedicado a cada detalle para hacerla más tolerable para el personal permanente y también para los visitantes que muchas veces se pasan meses enteros en estas instalaciones; nunca oí a persona alguna afirmar que estas colinas fueran su hogar. Nadie lo afirmó, y jamás nadie lo hará; salvo uno que otro buitre por ahí y las profusas cabras de montaña cuyos excrementos adornan hasta la entrada del mundialmente famoso telescopio Magallanes. Un contraste que no se me escapó: el estiércol que tratamos de no pisar mientras nos afanamos por ver las estrellas, esas minúsculas estrellas de excremento esparcidas en el umbral de los elevados edificios que albergan las aspiraciones aún más elevadas de alcanzar, tocar, sondear los misterios de constelaciones ubicadas miles de millones de kilómetros en el pasado. Los animales que heredarán este lugar una vez sea —como algún día sin duda lo estará— abandonado.

Todo este lujo extremo, traído de otra parte. Como en cada desierto, si la necesidad de explotar este recurso en particular (en este caso, las estrellas del cielo en vez de los minerales que están debajo y dentro de la tierra) dejara de existir o pudiera extraerse en mejores condiciones en otro sitio, este apacible, civilizado y artificial enclave llamado Las Campanas se derrumbaría.

Este desierto, al igual que el desierto más vasto que Angélica y yo comenzaremos a explorar en los próximos días, es un lugar en el que los hombres no pueden sobrevivir sin lo que importan del mundo exterior. Comenzando por el agua. Hace apenas dos días que estoy viajando y ya entiendo algo respecto de este terreno hostil y críptico. Uno puede sumergirse en el mar o sentir la bienvenida de un bosque, pero el desierto hace recordar distancias todo el tiempo: entre uno y las rocas, entre uno y la siguiente y lejana comunidad humana, entre uno y su propia tenacidad. El *desierto* no ofrece siquiera la ilusión de que uno podrá ser alguna vez otra cosa que un intruso. Y esa es la razón por la que necesitaba atravesar esta región en automóvil en vez de saltar sobre su majestuosa desolación en avión, como había sugerido Angélica en un principio. No, respondí, tenemos que experimentar el tedio de un kilómetro tras otro. Sentir la arena y el viento aguardando el momento de reconquistar el espacio que uno se ha atrevido a ocupar, el camino mismo que estamos transitando. El desierto: ese espejismo de eternidad, o algo similar, que no alcanza a ser un vacío sólo debido a la profunda calma de lo salvaje que espera con paciencia el momento de envolvernos, el momento de devorarnos. No es como en los bosques, donde hay sombra, protección, frutos, hojas, arroyos; como el sitio en el que se instalaron los habitantes de Monte Verde. Estaban intentando huir del desierto, pienso, o lo estaban sus ancestros, si primero pasaron por estas tierras. En busca de un lugar donde hubiera agua, algo que comer al alcance de la mano, animales que cazar y, algún día, domesticar.

Tal vez estaban escapándose, sin saberlo, del síndrome del desierto, un síndrome de soledad causado por el desierto; una condición psicológica que el lector no encontrará en ningún manual porque acabo de acuñar esa frase. De hecho, se me ocurrió después de una larga conversación con Miguel Roth durante esta visita.

Hace treinta años que Miguel y yo somos amigos. Entre él y yo, Angélica y Jenny, se había formado una profunda camaradería y afecto durante la presidencia de Allende, esos vertiginosos años de la revolución pacífica de Chile en que compartimos intensamente la alegría y la energía de la liberación para luego, con la misma intensidad, sobrevivir a los pesares de la derrota. No era sólo el pasado lo que nos mantenía en contacto durante los arduos años de la dictadura y el exilio; nos encontrábamos en Buenos Aires y en California y en la ciudad de México y en Amsterdam, cuando y donde podíamos. No sólo el recuerdo de aquella época cuando la vida parecía una fiesta perpetua, cuando todos creíamos —¡éramos tan jóvenes y entusiastas en aquel entonces!— que emanciparíamos nuestra tierra, desterraríamos la pobreza y la injusticia del mundo. No era sólo eso lo que nos unía, no sólo los lazos que surgen de haber afrontado juntos la muerte y haber sobrevivido, sino un cariño y una intimidad que iba más allá de nuestra historia en común, tal vez aumentados por el hecho de que Miguel había nacido, al igual que yo, en Argentina, y había elegido formar su hogar en Chile y casarse, como lo había hecho también yo, con una mujer chilena, la siempre encantadora Jenny. Para qué agregar que Miguel es uno de los hombres más alegres y perspicaces que conozco.

Encontré a Miguel tan generoso y sociable como siempre, un poco más ancho de circunferencia, ya con algunos tonos grises en su barba color arena, pero la misma risa resonante de antaño que le seguía sacudiendo el cuerpo de la cabeza a los pies. Inteligente e ingenioso, de réplica veloz, siempre dispuesto a hacer un juego de palabras o un acertijo o una canción, capaz de dirigir de una manera agradable y no agresiva, excelente administrador y científico de primer nivel. Orgulloso de sus logros y contento de que el Carnegie Institute, que está a cargo de Las Campanas, le hubiera confiado la dirección de una operación tan importante. Pero ayer, cuando llegamos al observatorio, también lo encontramos un poco tenso, irritable, como si no estuviera cómodo en ese entorno, algo inesperado en Miguel, que por lo general es jovial. El año pasado, en Santiago, cuando nos encontramos a cenar con otros amigos, Jenny había insinuado, como de paso, que a Miguel comenzaba a pesarle el vivir lejos de ella y lejos de su hogar el sesenta por ciento del año. En la medida que se fue desenrollando nuestra visita a Las Campanas, él pareció relajarse un poco de manera que ayer por la noche, durante la recorrida del telescopio Magallanes, cuando llegamos a un sofá de cuero en una de las oficinas de la base, le pedí que se recostara y, anotador en mano, representé el papel de un psiquiatra y le exigí que me confesara lo que le ocurría. Ese fue el momento en que se me ocurrió ese término —que a partir de la fecha queda patentado—: síndrome del desierto.

Porque el culpable de lo que le ocurría era el desierto, que había ido corroyendo los bordes de su identidad. Trece años de ir y volver habían afectado a su capacidad de establecer relaciones humanas profundas y significativas, impracticables con la población transitoria que fluye y refluye en Las Campanas, pero igualmente difíciles de crear con los amigos de Santiago a quienes le gustaría ver todos los días; «y no puedo, tengo que interrumpirlo todo para venir aquí, posponer esos contactos, tampoco soy capaz de adaptarme a Las Campanas, todo se vuelve fluctuante y artificial», dijo analizándose a sí mismo en castellano cuando, de pronto, pasó al inglés. «*It's not a pretty life*». No es una vida linda. Y otra vez en castellano: «*Pero es lo que hay*. Esto es lo que la vida me ha dado». Nuevamente se quedó en silencio un momento antes de decir: «Me siento muy solo aquí».

Un dilema típico, le expliqué, de esos hombres (en su mayoría varones, de hecho) que se van a trabajar a lugares de aislamiento intenso —barcos, minas, pozos petrolíferos, guerras—, un dilema que tiene que ser más duro en el desierto, diría yo. Incluso en la relativa comodidad de Las Campanas, el paisaje está allí, imponiendo límites.

«Es como una mujer —había dicho Miguel—. Seduce, atrae... Cuando lo ves por primera vez, el desierto ofrece muchas tentaciones y luego te las va negando lentamente, repite la misma oferta, cada día te da otra vez más, casi con desesperación, lo que ya te ha dado ayer. Siempre igual en su monotonía. Y uno empieza a darse cuenta de que realmente jamás se te entregará.»

«¿Nada cambia?», le pregunté.

Miguel reconoció que, con el paso del tiempo, pudo percibir algunas variaciones ligeras, prestar atención a la forma en que el desierto modifica su aspecto. Cada tanto aparecen guanacos, un burro, un buitre. Este año, por ejemplo, hay algunas flores más, menos insectos, y una excepcional tormenta espantó a los zorros el último septiembre —que supuestamente comen las ratas y ahora las ratas se tragan las semillas y el grano y les encanta comer cables, lo que vuelve locos a los astrónomos y a los técnicos del observatorio—, lo que no viene a ser muy estimulante para una personalidad tan urbana y sociable como la suya.

Pero sin embargo, cuando hurgamos más profundamente en su crisis, esa vida fracturada le resulta más adecuada de lo que admitió en un primer momento. Miguel, hijo de refugiados judíos que llegaron de Austria a Buenos Aires después de la invasión nazi, es víctima de algunas de las mismas fuerzas desintegradoras que han hecho pedazos mi propia vida. Como yo, se enamoró de un país en el que no había nacido y debió marcharse contra su voluntad después del golpe. Y también como yo, pasó los años posteriores tratando de volver a Chile. Pero cuando por fin pudo regresar, el país que encontró había cambiado de una manera radical, casi enfermiza. «Cuando volví a Chile

—me dijo, mientras inclinaba un poco más el sofá para estar más cómodo—, tenía la sensación de que caminaba por las calles rodeado de personas que llevaban una de esas bolsas de papel en la cabeza, sabes, con dos ranuras para los ojos. No podía reconocer las caras. No podía reconocer lo que la gente decía. No podía reconocer nada.» La dictadura, sentía él, había cambiado a la gente de una manera drástica, mucho más allá de lo que se lo habían propuesto originalmente los militares. Pero aun así ahora Chile era su país y el país de Jenny, el lugar donde sus dos hijos adultos estaban instalados y no existía zona alguna en el mundo donde pudiera sentirse menos extranjero.

Cuando ellos regresaron en 1987, eran tiempos difíciles en Chile: Pinochet seguía en el poder y no había sitio para un disidente democrático como Roth en un sistema universitario controlado por la dictadura ni tampoco en una empresa privada para un científico que se había especializado en la física de altas temperaturas (tema de su disertación doctoral en la Universidad de San Diego). Así que cuando la Carnegie Foundation, impresionada por los años de experiencia de Roth en el Observatorio Nacional de México, le ofreció el puesto de astrónomo residente en Las Campanas y muy poco tiempo después la dirección, le encantó que le dieran la oportunidad. Desde entonces ha estado a la cabeza del observatorio en un período en que se sucedieron una serie de descubrimientos importantes, además de supervisar la complicada instalación de telescopios en una de las colinas donde nada había excepto riscos y piedras; de modo que puede sentirse orgulloso de haber dirigido con eficiencia e imaginación un centro de investigaciones de primer orden. Podrá quejarse de las restricciones personales que su opción por esa carrera le ha impuesto, pero este puesto de avanzada en el desierto le ha permitido justamente vivir de la manera que él habría deseado: estar en Chile y fuera de Chile al mismo tiempo, separarse del país que ya no reconocía. Esos viajes de ida y vuelta en el espacio reemplazaban los similares viajes mentales de aproximación y distanciamiento que hubiera tenido que realizar de haberse asentado en Santiago de forma estable. Había ido al desierto por necesidad; pero se había quedado allí, pensaba yo, por las mismas razones por las que tantos otros se habían marchado a otros desiertos y permanecido en esos páramos por muchos años: porque no había para ellos nada mejor en el mundo. La clase de existencia que Miguel tendría que haber llevado en un Chile alterado por años de temor, desconfianza y persecuciones tampoco lo hubiera dejado satisfecho. En realidad no era el desierto lo que le había partido en dos la vida: era la dictadura.

Y encontró un consuelo considerable en sus investigaciones científicas, contestando cada noche la llamada de las estrellas. Aunque no haya tenido una educación formal como astrónomo y se vea obligado a pasar gran parte de su tiempo en tareas administrativas, ha podido zambullirse en los misterios de la evolución solar.

Anoche hemos hablado sobre sus intereses, mientras observábamos las profundidades del cielo del desierto junto a Angélica y Jenny. El entusiasmo y buen humor del viejo Miguel, comenzó a salirle por los poros. ¿Cómo nacen las estrellas, cómo mueren? Le fascinan las conexiones de la astronomía con los fenómenos biológicos, en tanto ambos procesos, nuestras vidas y las de las estrellas, son irreversibles. «Algunas ocasiones parecen insinuar reversibilidad —dijo Miguel—, pero en cierta forma son como esos períodos intermedios de la adolescencia, cuando a veces se es como un niño, otras como un adulto. Las estrellas realizan una ida y vuelta semejante, las estrellas también se resisten a entrar, no tanto en la muerte, como en la etapa geriátrica de su existencia... Igual que nosotros...» Y a continuación resonó esa típica risa efusiva y contagiosa.

Y como adora los objetos elegantes, también ha estudiado las nebulosas planetarias, los remolinos de materia más estéticos que pueden hallarse en el universo. En los que nuestro sol se convertirá algún día. Nuestro astro comenzará a despojarse de gran parte de su materia y mantendrá un núcleo muy caliente en el centro y, a medida que vaya ionizando la materia que expulsa, se verá muy hermoso en la muerte.

—Si bien —dije—, ningún miembro de nuestra especie estará presente para apreciar el espectáculo.

Miguel se encogió de hombros.

—Tampoco había nadie en el principio. El Big Bang debe de haber sido algo digno de ver, si hubiesen existido, claro, ojos para verlo.

Orígenes. Había venido al norte en busca de nuestros orígenes y ya me sentía atiborrado. Al concentrarme en nuestros comienzos, en el quién y el qué somos, ¿no estaba corriendo el riesgo de tener que contemplar también nuestra extinción definitiva?

Me inundó una repentina oleada de terror existencial, esa soledad primordial que no es síndrome del desierto sino de la vida misma, ese temor sin límites que invade el cuerpo humano cuando la mente solitaria que lo dirige se aventura más allá del borde más lejano del cosmos y se atreve a imaginar las distancias que corroen el cielo, ese desierto de estrellas.

¿Qué hice, entonces? En ese cerro en las tierras remotas de Chile donde se había visto por primera vez una supernova que derribó todo lo que sabíamos sobre nuestro nacimiento estelar, hice lo que siempre debe hacerse cuando uno está a solas con la muerte: buscar consuelo en un amigo. Lo que se hace cuando uno se enfrenta al desierto que sea: domar, si es posible, la distancia.

Le pregunté a Miguel si, después de todo, no estábamos mirando allá arriba los primos lejanos de los átomos que danzaban aquí mismo, dentro de nosotros, junto a nosotros, a través de nosotros.

Y Miguel me explicó una vez más, casi como si estuviera contándole un cuento de hadas a un niño, cómo había comenzado todo, cómo los átomos creados en los primeros instantes del universo quince mil millones de años atrás se habían agrupado en nubes moleculares y de allí en estrellas y las estrellas se habían agrupado en galaxias. Me explicó que las moléculas del cosmos son las mismas que produjeron el desierto y a ti y a mí, dijo, y a Angélica y a Jenny y este cielo y el agua que faltaba en el desierto y los minerales que se habían explotado en esa misma región, el silicio y el carbón y el oro y el cobre. Contó que todo lo que hay en esta Tierra se había formado dentro de la máquina termonuclear de las estrellas, el hierro de la hemoglobina de nuestros cuerpos que transporta el oxígeno a través de nuestros tejidos, el sodio y el potasio que se convirtieron en nitrato y en fertilizante, nuestros corazones que laten y nuestro cerebro que piensa y los recuerdos mismos, todo, todo, todo hecho de estrellas, formado dentro de una estrella.

—*Somos polvo de estrella* —dijo Miguel.

Se lo dijo a Jenny y a Angélica y a mí.

Consolando a este nómade buscador de orígenes, consolándome con la certeza de que nosotros, los humanos, provenimos de estrellas a las que algún día, como si fueran un hogar, vamos a volver.

CEMENTERIOS BAJO LA LUNA

*Lunes, 13 de mayo de 2002.*
*En algún lugar del desierto de Atacama*

Me encuentro en el mero centro de lo que alguna vez fue Oficina Alemania, un pueblo salitrero donde miles de trabajadores se dedicaban a martillar el *caliche* y a hervirlo hasta que soltara su tesoro de oro blanco; me encuentro en el sitio donde, año tras año, millones de toneladas se amontonaron en carretones tirados por mulas y luego en trenes interminables, y todo para trasladarse hasta el puerto de Taltal, todo para que finalmente los campos de Europa pudieran florecer con remolachas y granos y verduras; me encuentro frente a un pequeño monolito con la estatua de una figura masculina en su parte superior que representa al *pampino* que cosechó este desierto como si fuera un campo sembrado y no una costra de dura roca granítica; me encuentro en el mismísimo medio —¿o será a un costado?— de Oficina Alemania, en el desierto más seco del mundo y doy vuelta la cara y miro a mi alrededor y veo... Nada. Ni siquiera la cáscara de una choza abandonada, ni la insinuación de la silueta de una ruina, ni el atisbo de algo que pudiera servir para una postal, nada.

Sólo el horizonte que se extiende hasta el vacío. Y la basura. Que dejan los viajeros que se detienen, echan una mirada perpleja, dan un mordisco a su barra de chocolate, dejan caer el envoltorio, y siguen su camino a toda prisa.

El envoltorio de un helado, trozos de botellas de cerveza, unos jirones de papel higiénico adheridos a una piedra, eso es lo que veo en Oficina Alemania. Incluso «Oficina», ese nombre que persiste, es superfluo, fruto de una equivocación. Los primeros centros de actividad humana edificados para explotar el nitrato, cuando aparecieron en 1810, el año en que la mayor parte de América Latina proclamó su independencia, se llamaban originalmente *Oficinas de compra*, porque adquirirían la escoria que traían hasta allí los trabajadores independientes. Pero se trataba de estructuras transitorias que se transferirían a otro sitio apenas los recursos de esa área se agotaban, mientras que Oficina Alemania, como tantos otros pueblos salitreros, fue una comunidad permanente, llena de vida, con todas las comodidades de una ciudad pequeña.

Supuestamente permanente.

En la actualidad es menos que un pueblo fantasma. ¿Dónde están las calles que se trazaron por primera vez en 1905, las residencias con sus tejados de *calamina*, la tienda de la empresa que ocupaba toda una manzana, la magnífica sala frente a la que los residentes hacían cola para ver a Greta Garbo y a Tallulah Bankhead y a Pedro Armendáriz mientras una mujer hacía tintinear un piano para acompañar el celuloide mudo?

Recuerdo el experimento de Tom Dillehay en Monte Verde, aquel curanto que no había dejado señales de su existencia tres años más tarde. Hace ya treinta años que en esta oficina —de hecho, desde que cerró, en 1970— no ha dormido ni se ha despertado un alma. ¿Qué puede haber quedado de los otros centros de producción de nitrato, cientos de ellos, que cesaron toda actividad muchos años antes que Alemania? ¿Cómo puede ser que ni siquiera hayan permanecido los cimientos de un solo edificio?

Se lo han robado todo. Incluso se han llevado dos de las cuatro placas del monolito, y dejaron sólo la estatua, la heroica figura a tamaño natural de un hombre hecha de bronce, con un mazo en una mano y una cantimplora en la otra, sus dos amigas más leales en el desierto hostil; el mazo para abrir a golpes la costra de la tierra, la cantimplora para engañar la sed. Bajo sus pies, una inscripción sentimental en honor de aquellos que murieron y trabajaron en este sitio sin que nadie les diera las gracias: «*Pampino*: fuiste la columna vertebral de este Norte y este país. Mira ahora cuán desolada está tu tierra, lejos de esos tiempos gloriosos, de esa tierra floreciente. Vuestros hijos e hijas de esta pampa os recuerdan».

Parece que son los únicos.

—Mira —dice Angélica.

Me equivoco. Algo queda. Al otro lado de la carretera, algo apartado del camino, hay un cementerio. Pero no cruzo para presentar mis respetos a las personas que caminaron por este mismo sitio. En este momento estoy ansioso por tocar por primera vez las rocas de las que se extrae el nitrato; esos pozos abiertos en el desierto parecen estar llamándome.

Me aventuro solo por los alrededores, llego lo más lejos que me atrevo, haciendo como si estuviera perdido. Un juego estúpido que me gusta jugar conmigo mismo cada vez que visito un lugar no familiar: tratar de sentir —seudosentir tal vez sería una palabra mejor— el antagonismo de un ambiente extraño sin tener que soportar en verdad ni siquiera un simulacro de peligro. Había llevado a cabo ese experimento en lugares tan variados como la casba de Argel (allá por los años setenta, mucho antes de que fuera de veras peligroso), el Veld de Sudáfrica, y el monte de matorrales y arbustos llamado El Impenetrable en el noreste de Argentina. Acrobacias mentales para un turista con una inclinación —pero no más que eso— por lo exótico. Aunque resulta que lo que ahora intento desentrañar es mi propia historia, y esa emoción mía le añade a esta breve incursión en lo desconocido un ligero filo de urgencia, incluso de intimidad.

Así que esto modificó la historia de mi país, de esto se trataba, esto es el caliche. Es de una dureza asombrosa, esta capa de roca que en una época contenía, a varios metros bajo tierra, las sales y minerales que cambiaron el destino de mi país y ayudaron a alimentar al mundo. Los pavimentos urbanos parecen alquitrán en comparación con esta costra. El mero hecho de presionar esta losa compacta de piedra con los dedos, de sentir cómo se resiste rotundamente a mis pies, sin reconocer mi peso ni concederle un centímetro a mi existencia, es una lección sobre los millones de horas, millones de músculos, millones de brazos sudorosos que laboraron en estas llanuras de sal para arrancar las pepitas de nitrato.

Nadie sabe con seguridad por qué este desierto contiene tanto *salitre*. Abundan las teorías, pero se neutralizan entre sí, se anulan mutuamente. Algunos dicen que sus componentes se filtraron desde las montañas y que luego se evaporaron en la cuenca entre las dos cordilleras. Otros sugieren que en tiempos pasados el mar cubrió esta región y que más tarde, a través de un proceso de sublimación, se produjo este vasto lecho de sal y yodo. Y otra teoría proclama que una materia orgánica, minúsculos microbios masticando durante cientos de miles de siglos, fue lo que convirtió las rocas en nitrato. O quizá fueran las aguas termales.

No hay consenso.

Sólo una cosa es segura, algo en lo que todos los expertos concuerdan: la falta de agua, la maldición de esta tierra marchita, es lo que bendice el desierto con nitrato. Sólo haría falta un par de semanas de lluvias persistentes para que la sal se disolviera, para que el salitre desapareciese.

Pero hace un millón de años que no llueve aquí y ésa es la razón por la que, a pesar de que puede encontrarse nitrato en muchos lugares del mundo, en California, India, Egipto, el Lejano Oriente —y los primeros que lo utilizaron fueron alquimistas árabes y chinos y europeos (que lo llamaron «fuego griego»)—, sólo aquí, en el norte de Chile, su gradación es lo suficientemente elevada y sus depósitos lo bastante extensos para garantizar una explotación industrial.

Levanto una piedra. Si tuviera un fósforo, podría intentar un experimento. En 1866, José Santos Ossa organizó una expedición en esta zona en busca de plata. Los veteranos mineros, que habían aprendido su oficio en las miles de pequeñas minas del Norte Chico que Angélica y yo acabamos de dejar atrás, pernoctaban en un campamento en el Salar del Carmen, no muy lejos de este punto en el que mi mano se aferra a este trozo descolorido de tierra y piedra, y uno de ellos, Juan Zuleta, decidió apagar el rescoldo de su último cigarrillo con un gajo de piedra blanca pulverizada y al empezar a hacer chispas y arder, gritó: «¡Caliche! ¡Caliche!». A su alrededor se extendían kilómetros y kilómetros de campos de nitrato como éste. Y así comenzó la fiebre del salitre.

Yo no fumo, así que no podré imitar a Juan Zuleta. Pero esta misma piedra que le fue arrancada a la tierra en una detonación que algún minero desconocido inició quién sabe cuántos años atrás todavía puede encender mi imaginación. Fue debido a este pedacito de tierra dura y blancuzca que miles de hombres dejaran sus hogares, la mayoría lo suficientemente seducidos para abandonar el frondoso *sur* de Chile que yo mismo ya estaba extrañando, atraídos por las promesas de fortuna y de un nuevo comienzo que les hacían los *enganchadores*, la posibilidad de huir del yugo del *latifundio*, la oportunidad de ser libres. Por este pedrusco se hacinaron en barcos y vinieron hasta aquí con la esperanza de ahorrar un poco de dinero y regresar a sus casas y comprar un terrenito y plantar maíz y papas. Pero se quedaron, se quedaron atados a este retazo de nitrato, encadenados a él como si fueran presidiarios. No pudieron ahorrar un solo peso: se les pagaba en *fichas*, que únicamente eran aceptadas en la pulpería de la empresa de sus respectivas oficinas, donde los gerentes dictaban la ley y también la aplicaban sin interferencias externas. Si los trabajadores se quejaban se los azotaba o los despedían, y si perdían su trabajo tenían que marcharse, de nuevo al desierto, a la oficina siguiente, sin poder llevarse más que las ropas que habían traído, sin otro destino que seguir excavando la tierra en busca de otra roca como ésta. Este pequeño conjunto de minerales convirtió al desierto, antes despreciado, en blanco de la codicia, en fuente de una riqueza prodigiosa e incesante. De tal forma que los sudamericanos se mataron entre sí en una guerra por el control de estos recursos, de este grano de sal: en 1879 Chile lanzó lo que se conoció como la guerra del Pacífico contra Perú y Bolivia, una guerra que terminó con los chilenos victoriosos —incluso llegaron a ocupar Lima— y la anexión de estos territorios. Aunque el resultado no fue que los dueños de este pedazo de roca que sostengo en las manos finalmente fueran los chilenos supuestamente soberanos en su tierra, sino una serie de empresarios y banqueros (en su mayoría) británicos que a mediados de la década de los ochenta del siglo XIX habían conseguido ya tomar posesión de la mayoría de las refinerías de nitrato.

La historia debe de tener un sentido perverso del humor, porque el inglés que luego sería conocido como el rey del nitrato se llamaba... North, John Thomas North, es decir, Norte, y por cierto ese hombre del norte, quince años después de la guerra, era dueño de las quince *salitreras* más productivas, los cuatro ferrocarriles que monopolizaban los transportes de las pampas, las centrales potabilizadoras de Tarapacá, que proveían de agua a toda la región, y también de las empresas que importaban bienes europeos y distribuían los alimentos a las oficinas. Muchos historiadores sostienen que North —quien, en el punto máximo de su riqueza, se autonombró coronel de forma fraudulenta— planeó la exitosa revuelta del Congreso chileno contra el presidente constitucional Balmaceda en 1891 y lo derrocó porque éste amenazaba con nacionalizar las empresas extranjeras que controlaban la producción y exportación de la mayoría del nitrato del Norte Grande. Qué ironía de la historia: el formidable señor North utilizando la riqueza que se derramaba desde piedras como la que ahora recojo en esta oficina para asegurarse de que manos chilenas no recuperaran el dominio de esas piedras. Esa tesis de un Balmaceda antiimperialista —que se suicidó en vez de rendirse, una ominosa anticipación de la tragedia de Allende ochenta años más tarde— ha sido discutida por otros académicos, pero de lo que nadie duda es de que el extravagante estilo de vida de North encarnaba ejemplarmente la opulencia de los especuladores y financieros, en su mayor parte extranjeros, que acumularon riquezas fabulosas gracias al auge del nitrato. Cuando se piensa en ello, es increíble el abanico de privilegios y ventajas que este diminuto mendrugo de tierra terminó entregándole a North: el salitre lo hizo compinche del príncipe de Gales y socio empresarial del genocida rey Leopoldo de Bélgica en las plantaciones de caucho del Congo y le financió una recepción para ochocientos invitados en el Hotel Metropole de Londres en 1888, donde se pavoneaba con lord Randolph Churchill y el marqués de Stackpole y se vestía como Enrique VIII mientras su hija estaba engalanada como una princesa persa y su hijo como Richelieu, todos aguardando a que se anunciara la cena con una fanfarria de clarines. Ese banquete londinense en particular —que costó diez mil libras de la época— se llevó a cabo para despedir al rey del nitrato en las vísperas de su nueva partida hacia Chile y se prolongó en las profusas fiestas adicionales que dio en Iquique y Santiago en el transcurso de ese viaje.

Festividades y banquetes que no duraron.

He aquí la prueba: este agujero en el desierto y el desmoronamiento de la Oficina Alemania allá a la distancia.

Otra guerra entre hermanos arrasó las fortunas amasadas gracias al nitrato y terminó destruyendo los pueblos construidos para alimentar esas fortunas y, claro, destruyendo también la vida de los hombres que habían trabajado aquí. Esta vez fue una guerra europea, de 1914 a 1918, lo que en ese momento se llamó la Gran Guerra y que ahora se conoce como la primera guerra mundial. La desesperante carencia del nitrato chileno y la interrupción de los envíos obligaron a los alemanes a buscar en los laboratorios un reemplazo de lo que se había extraído de estos dominios de polvo durante los cuarenta o cincuenta años previos y se había refinado luego en pueblos/oficinas como, bueno, Alemania. Así, me encuentro en un lugar irónicamente adecuado para recordar que el nitrato sintético, basado en el petróleo, que se descubrió precisamente en la Alemania real convirtió el *boom* chileno en una ilusión, la hizo quebrar, puesto que aquel fertilizante era mucho más barato de producir en una fábrica química que el que se extraía de un desierto inmisericorde en la otra punta del planeta. Los campos de Flandes y las trincheras del Somme devastaron algo más que las vidas de esa generación europea; también cerraron los campos de Atacama, las trincheras de nitrato de la Oficina Alemania y Flor de Chile y Agua Santa y Bella Vista y Primitiva, y dejaron encallados en las ciudades portuarias de Antofagasta e Iquique, Taltal y Pisagua y Cobija, a miles y miles de trabajadores despedidos y a sus familias, que ya no se sentían extranjeros en la pampa. Ellos se habían convertido en *pampinos*, se habían forjado una identidad nueva en las *salitreras* y ya no podían concebir otro hogar. Habían visto a muchos de los suyos morir en lugares como éste, demasiados hijos y cónyuges y padres y hermanos y amigos enterrados en lugares como éste, para realmente poder marcharse y dejarlo atrás.

¿Tengo tiempo para visitar ese cementerio que me llama desde el otro lado de la carretera Panamericana?

Por la cara que pone Angélica cuando regreso, está claro que no. Nos conviene llegar a Antofagasta, la ciudad más importante del Norte Grande, antes del anochecer. Tenemos una cena con el novelista Hernán Rivera Letelier, quien se crió en un pueblo no muy diferente de Oficina Alemania y que ha escrito algunos textos ardientes sobre esa experiencia. Mejor hablar con los vivos que seguir atormentando a los muertos pidiéndoles historias que no quieren contarme. El *cementerio* de Oficina Alemania no es el último que veremos en este viaje. Y, en realidad, no es el primero que hemos visto hoy.

Esta mañana, más temprano, pasamos por el puerto de Caldera, que alguna vez fue próspero y donde a mediados del siglo XIX se embarcaba la asombrosa plata de Chañarcillo, la tercera mina de su clase más grande del mundo en esa época, y también cobre proveniente de una infinidad de pequeñas canteras del Norte Chico. Aunque ahora está en decadencia, Caldera todavía puede hacer alarde de poseer dos hitos notables. Uno es una terminal ferroviaria en un impresionante estado de conservación —construida por un norteamericano con un apellido muy apropiado: Wheelwright, es decir, ruedero o carretero—, adonde el día de Navidad de 1851, llegó el primer tren en Sudamérica que transportaba tanto pasajeros como carga, resoplando desde Copiapó, una ciudad minera acurrucada entre las montañas a cien kilómetros al este, y que también resultó ser el primer tren en las Américas que alcanzó el Pacífico. La otra atracción principal de Caldera era el Cementerio Laico, el primero no católico de Chile y probablemente uno de los más antiguos de América Latina, construido cuando Chile, anticipándose a la mayor parte de los países del hemisferio, separó la Iglesia del Estado. Fue el ferrocarril lo que generó el cementerio: muchos de sus difuntos residentes son precisamente protestantes provenientes de Inglaterra, Escocia y Estados Unidos que habían venido a trabajar en el ferrocarril y en las minas y se habían quedado, MacKenzie y Griffith y Smith, de Swansea y Boston y Glasgow; aunque también había un par de mausoleos similares a pagodas que albergaban a inmigrantes chinos y varios eslavos ortodoxos, todos atraídos por las riquezas de la industria minera, como tantos otros extranjeros que años más tarde se volcarían sobre el Norte Grande durante el auge del nitrato. Un cementerio, cuya elegancia y tristeza acentuaron los exquisitos cercos de hierro forjado que protegían las tumbas, fabricados con materiales sobrantes de las vías del tren y otras piezas de repuesto por los artesanos gringos que ahora descansaban allí, bajo nuestros errantes pies. Mientras que nuestros labios descifraban aquellos borrosos epitafios sobre Dios y el amor y la abandonada tierra natal en veinte idiomas, quizá preparándonos para otros terrenos de sepultura aún más al norte, donde intentaríamos rastrear los nombres y el linaje de los parientes perdidos de Angélica en Iquique.

Pero hoy me aguardaba otro cementerio en el camino, el único lugar de todo el norte que me había dejado una impresión duradera cuando había pasado por acá apresuradamente en 1962. Estaba con mis dos compañeros de autostop en la cabina del enorme camión que nos recogió una tarde en La Serena. Había sido un viaje agradable, las horas pasaban y el conductor nos hablaba sin cesar sobre los pesares de recorrer solo esas carreteras interminables, un ejemplo temprano del síndrome del desierto, si en ese momento yo hubiese tenido la experiencia suficiente para haber notado los síntomas y presentado un diagnóstico. Esa noche, en un punto determinado, el conductor paró el camión a unos kilómetros —¿veinte, tal vez treinta?— después de Caldera y nos sugirió que nos bajáramos para orinar. Pero la verdadera razón, dijo mientras descendíamos, era diferente. *Muchachos*, esto sí que lo tienen que ver.

Y allí, bajo la luna llena hace unos cuarenta años atrás, vi algo inolvidable. Lo que recordaría más tarde, lo que traté de describirle a Angélica cuando regresé de aquel viaje al norte, lo que ha permanecido conmigo todos estos años, era una cadena de formaciones rocosas huecas que se extendía no menos de un kilómetro y a las que el viento había dado la forma de gigantescas calaveras deformes, congeladas como fantasmas bajo la luz de la luna. Era algo muy antiguo y extrañamente amenazador en la blanca oscuridad.

No pude, por supuesto, repetir la experiencia en este 2002. Esta vez no había luna y el cielo estaba gris y caía una llovizna débil; el mismo raro frente climático que dos días antes había hecho que apagaran el observatorio Magallanes en el cerro Las Campanas, y que nos perseguía hacia el norte. Y, sin embargo, el interludio de tantos años había vuelto más ominoso ese lugar. Desde la última vez que pasé por aquí, mi cuerpo había sobrevivido un golpe de Estado, mi mente había sufrido el exilio y la dictadura, mi corazón llevaba a Freddy Taberna en su interior.

Frené el auto y tomé a Angélica de la mano y junto a ella caminé cautelosamente hacia ese paisaje de oscuras rocas dispersas. Casi exactamente como las recordaba, extrañas y fantasmales, talladas desde el interior, como si estuvieran gritando en silencio, una tras otra, una tras otra.

Un cementerio de rocas, dijo Angélica en voz baja.

*En los confines del desierto: el cementerio de rocas.*

¿Por qué se habían grabado en mi mente todo este tiempo, esos cavernosos cuerpos de piedra que cuarenta años después aún no habían conocido el descanso? Tal vez suene lírico o excesivamente intelectual, pero no puedo evitar la idea de que en aquel entonces yo, en cierta forma, estaba anticipando las muertes del futuro. Había algo en el umbral de ese desierto que me hablaba de un dolor inadmisible y atormentador, me susurraba acerca de un tiempo de pérdidas y sombras, aunque también, quizás, extrañamente me prometía actos de resistencia. Hablándome con tanta fuerza que en la jerarquía de mis recuerdos ese lugar siempre terminaba siendo el portal esencial del norte. Y, en efecto, cuarenta años después repetía ese mismo luto inconsolable de sus rocas, cuarenta años más tarde nos contaba a Angélica y a mí con qué nos encontraríamos, un desierto lleno de ruinas, un pasado que en su momento más glorioso tal vez haya sospechado el futuro de perdición que le esperaba, todas las oficinas muertas que posiblemente sabían que era sólo cuestión de tiempo hasta que el desierto volviera a ser como había sido siempre, antes de que unos hombres insignificantes trazaran vías en su faz y robaran sus minerales y los enviaran al otro lado del mar.

Podía saltarme el cementerio de Oficina Alemania. Ya había tenido bastante de cuerpos y huesos para un día.

Subimos al auto y nos dirigimos hacia el norte.

—Próxima parada, Antofagasta —dice Angélica, contenta de que no tengamos que bajar en la oscuridad por los acantilados que llevan a esa ciudad portuaria junto al mar.

No le digo que hay un sitio más que preciso visitar antes de Antofagasta, antes de que se termine el día. Un antídoto contra el desierto, que necesito con desesperación.

No es que este viaje me desanime. Los últimos dos días fueron cualquier cosa excepto monótonos. Hay muchas horas, es cierto, en las que parece que nada cambia. Pero luego de pronto aparece una cuesta, una serie de colinas, como Portezuelo Blanco, y un deslumbrante abanico de marrones y grises y terracotas (el color favorito de Angélica), todos los matices se mezclan entre sí y más adelante forman algo que se acerca a la blancura, y luego un refulgente *arenal*, dunas de un rojo pálido, casi zanahoria, y luego otro fragmento granular que quiere ser del color de la leche pero no lo consigue. Y entonces aparece una meseta hecha con un barro más oscuro, de la que descienden dedos y lenguas de arena. Y más tarde una llanura de un azul tan interminable que se asemeja al mar, mares de barro, mares de piedra, mares de un azul amarronado, en una de las escasas regiones en las que Chile es tan ancho que no se pueden ver los Andes. Ebrios de tonos y pigmentos y tintura; y entiendo por qué vienen tantos al desierto para fumar marijuana y atiborrarse los ojos de colores.

*El autor en el desierto de Atacama.*

Y más tarde uno se siente agradecido de ver algo tan común como un árbol minúsculo, tal vez sea un *tamarugo*, la especie, ahora agotada, que cubría algunas franjas del desierto y que se taló a destajo para alimentar los hornos en los primeros tiempos de las *salitreras*; y hacia allá se ve lo que parece ser un cactus, y más adelante, eso tiene que ser un espejismo del desierto, algo que se asemeja a una ciudad resplandeciendo como una nube en el horizonte, no, no, es... y entonces desaparece y los ojos se encauzan sobre el camino y lo que ven tampoco puede ser verdad, pero hay un hombre caminando solo al otro lado de la carretera en el medio de la nada, cargando una nevera portátil, como las que usan los vendedores en los estadios cuando hay algún acontecimiento deportivo y en las calles, en las intersecciones con más tráfico de las ciudades, este hombre va llevando sus helados donde no hay nadie para comprarlos, ni tampoco alguien que se detenga y le pregunte qué está haciendo en este baldío y me dan ganas de comprarle algo, lo que sea, pero seguimos nuestro camino, consumidos por aquella fiebre irrefrenable que posee a los viajeros cuando avanzan por carreteras eternas y sólo quieren seguir más y más allá.

«¡Y *un arbolito*!», exclama Angélica con entusiasmo, cuando aparece un mínimo espejo de agua y un árbol a un costado; en ese lugar alguien ha construido una casa, el más pequeño de los oasis nos ofrece una esperanza verde. Y cerca, como un perro tras la estela de un hombre, basura, los residuos que siguen a la humanidad a todas partes, incluso en el desierto. Y cada tanto caminos laterales, que serpentean inevitablemente hacia una mina, abandonada o semioperativa o a punto de que la reanimen, la única razón por la que alguien querría abrir un sendero en el medio de estos bancos de polvo.

Y evocaciones de los muertos en el desierto. *Animitas*, que pueden encontrarse en cada camino y en cada rincón de Chile pero que son mucho más perceptibles aquí porque se destacan contra el terreno inhóspito y yermo. Más o menos cada diez kilómetros, una pila de piedras, una cruz, un pequeño santuario que parece hecho de tiza, en algunos casos hasta un templo en miniatura, para registrar el lugar donde alguien murió de manera violenta y donde se presume que el alma (el alma pequeña, la *animita*) sigue rondando, dispuesta a interceder en nombre de los vivos con los dioses o la Virgen o quien sea que esté al mando del más allá y pueda hacernos favores. Las pequeñas muertes y los pequeños muertos que no pudieron llegar a esos cementerios que comienzan a salpicar el horizonte a medida que penetramos en los *salares*, donde brotaron los pueblos salitreros. Y luego lo que parecen ser espejos acostados durante varios kilómetros a lo largo de la carretera, quizá receptores y transmisores por satélite o dispositivos para captar la energía solar, de una ultramodernidad tan extraña y casi grotesca en un desierto en el que, si uno se desvía diez metros del camino, todo se halla intacto, exactamente igual a como estaba hace un millón de años.

Formas en las que tratamos de marcar la tierra como nuestra.

Mensajes en el desierto. Viajeros que nos precedieron se detuvieron, recogieron piedras, de un color rojizo, incluso más rojo en contraste con las estériles dunas de arena de más atrás y que escribieron sus nombres a un costado del camino..., mensajes de amor, pequeños recuerdos de esperanza y desesperación, fechas, corazones. Siento que surge una desusada ternura en mi interior cuando pasamos por esas palabras escritas sobre la piel del desierto, que derrite la ira que los graffiti en los paisajes naturales suele causarme, experimento una camaradería con esas personas que tocaron este paisaje y dejaron algo, cualquier cosa, grabada en sus rasgos, escrita en el desierto como si fuera una página.

«*Yo estuve aquí*, dicen, *léeme, he pasado por...*» ¿No es eso lo que yo mismo he venido a hacer? Aunque pensé en penetrar sus secretos, ¿acaso no estoy rozando la superficie de esta tierra con el objeto de dejar alguna especie de marca? ¿No está este desierto lleno de pictografías y petroglifos y jeroglíficos gigantescos que dejaron sus primeros habitantes, los antepasados de los hombres y mujeres de Monte Verde, acaso no intentaron ellos también enviar mensajes que todavía intentamos descifrar, escribiendo a su manera sobre el desierto con los elementos que ofrece ese mismo desierto, sus piedras como palabras, sus piedras como ideas?

Y esa es la razón por la que ahora me dispongo a parar, cuando nos acercamos a la intersección en la que debemos salir de la Panamericana y tomar la carretera en dirección oeste que desciende en dirección del mar y Antofagasta, a setenta kilómetros de distancia, por mucho que ya esté oscureciendo, por mucho que se nos esté haciendo tarde y nuestro amigo novelista espere nuestra visita.

Allá adelante, a un costado de la carretera, se levanta una gigantesca mano de granito sobre un suave terraplén en el desierto. Sí, dije una mano de granito y dije gigantesca; tiene unos veinte o treinta metros de altura... Una estatua de roca lisa, esta *Mano*, erigida aquí en 1992 por el escultor chileno Mario Irarrázaval para conmemorar la presencia de humanos en esta tierra, tanto la de los europeos que llegaron en 1492 como la de aquellos que habían hecho el viaje tantos milenios antes de Colón.

Nuestra respuesta al desierto, esa mano.

Lo que nos hace humanos. Que no podemos aceptar el vacío, la nada. Que todos queremos dejar algo, una huella, un rastro, pero no por accidente y no en el barro, no sólo el resbalón casual de un pie de camino a otra parte, sino deliberadamente, a veces incluso con brutalidad, adueñándonos de lo que encontramos.

*En la carretera a Antofagasta: la mano en el desierto.*

Tiene que haber una razón para que la escritura haya nacido en el borde del desierto. ¿Los habitantes de las grandes civilizaciones originales que se generaron en los valles fluviales no estarían demasiado conscientes de las peligrosas inmensidades que los rodeaban? ¿La escritura no se inventó como una forma de apropiarse de un pedazo de tierra, una escritura que en sus comienzos plantó los cimientos de la ley pero también estableció los derechos de propiedad, diciendo esta tierra es mía y no tuya, y menos aún de la naturaleza, la naturaleza que escribe su propiedad de esta Tierra de manera distinta que las letras de los hombres? ¿No fue el temor al vacío lo que impulsó a esos primeros habitantes de las primeras civilizaciones? ¿El mismo miedo nos estaban transmitiendo las rocas huecas de aquellas arenas en las afueras de Caldera esta mañana?

Tratar de establecer alguna forma de permanencia, eso es lo que hacemos, nuestra especie.

Todos nosotros, viviendo en pueblos fantasma, aunque no lo sepamos.

Con la ilusión de que lo que dejamos no sea barrido por el viento, de que algo quede a pesar de la corrosión del tiempo.

Una mano junto a la otra, una mano en la otra.

Fingiendo gloriosamente que perduraremos más que el desierto.

## SEGUNDA PARTE

## FANTASMAS

## LOS NÓMADES DEL NITRATO

*Miércoles, 15 de mayo de 2002. Antofagasta*

Le hago la pregunta al anciano que está al otro lado de la mesa una vez más.

—¿Por qué no quiso marcharse?

Ese caballero, Eduardo Riquelme, es uno de los quince o más miembros del Centro Social Hijos y Amigos de Pedro de Valdivia, que se encuentran reunidos en esta enorme sala de conferencias del puerto de Antofagasta por invitación de Jorge Molina, el *intendente* de esta región, para contarme la historia de sus vidas. Pedro de Valdivia es lo que los une; no porque todos sean descendientes lejanos del capitán que conquistó Chile en 1540 sino porque se bautizó con su nombre el pueblo salitrero en que transcurrió la mayor parte de la existencia de estos hombres y mujeres antes de que, seis años atrás, dejara de funcionar. Es mi primera oportunidad de hablar con un grupo de *pampinos*, que han confirmado, por cierto, gran parte de lo que ya había leído en libros y artículos, visto en fotografías y películas, respecto al sufrimiento que acompañaba la extracción y producción del nitrato. Ninguno de los presentes en esta reunión ha tenido que soportar los años verdaderamente oscuros de explotación, antes de que los trabajadores les arrancaran a los *patrones* y al gobierno algunos derechos elementales —el derecho de cobrar en dinero, el derecho de recibir indemnización, el derecho de huelga, el derecho de publicar sus propios periódicos, el derecho de votar en las elecciones locales, el derecho de compensación por accidentes—, pero de todas formas tienen muchos cuentos de terror que relatarme.

Esas historias se suceden con tanta rapidez, uno empieza a narrar antes de que el otro haya terminado, que me cuesta apuntar los nombres, no me hacen caso cuando insisto en que por favor se identifiquen cada vez que hablan. De todas maneras, poco a poco va surgiendo una imagen abigarrada y colectiva, y casi es mejor y más simbólico que sea este mosaico o coro de voces lo que me ayude a recuperar el pasado: un electricista de nombre Héctor Torres, que recuerda lo precaria que era la vida antes de que en 1938 el Frente Popular instituyera la seguridad social y un sistema de atención sanitaria nacional, y Gladys Torrico, que vio cómo, ante sus mismos ojos, mataban a tres trabajadores en una huelga, y Julio Gómez, que no quería creer que iban a cerrar su pueblo, las palabras se precipitan, una detrás de la otra, Elizabeth Villarroel, que me habla de las barracas donde encerraban a los hombres solteros durante el toque de queda, como si fueran animales, y otro *pampino* que me informa de un viaje con sus hijos para ver la Oficina San José, donde él había nacido, y que no había encontrado nada, ni tampoco nada en Constancia, donde su madre había venido al mundo, y Santa Rosa de Huara también había desaparecido; «Mi casa sin techo —dice otro hombre—, la cocina saqueada, hasta habían profanado el cementerio».

Y Mario Bernal, que nació en una casita que no tenía tablas en el suelo, ni siquiera gravilla, sólo la tierra desnuda; siete hermanos que compartían tres camas en el suelo con su madre y su *tayta*. «No es literatura —me dice—, todo esto es cierto. El agua estaba sucia... Había que sacar a los mosquitos con sus largas patas antes de poder beber el agua y el agua estaba llena de suciedad y le metíamos un carbón para limpiarla. Y la carne dura de las *pulperías*, la tienda de la compañía donde teníamos que comprar la comida porque a mi papá le pagaban parte del sueldo en fichas que sólo tenían valor allí. Y había que cagar detrás del *aromo*, no había otro lugar. Y las explosiones.»

—Las explosiones. —Un hombre llamado Miranda repite lo que acaba de aseverar Bernal, siguiendo con la historia—. Yo tenía cuatro años. Recuerdo una tarde en que mi madre estaba hirviendo la ropa para quitarle los chinches...

—Sí —agrega otro *pampino*—, los domingos sacábamos los colchones y matábamos a los bichos con agua caliente.

—Y en ese momento oí —persevera Miranda— el sonido de la dinamita muy cerca, y alguien asomó la cara por la puerta y dijo: «Otro *huevón que se mató*». No sólo eran accidentes. Un chico y una chica, que apenas eran adolescentes, menos de veinte años, se volaron por los aires, lo hicieron por amor. La vida era dura.

Ahora le toca interrumpir a Bernal.

—Es cierto, pero recuerdo que fui feliz allí de niño. Recuerdo que me encantaba el ruido de la tetera hirviendo encima del fogón. Recuerdo que mataba lagartos, recuerdo el graznido del *patizorro* que volaba sobre nuestras cabezas. Tenía siempre la panza llena, de papas, claro, pero no puedo decir que pasara hambre... O tal vez no me daba cuenta.

Miranda asiente.

—Recién cuando tenía diez años y me mandaron a Iquique y me mojé el poto en el mar, recién ahí supe cómo vivíamos. Más adelante me enteré de que mi madre horneaba más pan cada mañana y salía a venderlo, que cosía para fuera, ahorraba para que yo pudiera estudiar.

Se suma alguien más.

—Cuando tenía cinco o seis años, fui a casa de mi abuela, junto al mar. En esa época se tardaba ocho horas en llegar a Antofagasta... Me mandaron como un paquete; si mi abuela quería recibirme, tenía que pagar el envío.

—Me hice amigo de Chato Valdés en Antofagasta —continúa Miranda, sin inmutarse—, que me invitó a su casa; había tablas de madera en el suelo, fui al baño y había un wáter con una cadena para descargar el agua, abrí un grifo y salía agua. Y una tarde fui a comprar mortadela a la tienda de la esquina y vi que un cliente le decía al dueño no, ése no, quiero de aquél. No podía creer que alguien eligiera lo que comía. En la *pulpería*, uno compraba lo que le daban.

Y sin embargo mi amigo, el novelista Hernán Rivera Letelier, que se había quedado sentado humildemente a mi lado mientras los *pampinos* desgranaban sus historias, también me había contado, la noche antes, cuando cenábamos en el hotel donde nos hospedábamos Angélica y yo, que el día que echaron a los ciudadanos de Pedro de Valdivia, todos ellos lloraron. Él, que es uno de los escritores más exitosos de Chile a pesar de que su vida comenzara en la pobreza más extrema, trabajó diez años en ese pueblo salitrero antes de que lo cerraran y compartió las penas de los hombres y mujeres de esta sala cuya única constante en sus vidas —además del inevitable sol que se elevaba como un demonio cada mañana— era la certeza de que llegaría ese día, la certeza de que algún día tendrían que marcharse. Hernán había presenciado el cierre de pueblo tras pueblo: a los nueve años, Algorta, donde había llegado cuando tenía menos de un año; y luego Coya Sur y luego Mantos Blancos y más tarde Pedro de Valdivia. Las familias habían guardado sus escasas pertenencias, habían subido a unos camiones y, mientras dejaban atrás las polvorientas calles donde los habían explotado y que jamás volverían a ver, prácticamente todos ellos, esos hombres templados por jornadas de trabajo de dieciséis horas, esos hombres que habían enterrado más niños de los que habían visto crecer, esos duros mineros que sobrevivieron en una cultura que estigmatizaba cualquier gesto de debilidad como señal de feminidad y mariconería, esos machos firmes y encallecidos habían empezado a llorar como bebés.

Esa segunda historia, en la que domina la nostalgia del hogar perdido, va sobreponiéndose poco a poco a la historia inicial de malos tratos y sufrimiento. Una y otra vez me declaraban que les había encantado vivir en el desierto, que sentían una nostalgia desesperada, no sólo por el pueblo en sí, sino por la forma de vida misma de las salitreras. Claro que este grupo con el que hablo representa a una clase especial de *pampinos*: los que se escaparon, los que no murieron de silicosis a los cuarenta años, los que no se quemaron para siempre con el fuego hirviente de los hornos. Y me voy dando cuenta de que, además, la mayoría de mis interlocutores son profesores primarios, hombres y mujeres educados que ahora rayan los sesenta, los setenta años. Los *pampinos*, según quienes hoy hablan conmigo en esta sala en Antofagasta, no confunden la explotación que sufrieron cuando trabajaban en la salitrera con la *salitrera* misma, con el desierto por el que todos profesan un amor perdurable y que recuerdan con cariño, en especial una niñez que, a pesar del hambre y de las palizas, las discriminaciones y los ultrajes, guardan en su memoria como un período rebosante de libertad e imaginación.

Y con lentitud —con mucha lentitud, en cierta forma de la misma manera en que el tesoro del salitre se va extrayendo de la materia prima del caliche, un proceso largo y extenuante—, comienzo a sonsacarles el reconocimiento del Pedro de Valdivia que recuerdan, uno de los dos pueblos salitreros que se mantuvo abierto hasta las últimas décadas del siglo XX, era una comunidad modelo, con salarios superiores a la norma nacional, electricidad, agua y gas gratis, espectáculos culturales de primera categoría subsidiados por la compañía, excelentes instalaciones deportivas, de hecho, algo parecido al paraíso.

Ojalá pudiera comparar esa visión idílica de su ciudad natal con mi propia experiencia de ese sitio. Por cierto, ayer, martes 14 de mayo, emprendí un viaje al único poblado salitrero que todavía funciona en el mundo, María Elena, un viaje, por cierto, que realicé con la más devota intención de pasar por el cercano pueblo —abandonadísimo— de Pedro de Valdivia, perteneciente a la misma empresa. Incluso tenía la dirección exacta de la casa donde Hernán Rivera Letelier había engendrado sus poemas, casi clandestinamente, durante diez años. Él me había explicado por cuáles calles tenía que caminar, qué partes del pueblo fantasma debía evitar. Pero no llegué a Pedro de Valdivia.

En un principio se suponía que en esta parte del viaje me acompañaría Sergio Bitar, un amigo del exilio que había sido ministro de Minería del presidente Allende y que por lo tanto había pasado varios meses después del golpe encarcelado en la helada y ventosa isla de Dawson, parte de los inhóspitos archipiélagos de la Patagonia. A su regreso a Chile, se había convertido en uno de los líderes de la resistencia contra Pinochet, por lo que no sorprende que, cuando la democracia volvió al país, fuera elegido senador por el Norte Grande. Durante sus ocho años en el Senado (su segundo período terminó hace apenas unos meses), una de sus obsesiones había sido preservar tres antiguos pueblos salitreros que, muchas décadas después de que los cerraran, todavía estaban milagrosamente intactos. Bitar había hecho una contribución decisiva a la creación, junto a las agrupaciones de *pampinos*, de una fundación que administraría aquellas *salitreras* rescatadas, convirtiéndolas en museos. Así que se había ofrecido a reunirse conmigo en Antofagasta durante los tres días que estaríamos aquí, hacer de guía. Una de las actividades que él le había pedido al intendente Molina que organizara era esta reunión de *pampinos* ancianos y otra fue el viaje de ayer a María Elena (y, si había tiempo, a Pedro de Valdivia, cuyas refinerías siguen funcionando a toda máquina, aunque el pueblo mismo está deshabitado) para que yo pudiera ver todas las fases de la extracción del nitrato. Él aprovecharía la oportunidad para hablar con algunos ejecutivos de la compañía Soquimich, que dirige estas operaciones, y apelar a su espíritu filantrópico para convencerlos de que colaboraran con la fundación. Pero a último momento mi amigo Sergio se vio obligado a volar a Washington, D.C., y fue así como terminé yo cumpliendo el itinerario y recepción que le habían preparado a él, lo que incluía una prolongada visita —que no me despertaba mucho entusiasmo— a la casa de huéspedes de María Elena.

Y en ese preciso local me depositó ayer, apenas pasado el mediodía, el chófer enviado por Soquimich para llevarme a María Elena, un pueblo que está a tres horas al norte de Antofagasta y que se veía idéntico a las fotografías de tantos polvorientos pueblos coloniales instalados en el trópico según el modelo victoriano que los británicos exportaron a todos los rincones del planeta. La única alusión a los dueños estadounidenses que lo habían edificado era una cancha de béisbol en ruinas y una sala de cine construida por la Metro Goldwyn Mayer. Y la única zona verde en medio de esa desolación era la casa de huéspedes donde yo iba a almorzar.

Salitrera María Elena: *casa de huéspedes*.

Llegar a ese edificio con sus dos majestuosas palmeras y su gran galería y sus ventanas con postigos, que una vez había sido la residencia del administrador de la oficina y su familia, fue como entrar en el pasado imperial; lo único que faltaba para completar la escena eran algunas damas con largos vestidos blancos sorbiendo jarabe de frutas en el porche mientras nativos de piel oscura espantaban las moscas con abanicos. Era una mansión lujosa, un inmenso bungalow, bajo la sombra de unos magníficos pimientos ubicados en un jardín encantador, que se veía aún más resplandeciente por el contraste que ofrecía con las construcciones que lo rodeaba, monótonas casas bajas de techos de zinc ondulado cuyas calles mugrientas y tristes eran lo bastante anchas para que por ellas marchara un ejército. Y había algo todavía más familiar, que encontré cuando ingresé al edificio, algo que había visto en innumerables películas (piensen en *África mía*) y en la misma Sudáfrica. La espaciosa galería era fresca, bañada en una suave luz que venía de lo alto, las paredes estaban cubiertas de obras de arte y recuerdos de viajes y, en un extremo, un piano de cola que tal vez haya entretenido a una audiencia selecta cincuenta años atrás. Desde ese vestíbulo central se extendía una serie de dormitorios impecablemente amoblados donde se me invitó a refrescarme y a descansar hasta que el almuerzo estuviera servido. Una hora después, un sirviente me guió hacia un elegante comedor con una mesa de caoba que podría haber servido para dos docenas de invitados, pero en la que sólo nos sentaríamos tres, mientras un camarero de librea blanca traía oleadas sucesivas de comida.

A pesar de la hospitalaria bienvenida que me brindó mi anfitrión, Eduardo Arce, gerente de la *salitrera*, y su propio invitado, Dan Amit, un asesor en minería israelí, yo no estaba muy a gusto. Después de todo, el almuerzo se había organizado para recibir a Sergio Bitar, uno de los políticos más poderosos del país, amigo personal del presidente Ricardo Lagos, y en cambio tenían que agasajar a un intelectual izquierdista y sus opiniones impertinentes. Pero no era sólo eso: me siento incómodo siempre que me encuentro con miembros de la clase empresarial chilena, consciente como estoy, de su complicidad con la dictadura de Pinochet. Y el caso de Soquimich fue particularmente notorio, puesto que Julio Ponce, el entonces yerno de nuestro dictador, había sido uno de los que le compraron esas *salitreras* al Estado cuando se privatizaron, en una dudosa operación financiera, a principios de la década de los ochenta. Y Eduardo Arce hizo una velada mención, entre el aperitivo de mariscos y el plato de corvina, —¿o fue justo antes de que sirvieran el postre de merengue?—, cuando le pregunté por su familia, al hecho de que su padre había quedado traumatizado por la experiencia de perder su hacienda del sur durante el programa de reforma agraria que instituyó el presidente Eduardo Frei Montalva a fines de la década de los sesenta, un proceso llevado a cabo —aunque no lo indiqué— por algunos de mis mejores amigos. Pero esto es Chile, después de todo, un país donde la gente, por lo menos los de la elite, se sientan con sus antiguos enemigos y sonríen y conversan sobre vinos de buena cosecha y fingen que el pasado en verdad no existe, que Arce no es un simpatizante de Pinochet y que yo no he venido al norte en busca del cuerpo desaparecido de Freddy Taberna. Para qué mencionar siquiera que al día siguiente, Arce almorzaría de nuevo en esa mesa en el mismo momento en que yo estaría sentado a otra mesa de Antofagasta con los *pampinos* que fueron expulsados de sus hogares por decisiones tomadas en la mismísima sala en la que estábamos comiendo. Aquel día, en cambio, hablamos acerca de María Elena y su futuro; y respecto a ese porvenir quedé impresionado tanto por la eficiencia de la compañía como por sus ambiciosos planes de expansión. Como lo estaría horas después, esa tarde, cuando Jorge Araya, jefe de ingeniería residente, me llevó a una extensa recorrida del complejo industrial.

El nitrato siempre se encuentra mezclado con otros minerales y el proceso de producción ha consistido, tanto en 1500, cuando empezó a extraerse por primera vez, como en el siglo XXI, en pulverizar en pedazos pequeños la corteza increíblemente dura en la que está incrustado para luego disolver esos terrones de piedra en agua hasta que la sal se aísle y se convierta en cristales. Lo que sí se ha modificado con el paso de los siglos es la tecnología empleada para llevar a cabo tal operación. A principios del siglo XIX, los mineros de escasos recursos usaban mazos para arrancar de la tierra pedazos de nitrato sin refinar y luego los trasladaban, en mula o sobre sus propias espaldas, a las oficinas, donde esa escoria se disolvía en agua hirviendo. Más tarde los residuos se refinaban en grandes tinajas bajo el sol, un método rudimentario de lixiviación que sólo funcionaba con concentraciones de alto rendimiento, sesenta por ciento o más. El hecho de que esas oficinas se llamaran *paradas* —es decir, un lugar en el que uno se queda un momento, que hoy está y mañana no— indica lo precarios y fugaces que deben de haber sido, puesto que cuando una zona se agotaba se trasladaban a otra de inmediato.

No fue hasta mediados de la década de los cincuenta

del siglo XIX, cuando Europa comenzó a exigir más fertilizante y un chileno, Pedro Gamboni, descubrió la forma de purificar el caliche de menor gradación a un costo más bajo, cuando las oficinas se convirtieron en asentamientos estables. Dos décadas más tarde, Santiago Humberstone, un joven ingeniero químico británico que había estudiado el sistema Shanks inventado en Lancashire con el objetivo de refinar soda cáustica, aplicó el mismo método (caños de vapor para calentar las calderas) al caliche, lo que permitió extraer nitrato de una materia prima aunque tuviera una concentración de apenas el trece por ciento. El sistema Shanks permitió que en 1910 Chile suministrara el sesenta y cinco por ciento de los fertilizantes basados en nitrógeno del mundo. Veinte años más tarde, cuando el producto sintético alemán ya había triunfado, el Norte Grande satisfacía un mero diez por ciento de las necesidades del planeta. La depresión de la década de los treinta, que asestó un golpe mortal a la mayoría de las *salitreras* no significó, sin embargo, el fin absoluto del ciclo del nitrato, porque en la década anterior se había descubierto una nueva técnica que abarataba aún más la extracción del nitrato natural. Se la conoce como el método Guggenheim, porque la adoptó Elías Cappelans Smith a partir de un procedimiento utilizado en la mina de cobre de Chuquicamata, que pertenecía justamente a Guggenheim, y esto permitió la apertura rentable de dos nuevas oficinas, María Elena en 1926 y Pedro de Valdivia en 1931, las dos últimas que se inauguraron.

Por lo tanto, lo que yo había visto en María Elena (bautizado así en homenaje a María Elena Condon, la esposa de Cappelans) no era lo que habría visto si hubiera visitado la Oficina Alemania muchas décadas antes (o cualquiera de las más de trescientas oficinas que una vez utilizaron el sistema Shanks y que han sido abandonadas) pero por lo menos constituía, más allá de lo modernizadas que puedan estar las operaciones en la actualidad, una aproximación decente.

Nuestro jeep con tracción en las cuatro ruedas cruzó varios portones de seguridad muy bien protegidos y luego atravesó un laberinto de caminos de tierra que se extendían tantos kilómetros pampa adentro que las únicas señales de María Elena en el horizonte eran las gigantescas chimeneas que escupían humo en el aire transparente del desierto de Atacama. Por fin llegamos a la *cantera*, de cien metros de largo por alrededor de veinticinco de ancho, donde habían hecho explotar dinamita esa mañana. Me ubiqué junto a una imponente muralla de caliche de cuatro a cinco metros de altura, un verdadero cañón, y contemplé unas excavadoras gigantescas que recogían la materia prima y la depositaban en camiones todavía más grandes. Si quería ver cómo los geólogos decidían dónde poner las cargas explosivas —ellos abren el caliche y miden la concentración del mineral por la forma en que brilla—, si quería presenciar el estallido de los cartuchos de dinamita enfundados en sus estuches de plástico amarillo cada quince metros, los sonidos atronadores, el polvo que humea sobre el desierto, Jorge Araya sugirió que me quedara esa noche y lo presenciara a primera hora de la mañana siguiente. Su invitación era tentadora; la rebelde historia de esta región está entremezclada con la historia de los explosivos. Por ejemplo, la dinamita en la mano de los trabajadores fue lo que permitió una extraordinaria insurrección anarquista en la que participaron grandes contingentes de chilenos y extranjeros en 1925. Ocuparon docenas de *salitreras* en demanda de mejoras salariales y derechos democráticos, y durante muchos días consiguieron mantener a raya al ejército más poderoso de América Latina, aunque todo terminó con una masacre —¿acaso las revueltas terminan alguna vez de otra manera, en mi triste continente?— de miles de insurgentes en las oficinas de La Coruña y Maroussia. De modo que sí, estaba más que fascinado por la oportunidad de presenciar la violencia del desierto, incluso en la forma restringida y científica en que podría desatarse en esos cráteres. Pero tenía que regresar junto a Angélica esa noche y los *pampinos* me esperaban al día siguiente por la mañana, por lo que me vi obligado a renunciar a la más espectacular de las experiencias de la minería, el momento en que al desierto se lo abre y se lo hiere. Esa imagen de un desierto herido se hizo más profunda cuando seguimos a los camiones hasta una rampa donde se depositaba el mineral y luego se lo arrastraba hacia arriba para pulverizarlo dos veces más, en lo que se denominan *chancadora primaria y secundaria*. A lo largo de kilómetros y kilómetros alrededor de María Elena —y de todas las otras zonas salitreras por las que habíamos pasado Angélica y yo en auto— la tierra parecía bombardeada. Agujereada, agredida, vaciada.

Lo que eso significa, desde el punto de vista de la producción, es que a medida que los depósitos se agotan, la compañía necesita extenderse cada vez más en busca de nuevos lechos de nitrato. Araya me enseñó la cinta transportadora que transfiere los pedazos de mineral —ahora reducidos a bloques de noventa toneladas— y seguimos durante más de catorce kilómetros el recorrido que lleva ese precioso cargamento a las refinerías donde se da comienzo al procedimiento Guggenheim de lixiviación, pero no antes de que se lo someta a otra serie de molinos que pulverizan las piedras.

*Salitrera María Elena.*

Aquella interminable cinta transportadora me hizo entender por qué Eduardo Arce me había dicho en el almuerzo que algún día Soquimich tendría que abandonar María Elena y establecer un complejo industrial completamente nuevo en alguna región periférica e intacta de Atacama. No era una mudanza inminente —al menos eso es lo que Arce me aseguró cuando mencioné los rumores sobre un posible cierre de María Elena—, puesto que había nitrato en las cercanías para treinta y hasta para cincuenta años más. Pero cuanto más tengan que alejarse del centro para extraer el mineral, más caro se volverá, y en algún momento el costo del transporte hará que el funcionamiento de María Elena se vuelva prohibitivo.

Ver ese proceso industrial en todas sus animadas fases

y acompañarlo pacientemente a través de las diferentes tinas de división y lixiviación y evaporación —actualizadas con la última tecnología en el interior de los edificios, pero cubiertas en el exterior por las mismas estructuras construidas en los años veinte y treinta—, me ayudó a entender cómo debía de haberse sentido cien años atrás un viajero que se encontrara con estas inmensas telarañas de actividad humana después de recorrer tierras desoladas por las que ni siquiera se arrastraba un reptil. Y más tarde, cuando por fin me aproximé a las ardientes colinas de cristales blancos como la leche, cuando finalmente toqué el nitrato y lo olí y sentí su sabor, una vez más eso me hizo imaginar la vida en las *salitreras*, la forma en que la vida se desparramó y se secó en este mismo desierto. Aunque, de hecho, no es el mismo nitrato de antaño. Para sobrevivir en el mercado global, Soquimich ha debido acomodar la producción a las demandas de los clientes de Japón y Francia y Estados Unidos y cientos de otros países, empresas agrícolas que necesitan un fertilizante natural soluble y que pueda absorberse con facilidad para generar un rendimiento en las cosechas superior al que produce el material sintético. Pero lo que de veras diferencia la operación actual de lo que ocurría en el pasado es el énfasis en generar lo que antes eran tan sólo subproductos del nitrato y ahora constituyen la principal fuente de ingresos. Y cuando le pregunté a Jorge Araya por qué esos otros minerales eran tan esenciales, él señaló las herramientas de mi propio oficio: yodo para las fotografías que estaba tomando, litio para las baterías recargables de mi videocámara y mi grabador y bórax para las gafas de sol que me protegían los ojos y para el dentífrico que había usado esa mañana y el detergente con que lavaría mi ropa... Eso sí que me dio qué pensar: el desierto chileno esparcido de manera casi invisible a todos los parajes del planeta, agitándose dentro de una instantánea tomada en Sri Lanka y un tomate comido en Chicago y un camión de juguete a pila en Tokio.

—Hora de volver —dijo Jorge Araya—. Lamento que no tenga tiempo de ver Pedro de Valdivia, pero es un desvío largo y su esposa se preocupará si usted regresa demasiado tarde. Nunca hay que dejar esperando mucho tiempo a una mujer.

Jorge Araya me caía bien. Era un ex oficial del ejército que hacía todo lo posible, sin que yo se lo pidiera, por distanciarse de los «excesos» de la dictadura, pero creo que me habría caído bien de todas maneras, con su simpático bigote y su energía a flor de piel y su voluntad de responder con franqueza a todas las preguntas, la forma en que reaccionó cuando la noticia de un accidente interrumpió nuestra visita. Araya escuchó con atención mi teoría del síndrome del desierto, pero no se sintió identificado con el modelo psicológico con que yo fantaseaba. Como la mayor parte del personal jerárquico y un número cada vez mayor de trabajadores de María Elena, pasaba allí la mitad de la semana y se trasladaba a Antofagasta el resto —algo similar a lo que había visto en Las Campanas—, pero no se sentía solo, quizá porque su entrenamiento militar lo había preparado para soportar una situación como ésa durante muchos días y noches. «Así actúan los pioneros —dijo—. Ningún desierto se conquista sin gente como yo.»

Pero no es eso lo que recuerdo ahora, al día siguiente, este miércoles 15 de mayo, mientras hablo con los *pampinos* en Antofagasta. No es la insinuación de un lazo que pueda haberse establecido entre Araya y yo, como los que suelen desarrollarse entre hombres que emprenden un viaje juntos. No es eso lo que me viene a la mente. No, lo que recuerdo es algo que me dijo Araya cuando la visita estaba llegando a su fin, mientras regresábamos serpenteando por las tristes calles de María Elena y le pregunté cómo se llevaba con las autoridades locales.

—*A las mil maravillas* —respondió—. Ellos tienen que llevarse bien conmigo. El verdadero intendente soy yo, no el que eligen los votantes. Cualquier cosa que él quiera hacer, traer un circo, hacer o deshacer algo, cualquier cosa, tiene que pedirme permiso. Yo soy el que decide. Porque todo el pueblo, hasta el último centímetro, pertenece a Soquimich.

Así que este hombre de modales finos con quien yo había pasado la más placentera de las tardes sería el encargado de expulsar a los habitantes de María Elena si ese pueblo algún día sufría el destino de Pedro de Valdivia. Y esa es la otra cara de la moneda de la electricidad gratis, las fabulosas instalaciones deportivas, los acontecimientos culturales a bajo precio, el alquiler barato de las viviendas. La empresa que se ocupa de la recolección de basura y de las reparaciones de las calles y de arreglar los semáforos que se han roto es la misma que puede arrancar a los residentes de sus viviendas como si fueran pedazos de mineral.

Es lo que Soquimich hizo con todos los hombres y mujeres reunidos alrededor de esta mesa en la Intendencia de Antofagasta.

Es lo que le hizo, en particular, a Eduardo Riquelme, el director de la escuela de Pedro de Valdivia, un hombre de ochenta años que, según todos los presentes, fue la última persona en marcharse de ese pueblo, quien se quedó incluso después de que las autoridades cortaran la electricidad de la que había sido su casa para obligarlos a él y a su esposa a partir. «*Riquelme fue* —insisten sus compañeros— *el que apagó las luces.*» Esa es la razón por la que me he abalanzado sobre él, le he preguntado por qué no quería irse, qué lo había hecho quedarse hasta el último momento, seis meses después de que el último de los otros pedrinos se hubiera despedido.

Riquelme ni siquiera nació en Pedro de Valdivia. Llegó a ese pueblo en 1952; era un maestro de escuela primaria de treinta años que buscaba un lugar en el desierto donde no sufriera ataques de asma. La noche que descendió del tren después de un arduo viaje de tres días desde el sur, era tan tarde que no pudo encontrar alojamiento y terminó en la comisaría donde, después de anunciar que su padre era sargento de policía, le prestaron un catre para pasar la noche. Al día siguiente se despertó al alba, se afeitó, y salió para presentarse en la escuela. Dio unos pasos y se resbaló en el polvo. «*Me di un costalazo* —dice, riendo, Riquelme—. Me caí.» En vez de verlo como un mal presagio, pensó: «*Ya pagué el terreno. Esta es la forma en que esta tierra me dice que me quede, que jamás me separe de ella. Y me quedé cuarenta y cuatro años*».

Me cuenta todo eso con voz sonora y melodiosa de barítono, que es aún más sorprendente porque él es un hombre pequeño, por lo menos físicamente, con gestos precisos y pronunciación premeditada, un hombre acostumbrado a las conferencias públicas y a hacerse entender con claridad.

¿Por qué le gustaba tanto esa *salitrera*?

Menciona, por supuesto, todos los beneficios y comodidades —todos los pedrinos lo hacen—, pero luego detalla otros rasgos de esa comunidad que, una vez más, me conectan con los días heroicos de la pampa, cómo debió de ser cuando los hombres comenzaron a llegar desde otras comarcas, con qué se encontraron además de la explotación y un sol fervoroso bajo un cielo sin árboles.

Pedro de Valdivia era un imán, dice. A él le encantaba que vinieran personas de todo Chile, todos con una historia diferente que contar y un linaje diferente que defender. «Las condiciones en el desierto son duras y la vida no es fácil —dice—. Uno precisa a los vecinos más que en una gran ciudad. Sólo nos tenemos a nosotros mismos para sobrevivir. Por eso la solidaridad entre nosotros es más fuerte, más necesaria que en cualquier otro lugar. Y eso lleva a una cultura de tolerancia y participación. —Hace una pausa—. Creía que mi esposa y yo permaneceríamos allí hasta que se terminara la pampa o mi vida. Pero en cambio, lo que se acabó fue el pueblo.»

—Aunque no queríamos creerlo —interviene uno de los *pampinos*, tal vez Ángel Lattus—. Yo nací en Oficina Vergara, pero Pedro de Valdivia fue mi hogar.

Vuelvo a Eduardo Riquelme. Sus emociones son reales, su dolor es real, y sin embargo no siento que me haya convencido del cómo y el porqué él estaba tan encariñado con ese lugar. Sus explicaciones suenan un poco abstractas, como las de un maestro de escuela recitando un texto. Quería presionarlo un poco más. Pedro de Valdivia había cerrado en enero de 1996 y él se había quedado medio año más. Le pregunto sobre esos seis meses en los que él y su mujer fueron los únicos habitantes de lo que se había convertido en un pueblo fantasma, le pregunto sobre la última noche que durmieron en su casa antes de que los obligaran a marcharse.

—Mire —dice, y aunque pienso que está cambiando de tema, en realidad va a contestarme—, yo llegué a esa casa en 1964. Y casi de inmediato comencé a plantar un huerto... Había una especie de tronco casi seco que no quería salir. Por más que yo excavara y tironeara y tratara de arrancarlo de raíz, el árbol no se movía. Todavía le crecían algunas ramas. No muy gruesas, más bien como un palo de escoba, pero resistía. Así que empecé a regarlo, y en 1996, cuando tuvimos que marcharnos, bueno, el árbol aún seguía allí y no me lo podía llevar. Así que nos quedamos. Al principio nos dejaron. Después nos cortaron la electricidad.

»De todas formas nos quedamos. Nos hacíamos la comida en un brasero a carbón. Pero más tarde dijeron que iban a cortarnos el agua. En junio, era el año 1996. Y ya no pudimos hacer nada. Bueno, teníamos que irnos. Y dedicamos ese día a poner todas las plantas en canastas. Y por la noche preparamos la última comida en nuestra casa, donde nacieron nuestros hijos, comentamos lo buena que había sido la vida para nosotros en ese lugar. Y antes de irnos a dormir, regué el árbol *por última vez*. A la mañana siguiente preparé café en el *brasero*... La tetera estaba tan negra por el carbón del brasero que la dejamos allí. Jamás podríamos limpiarla. Durante treinta y dos años, la cama estuvo ubicada en dirección este/oeste... Y justo antes de irnos, la ubicamos en dirección norte/sur. Porque no queríamos que quedara de la misma manera en que había estado todos esos años. Nuestra vida comenzaba de nuevo. Y la cama no tendría que quedarse con ningún mal recuerdo cuando la dejáramos.»

—¿Y nunca volvió a ver esa casa, ese árbol?

—Nacemos —dice, modulando esa voz que me recuerda a los hombres que cantan en los cuartetos vocales, en los coros, en los concursos de aficionados a la ópera— y apenas nacemos comenzamos a morir; cada una de nuestras experiencias muere en el acto y lo que nos mantiene en pie es el recuerdo de esos momentos de alegría. Pero no deberíamos tratar de repetirlos.

Hay un momento de silencio.

Le pregunto qué hace ahora, qué hacen todos ellos.

Tienen un centro en Antofagasta, una especie de club social, pero Riquelme y algunos de los otros también han creado algo que llaman Hermandad de la Pampa. Pasan muchos días visitando los viejos pueblos abandonados, desde Taltal hasta Pisagua, a lo largo de ochocientos kilómetros de desierto. El 1 de noviembre, el Día de los Muertos, me cuenta Riquelme, él siempre visita un pueblo al que no haya ido antes. Lleva flores y arregla la tumba de un adulto y otra de un niño. No sabe quiénes son; elige dos tumbas cualesquiera. «Estas son las personas que hicieron rico a Chile —dice—. Y nadie las recuerda. Los mártires que fueron masacrados, que murieron, que construyeron este país. Voy a esas oficinas abandonadas para redimir el pecado de la amnesia cometido contra esos muertos.»

Pienso en Oficina Alemania y en el cementerio que no tuve tiempo de ver. Le pido que me describa la última *salitrera* que ha visitado.

—¿La última?

Bueno, cualquier *salitrera* de la que quiera hablarme.

—Cecilia —dice Eduardo Riquelme—. Cecilia era la más moderna de todas las *salitreras*. La construyeron siguiendo planos que habían traído de San Francisco, California. Y como yo toco el acordeón, decidí que quería tocarlo en el teatro de Cecilia, las ruinas de ese teatro de Cecilia, y allí pasé el día. No soporto ver los despojos de Pedro de Valdivia, el polvo que cae, la madera que se roban día a día, pero las ruinas de Cecilia son diferentes.

«Nuestras propias ruinas duelen más», digo.

Riquelme hace un gesto de asentimiento.

—Así que ese día —continúa— fui a Oficina Cecilia, cerca de Chacabuco, y tomé una silla plegable, la puse en el teatro, porque quería estar solo... He pasado tanto tiempo con gente toda la vida y necesitaba un espacio para mi soledad... Y pasé todo el día con una lata de atún, *un limoncito*, una botella de *cerveza*, y empecé a tocar el acordeón, completamente solo. Toqué para mí.

Y entonces Eduardo Riquelme hace una pausa.

—Para mí —dice—. Y para los fantasmas.

# TIEMPO PARA UNA HISTORIA

*Jueves, 16 de mayo de 2002. Partiendo de Antofagasta*

Nos encontramos entre las ruinas de Pampa Unión, un pueblo que no producía ni una onza de nitrato, un pueblo que en cambio producía placer y euforia, desenfreno e ilusiones, un pueblo de burdeles y bares, fumaderos de opio y garitos de juego, un pueblo ahora visitado sólo por los remolinos y las arenas movedizas.

Sé de Pampa Unión —y hemos parado aquí, a dos horas al este de Antofagasta en nuestro camino hacia las montañas— porque anoche Hernán Rivera Letelier me contó su historia. En *Fatamorgana* (una de las pocas novelas suyas que aún no he leído), ubica a los personajes en Pampa Unión, un pueblo que brotó en el desierto en 1912 para atender (y prestar atenciones) a las veintisiete comunidades salitreras que lo rodeaban, y desapareció cuarenta años más tarde, como una Fata Morgana, un espejismo devorado por el desierto. Apenas veinte de las residencias de Pampa Unión llevaban el título oficial de prostíbulo, pero de hecho había más de doscientos: en cada pensión, en cada bodega de alimentos, en cada botillería, en cada almacén, mandaban las damas de la noche. El pueblo se volvió tan corrupto que en cierto momento las autoridades tuvieron que despedir a la totalidad de su fuerza policial. Pero ninguno de los policías se fue. Permanecieron en Pampa Unión y al día siguiente se los podía encontrar, a cada uno de los ex oficiales de la ley, administrando un burdel.

Rondo entre las paredes a punto de derrumbarse de este lugar de perdición. Pampa Unión se ha convertido en ruinas de la misma manera en que se construyó: de manera caótica, sin ningún orden aparente. Aquí no hay calles trazadas sistemáticamente. Aquí no se siguió el modelo colonial británico con sus filas de casas obedientes y su colosal pulpería. Ni tampoco una plaza central o una sede sindical o instalaciones deportivas construidas por las autoridades. Ni siquiera una iglesia, puesto que el obispo de Antofagasta se negó a edificar un templo en este sitio, dando a entender que estas almas estaban demasiado perdidas para merecer un sacerdote. O quizá con temor de lo que podría sucederle a un emisario de Cristo en este antro del vicio, el único lugar de todo el desierto en el que residían más mujeres que hombres, donde quienes trabajaban lo hacían de noche en vez de bajo la deslumbrante luz solar, donde lo que se explotaba, a diferencia de los productos mineros, era otra cosa (de hecho, a las mujeres libertinas se las llamaba *minas*). Un lugar sin ley, como los pueblos fronterizos del Lejano Oeste de Estados Unidos que me fascinaban cuando era un niño en Nueva York, en el que la disciplina y las recetas del poder que reinaban en el resto de esa pampa despiadada podían suspenderse momentáneamente, donde el pecado era recompensado y la pasión se derramaba.

Estoy en el interior de lo que debió de haber sido una gran sala de recepciones, tal vez una taberna. Casi exactamente en el medio crece el muñón retorcido de un árbol, germinando desde quién sabe qué fuente oculta de agua, de qué recuerdo oculto de voluptuosidad. Esquivo los escombros y me dirijo hacia el fondo, donde unos ladrillos apenas protuberantes delinean las estrechas habitaciones donde se servía amor por horas a hombres desesperados. El sucinto comentario de Hernán Rivera Letelier me viene a la mente: «Donde hay un minero, hay una puta; de eso puedes estar seguro». Avanzo con cautela entre los restos de lo que debió de haber sido un muro de protección y salgo directamente al sol. Me pregunto dónde se llevarían a cabo las peleas de gallos, cuántas botellas de alcohol se consumía en una noche, quién despachaba a los borrachos en la madrugada, qué clase de juegos de naipes poscoito tenían lugar mientras amanecía.

Ahora, a la distancia, se aproxima un tren. Yo viajé en un tren igual a ése en 1962, de regreso de Bolivia. Seguí el mismo trayecto, pasé por Pampa Unión tantos años atrás y ni siquiera me había percatado de su existencia.

En esa época no había ninguna estación en Pampa Unión y tampoco la hay ahora, pero en 1929 sí que existía un edificio junto al que paraban los trenes, el año en que tiene lugar la novela de Hernán, el día en que el entonces dictador de Chile, el general Carlos Ibáñez del Campo, que estaba recorriendo el norte, iba a pasar por este pueblo de regreso de Calama, solemnemente instalado en un vagón especial que le ofreció la empresa inglesa de ferrocarriles. El tren tenía que hacer una parada en Pampa Unión para cargar agua. Los ciudadanos organizaron una tumultuosa recepción para el presidente. Todos fueron a la estación, las cabronas y los cafiches y los camareros de los bares y los tahúres y los mineros de cada una de las *salitreras* de las cercanías, y sus familias e hijos. Todos se sentían inocentes y alegres esa mañana en que se despertaron con la promesa de que tendría lugar alguna clase de regeneración antes de que el día terminara.

Hernán nos describió la escena a mí y a Angélica en su casa en una alta colina con vistas a Antofagasta; habló de las banderas que flameaban, el aumento de la tensión, y ahora, al día siguiente, aquí en Pampa Unión, casi puedo contemplarla frente a mis ojos. La banda de músicos ya está lista; llevan semanas ensayando. Los niños esperan el momento de cantar. Llega el tren, se lo puede ver traqueteando en el horizonte. Y la gente comienza a dar vivas y uno de los organizadores los hace callar. Las cosas deben ser ordenadas y agradables. Quieren aprovechar la ocasión para solicitarle al presidente que le confiera cierta condición legal al pueblo, que los reconozca como municipalidad, que los ponga en el mapa.

Que los acepten en el redil de la gran familia chilena.

—Y la locomotora —había contado Hernán, tomándose su tiempo, saboreando nuestro interés— hace su entrada en la estación exactamente a las 3:07 de *la tarde calurosa y transparente*.

Pero en ese preciso momento se interrumpió el relato a causa de la mujer de Hernán, Mari, que vino a anunciar que las *onces-comida* estaba servida. Se trata de una institución en Chile, la combinación de una especie de merienda británica con una cena española, y se supone que la palabra *once* proviene de unos monjes que, según la leyenda, combatían la sed de las largas tardes con un poco de *aguardiente* que tenían escondido y al que se referían como *once* en alusión a la cantidad de letras que componen esa palabra. Pero Mari nos ofrecía un banquete de otra clase. Había preparado un *pastel de choclo*, el plato más típico y apetitoso de Chile, una suerte de pastel hecho de maíz y carne picada con cebolla; y lo había hecho porque recordó que muchos años atrás yo había publicado un libro de poemas con ese título. Un gesto de hospitalidad y consideración que me hizo comprender por qué Hernán no dejaba de decir que Mari era lo mejor que le había sucedido y me dejó rememorando el momento en que se conocieron, hacía mucho tiempo, en Mantos Blancos, donde él había ido en busca de trabajo.

—La conocí —nos había contado Hernán a Angélica y a mí— como se conocen la mayoría de las parejas de la pampa, de esta parte del mundo. Un hombre soltero llegaba a un *campamento* (y el noventa por ciento de los que iban a trabajar en las minas de salitre eran originalmente solteros) y preguntaba, como lo hice yo, en cuál de las casas se servían las mejores comidas y al día siguiente uno se presentaba, tratando de comportarse de la mejor manera posible porque siempre había dos o tres hijas que llevaban los platos a la mesa. Mari tenía dieciséis años y yo veintidós. Y pocos días más tarde me di cuenta de que en mi plato de *cazuela* la porción de pollo siempre era más grande que la de los demás, y también la papa.

Muchos años después, la cocina de Mari le permitiría escribir su primera novela: los panes horneados y las empanadas que ella vendía casa por casa pagaron la computadora que él usaba. Una situación que se repite a lo largo del mundo siempre que la vida es dura, pero que parece especialmente típica en la *pampa*, con la que me encuentro cada vez que me entero de una historia de las *salitreras*: la madre, la esposa, la hermana, la hija, se esclavizan para que su hombre pueda huir del infierno y, quién sabe, tal vez en algunos casos hasta llevándosela consigo.

De todas maneras escaparse no estaba en sus planes cuando se casaron y se mudaron a Pedro de Valdivia y a Hernán lo mandaron a las minas de nitrato, el más difícil de los trabajos, casi un castigo. Que se convirtió en una bendición, porque allí escuchó todas las historias de las pampas, de boca de los otros trabajadores cuando iban hacia los pozos en camiones o más tarde, a la hora del descanso. Él escuchaba a los *viejos* horas y horas. Se los llamaba viejos no porque fueran tan mayores —los mineros tienden a morirse jóvenes—, sino porque lo parecían y porque se tomaban su tiempo para hablar y porque tenían suficientes recuerdos para llenar varias vidas. Recuerdos e historias que Hernán les sonsacó y que más tarde lo convertirían en un autor de éxito, uno de los poquísimos de Chile que pueden vivir de escribir libros. Eso es un logro extraordinario para cualquiera, pero lo es más para alguien cuya madre murió cuando él tenía nueve años y que vendió periódicos en las calles de Antofagasta para alimentarse cuando su padre se vio obligado a buscar trabajo en el desierto. Y su éxito como novelista se vuelve aún más extraño cuando nos enteramos de que era, de niño y adolescente, increíblemente tímido: *silencioso, solitario y soñador*, como se describe a sí mismo en *Himno del ángel*, su novela más autobiográfica.

Un escuchador. Uno de sus primeros recuerdos era de cuando escuchaba a escondidas las conversaciones de los adultos en Algorta —«vivíamos en la casa más pobre de la más pobres de tres calles verdaderamente pobres»— donde su madre y sus hermanas, al igual que lo haría Mari y la madre de ella muchos años más tarde, ayudaban a equilibrar el presupuesto familiar sirviendo comidas. Entonces cada noche, cuarenta viejos o más llegaban a la casa de los Rivera en busca de comida sabrosa y caliente y el pequeño Hernán se pasaba la noche debajo de la mesa, registrando cada anécdota. Fascinado por esa capacidad de entretejer palabras que él creía no poseer, hipnotizado por los sermones que evangélicos analfabetos (sus propios padres se habían convertido al cristianismo) ofrecían en las calles de Algorta, más tarde completamente hechizado por los *charlatanes* de los callejones de Antofagasta, los curanderos y los estafadores y los buhoneros que cautivaban a la gente con sus magistrales palacios de lenguaje, todos esos ángeles del verbo, esos *ángeles de la palabra* se le acumulaban *dentro, dentro, dentro,* dijo Hernán, hasta que por fin empezaron a salir, durante muchos años, como poemas, y luego, un día de 1990, bajo la forma de un relato que creció y se convirtió en una novela ubicada en un burdel de la pampa y visitada por el mundo perdido de las *salitreras*, en el desierto que fue su primer amor.

Y su recuerdo más temprano.

—Estaba sentado en una pequeña silla de paja, tendría unos tres años, y había una puerta de lata que daba a la pampa, justo al lado de la cocina hecha de ladrillos y barro, y allí estaba, el desierto, que me invadía los ojos y me invitaba a salir; ése era mi patio.

Y él aceptó esa invitación. Su juego favorito: atrapar un remolino, saltar al medio, porque según la leyenda si uno abría los ojos en el centro de un remolino se veía la cara del diablo, pero por supuesto el único drama que les sobrevenía a los niños era que se llenaban los ojos de arena.

Y su otro recuerdo de la infancia: los trenes que pasaban y pasaban, día y noche. Ese paisaje definió los temas ocultos de sus futuras novelas: el contraste entre lo que permanece y lo que sigue, la tensión entre lo que siempre ha estado allí y las personas que algún día deberán marcharse y a las que no les quedará nada excepto los recuerdos.

No había sido un camino fácil transformarse en escritor. Mientras comíamos en esa casa mágica donde él vive con siete mujeres —la esposa y las hijas y una nuera y una nieta—, pintada de azul como un barco en el medio de un barrio que se aferra a una ladera empinada encima de Antofagasta, nos fue relatando los obstáculos a los que se enfrentó, hablándonos con esas sílabas un poco arrastradas que caracterizan discretamente a casi todos los hombres de la clase trabajadora chilena.

Hernán había empezado a escribir poemas justo después del derrocamiento de la democracia en 1973. Paradójicamente, descubrió una emergente voz propia en el mismo momento en que el país entero se hundía en el silencio y la censura, y es posible que la dictadura, al evitarle la publicación temprana y la trampa del éxito prematuro en la que caen tantos escritores jóvenes, le haya permitido a esa voz madurar. La dictadura, y también la soledad. Durante muchos años no tuvo a quién mostrarle los versos excepto a Mari, que lo fue alentando pero que no se interesaba demasiado por la literatura. En Pedro de Valdivia, Hernán admiraba al profesor Riquelme desde lejos, escuchando su voz resonante y sus educadas elocuciones y varias veces sintió la tentación de mostrarle sus escritos, pero nunca se atrevió. Y si les hubiera mencionado esa extraña actividad a los «viejos», probablemente se habrían burlado de él. *«La poesía es cosa de maricones.»* «Habrían empezado a tocarme el culo o algo así —dijo Hernán, sonriéndole a Mari—. En diez años no encontré una sola persona con quien hablar de literatura. Ni siquiera conocía a alguien que leyera, mucho menos que escribiera. Terminé leyéndoles mis versos en silencio a los libros que sacaba de la biblioteca, leyéndoles a los grandes poetas muertos para que me hicieran compañía...» Tuvieron que pasar diecisiete años de la dictadura para que empezara a escribir su primera novela, en 1990; año en el que se podría sugerir que el país mismo estaba preparándose para escuchar las historias que se habían suprimido durante un período tan prolongado. Aun así, tardó muchos años en completar esa primera novela; y sólo lo hizo cuando Pedro de Valdivia se cerró y la familia tuvo que mudarse a Antofagasta. La pérdida de la pampa le permitió el dolor y la distancia necesarios para contar su historia. El resultado fue *La reina Isabel cantaba rancheras*, que ganó uno de los principales premios de novela de Chile, vendió decenas de miles de ejemplares y convirtió a su autor en una figura pública.

Habíamos visto una muestra de la reverencia que suscita este autor durante nuestra primera noche en Antofagasta, cuando tomamos un trago en el bar del hotel. Aunque Hernán jamás había entrado allí antes, el joven camarero no nos había permitido pagar. «El señor Rivera Letelier no paga aquí», fue la única explicación. Un pequeño gesto de reconocimiento de la gente que lo ha leído o ha oído hablar de sus libros, tal vez el hijo de un *pampino* que quiere agradecerle por dar expresión al mundo de sus antepasados. Hernán nos relató otros incidentes similares; el más reciente tuvo lugar cuando fue a ver a un amigo a un hospital y le pidieron que visitara a un viejo muy enfermo, que empezó a llorar y a besarle la mano mientras le aseguraba que había leído todos los libros que esa mano había escrito. Terminó confesándole que ahora se estaba muriendo. Y Rivera Letelier, totalmente conmovido, se defendió con una pizca de ironía. «Bueno, si tanto le gustan mis libros, tendrá que esperar un poco, no se nos vaya todavía, porque en este momento estoy escribiendo un libro que está por salir.» Y dos días más tarde, el hijo de ese hombre —un abogado, muy bien vestido— paró a Hernán en el centro de Antofagasta para anunciarle que su padre había resucitado. El viejo ya estaba de regreso en su hogar, se sentía mucho mejor y se preparaba para leer el nuevo libro tan pronto se publicara.

Oí esa y otras anécdotas —mujeres que le llevaban a Hernán sus bebés para que él los tocara, una resplandeciente lectora femenina que le declaró amor eterno de rodillas en una feria del libro—, y detrás de ellas veo algo más que hambre de historias en una era de olvido y consumismo, lo que, según Hernán, es la razón principal de su gran popularidad. Anoche le expliqué mi teoría, cuando estábamos a punto de partir, después de la cena; le dije que creía que los chilenos reconocían en su triunfo el sueño que ellos mismos no podían alcanzar, el *calichero* de clase trabajadora que se había escapado de una vida de sufrimiento y pobreza que los demás seguían soportando. Una huida todavía más dulce porque había sido lograda con el poder mágico de la palabra escrita. La gente que escribe y lee esos mensajes de piedra en el desierto debe de ver en Rivera Letelier a alguien que ha cumplido la esperanza humana de que el pasado no se pierda para siempre.

En la puerta de su casa, nos paramos. Debajo centelleaban las luces del puerto de Antofagasta, haciendo que la ciudad fea y gris que estaba más abajo se viera casi atractiva.

—¿Y entonces, qué sucedió? —pregunté.

—¿Qué sucedió dónde?

—En Pampa Unión. Cuando entró el tren con el presidente. Vamos a pasar por allí mañana, sabes.

—Oh, sí. Exactamente a las 3:08 de la tarde llega el tren. Todos esperan, los boy scouts de los pueblos de la zona, la Cruz Roja, los bomberos, gente de todas las salitreras, el equipo de básquet, el equipo de fútbol. Y el hombre que iba a dar un discurso se aclara la garganta y se prepara para entregarle al presidente la petición de que la conviertan en una localidad real, de ser reconocida, y siguen esperando hasta que la locomotora está lista. Y entonces...

—¿Y entonces...? —preguntó Angélica.

—Y entonces a las 3:14 de la tarde, el tren salió de la estación.

—Y el presidente...

—Ni siquiera asomó la cabeza por la ventana...

—Como si no existieran —le dije anoche, y vuelvo a decirlo para mis adentros mientras contemplo la desolación en que se encuentran hoy los prostíbulos de Pampa Unión, ese pueblo construido con el único propósito de que los hombres hicieran el amor en el desierto—. Como si todas esas personas jamás hubieran existido.

En mi mente todavía resuena la respuesta de Hernán.

—Yo no los he olvidado —nos dijo Hernán anoche, le sigue susurrando hoy a Pampa Unión—. Yo estoy aquí para contar su historia.

## LA MONTAÑA DE FUEGO

*Viernes, 17 de mayo, Chuquicamata*

Recorro con la mirada el gigantesco salón comedor donde estamos disfrutando de un delicioso almuerzo chileno, mariscos y *congrio* y un vino blanco perfectamente enfriado y hablando de la producción de cobre en la mina a tajo abierto más grande del mundo, miro las treinta o tal vez cuarenta mesas con sus manteles rojos y sus servilletas almidonadas en las que se han servido cientos de miles de comidas, primero a los estadounidenses que eran dueños de esta mina y desde 1971 a los chilenos que la nacionalizaron y se encargaron de ella, miro más allá de los hábiles camareros y de los postres y pasteles que se ofrece a los comensales de otras mesas, dirijo la mirada afuera, a la amenazadora montaña que pronto caerá sobre todo esto, estas sillas lujosas en las que nos sentamos, estas opulentas lámparas de cristal que cuelgan sobre nosotros, sí, cuesta creer que en poco tiempo todo habrá desaparecido, que en el plazo de un año todo este edificio con sus candelabros y su cocina y sus paredes de madera oscura y lustrada y los exquisitos adornos de las ventanas y la cafetería adyacente donde se alimenta a mil quinientos empleados, me digo a mí mismo que no puede ser cierto que todo este complejo, y el pueblo mismo que se extiende en todas direcciones, con sus calles, sus hospitales, su comisaría, todo, todo eso, quedará enterrado bajo un montículo colosal de *ripio* y escombros, sí, miles de millones de toneladas de residuos de la mina de Chuquicamata, el polígono industrial más grande del mundo, cubrirán exactamente el mismo salón donde Angélica y yo recibimos las atenciones de Coset Ávalos y Orlando Nanjari Cortés, altos ejecutivos de Codelco, la Corporación Nacional de Cobre de Chile.

*Cobre.*

Cuando la caída del nitrato casi lleva a Chile a la bancarrota como nación, el cobre vino al rescate. Ese mineral, que resplandece con un hermoso tono rojizo encendido en su estado puro y final, ha sido explotado por todas las poblaciones que habitan el norte del desierto —múltiples oleadas de precolombinos, de colonizadores españoles, de *peruanos* y *bolivianos* y *chilenos* una vez que sus naciones se independizaron—, pero no fue hasta después de 1910, cuando la compañía Guggenheim inauguró esta mina y refinó los minerales de Chuquicamata con el mismo método que se aplicaría veinte años más tarde al nitrato de María Elena y Pedro de Valdivia, cuando el cobre estuvo en camino de convertirse en la principal mercadería exportable de Chile. Hoy mi país provee el sesenta por ciento del consumo mundial de cobre y los envíos al extranjero representan el cuarenta por ciento del presupuesto nacional, una dependencia que no es tan preocupante como la de los tiempos del nitrato, pero que de todas maneras inquieta. Si algún país o laboratorio o genio loco descubriese un sustituto del cobre, como el que se encontró para el oro blanco de las *salitreras*, la supervivencia de Chile como nación se vería amenazada.

Nuestros anfitriones, Coset y Orlando, no ven posible que eso suceda; aunque, por supuesto, esa misma habría sido la respuesta de cualquier ejecutivo del nitrato si yo me hubiera presentado ante él con esa pregunta hace casi cien años. ¿Acaso hace un tiempo no había corrido el rumor de que el aluminio iba a expulsar el cobre del mercado, que la fibra óptica destruiría la utilización del cobre en la industria informática? Y Orlando Nanjari Cortés responde que el mundo contemporáneo no podría existir sin lo que él llama «el más noble de los metales». No habría aviones, ni autos, ni chips de computadora, ni cables. Es, sencillamente, nos dice, el mejor (y el menos caro) de los conductores de electricidad que se han descubierto jamás.

Y tampoco es posible, agrega Coset Ávalos, que Chile se quede alguna vez sin cobre, puesto que se siguen abriendo nuevas minas en esta parte del desierto. Resulta que estamos sentados sobre la montaña de cobre más pródiga del planeta, de donde salen sesenta mil toneladas de mineral puro cada día. De hecho, la producción de la mina de Chuquicamata aumentará de manera significativa cuando este pueblo, al que se conoce popularmente como Chuqui, sea evacuado. Aunque el proceso de trasladar a sus doce mil habitantes ha sido caro, los costos serán recuperados con creces por los beneficios obtenidos con la expansión de la mina.

—¿Ha visto las *tortas* —pregunta Orlando—, cuando vino desde Calama esta mañana?

Era cierto, habíamos presenciado ese espectáculo asombroso cuando subimos esos quince kilómetros en dirección de Chuqui por un camino que corría en línea recta y ascendente por la ladera de la montaña desde el oasis de Calama, donde habíamos pasado la noche. Cuando nos aproximábamos a la mina, nos dimos cuenta de que lo que parecían ser colinas naturales ubicadas en lo más alto de la cumbre eran, en realidad, enormes montículos de ripio, tortas de suciedad y residuos monstruosamente inmensos. Tan pesados que existía el riesgo de que cayera sobre la mina, derrumbándose hacia dentro, una Babel de piedras y polvo que amenaza con devorar la parte industrial de Chuquicamata. Para evitar esa catástrofe, los miles de millones de toneladas de desperdicios habrán de vaciarse sobre el pueblo. Después de todo, los humanos, a diferencia de las minas, pueden ser trasladados. Otra ventaja: la escoria de cada día, que en los últimos años la compañía ha debido transportar cada vez más lejos en el desierto —en camiones que consumen dos exorbitantes litros de diesel por minuto— se utilizarán para rellenar a bajo costo el hueco de muchos kilómetros de ancho donde había respirado la ciudad.

Hay razones ambientales y sanitarias de igual importancia. La planta industrial de Chuquicamata escupe una atroz mezcla de polvo, sulfuro y arsénico. Tanto arsénico, por cierto, que circula una historia sobre un minero que murió de un ataque al corazón cuando estaba de vacaciones en Madrid y la policía española arrestó a la esposa bajo la sospecha de que había envenenado a su marido. Recién la dejaron en libertad cuando ella explicó a las autoridades que cualquiera que beba las aguas de Chuqui durante más de un año tendrá suficiente arsénico en las venas para poner verde de envidia a un detective de Agatha Christie.

Angélica y yo podríamos dar testimonio de la contaminación que afecta a la mina y sus alrededores sin —o al menos, así lo esperamos— haber sido envenenados. Anoche recibimos en el hotel de Calama una llamada de Patricio Hidalgo, el encargado de relaciones públicas que serviría de guía durante nuestra estadía en Chuquicamata. Él nos solicitó que usáramos zapatos gruesos y pantalones largos y camisas de manga larga, aunque cuando llegamos resultó que nuestra propia ropa no era suficiente defensa. Así que Patricio nos cubrió con unas chaquetas de goma acolchadas de color azul oscuro, botas, cascos rojos, unos lentes protectores y una máscara de gas. Y equipados con ese escudo contra las depredaciones de la mina —un atuendo menor en comparación con los guantes y aletas y buzos especiales que deben emplear los trabajadores—, nos dispusimos a averiguar todo lo que se necesita para producir el cobre que salva la economía chilena, alimenta los hospitales, sustenta a los maestros y las bibliotecas y las alcantarillas y pavimenta el mismo camino que estamos aprovechando para recorrer el norte.

Puesto que el cobre no puede exportarse hasta que no alcance una pureza del 99,7 por ciento, el mineral, una vez que se lo extrae y moldea para darle un tamaño manejable, tiene que sufrir —no puedo pensar en otra palabra— una serie de quemaduras purgatorias que lo purifican una y otra vez.

Esa separación del cobre de los otros metales que hasta ese momento han acompañado su existencia en los intestinos de la montaña de Chuquicamata se consigue principalmente con un elemento: el fuego. No sólo el fuego común y corriente. Un fuego como el que jamás había experimentado en mi vida. Un fuego que cuece la sangre de los que llevan a cabo esa tarea, la cuece poco a poco, con el paso de los años, hasta que ya no circula como debería. Un fuego que en primer lugar funde el concentrado en enormes tinas de dos pisos de altura que despiden humo hacia arriba y hacia fuera y hacia dentro de nuestros ojos y pulmones, volviendo espesa y borrosa la atmósfera de esa vasta y cavernosa planta industrial. Un fuego que ilumina los cañones formados por un caldero tras otro, brasas blancas y ardientes que chorrean como volcanes hasta la tierra donde forman una pasta de cenizas y sedimentos sobre la que circulan vehículos herméticamente cerrados, con unas luces encendidas que emiten un triste resplandor en medio de la gruesa y oscura neblina mientras en lo alto unas titánicas tenazas al rojo vivo grandes como caballos que avanzan y retroceden hacia atrás y hacia adelante, hacia atrás y hacia adelante. Un fuego que ruge y sisea y trata de hacerse oír por encima de las sirenas y los pitazos y los altavoces que ensordecen con advertencias incomprensibles. Y más tarde otra vez el fuego, cuando la lava de cobre líquido blanca como el sol del mediodía se precipita desde las alturas como una cascada hacia una suerte de gigantesco cucharón que recibe y mece el fluido para luego volcarlo en moldes que también han sido calentados a temperaturas calcinadoras para que puedan resistir ese cargamento incandescente. Y entonces, y sólo entonces, agua. Un agua que también se ha hervido y vuelto azul mediante agentes químicos, pero que sin embargo está mucho más fresca que las láminas y barras de cobre que se ahogan en ella y se bañan y calman en su marea, agua de la que también emergen vapores. Y entonces y sólo entonces, después de soportar, nosotros y el mineral, un segundo e inmenso barracón industrial —«como un vasto desierto interior», ha sugerido Angélica—, abarrotado de parrillas elevadas de las que cuelgan láminas de cobre, quedamos por fin liberados para salir al aire libre y observar el producto terminado. Con las marcas del fuego apenas visibles en la superficie de estas barras que pronto estarán camino a Antofagasta en el tren que ayer vimos atravesando Pampa Unión. Mientras que las láminas de cobre de matices más hermosos son rechazadas debido a imperfecciones y nódulos y burbujas minúsculas que no permitirían que la electricidad las atravesara en forma adecuada. Todos los colores que fueron necesarios para amasar ese cobre se mezclan entre sí en esas láminas ordenadas en pilas bajo el sol esperando el momento en que se las regresará al fuego para otra sesión de expurgación o bien se las desechará, esas imágenes planas que, de llevarse a un museo, podrían ser atribuidas a un genio insano. Sólo el cobre que no lleva mancha alguna, al que se le ha limpiado el sufrimiento, saldrá al mundo para ser utilizado.

*Chuquicamata: fundición de cobre.*

Y por fin pudimos quitarnos las gafas protectoras y las máscaras y respirar el aire que, según nos informó Patricio Hidalgo, también está contaminado.

—Pero una cosa —dijo— es lo que nosotros sufrimos y otra cosa completamente diferente son nuestras familias. Como trabajadores, no tenemos alternativa, siempre tendremos una expectativa de vida inferior al chileno promedio, pero por lo menos podemos salvar a nuestras familias del peligro mayor. No se puede vivir en casa con los niños, con nuestras esposas, usando máscaras todo el día. No sería fácil darle un beso matinal a la señora.

Patricio nació en Chuquicamata, pero se da cuenta de que, por el bien de su salud y de la de todos los que trabajan aquí así como de la salud financiera de la empresa, su lugar de nacimiento debe quedar enterrado bajo una montaña de ripio y el área entera tiene que transformarse en una zona exclusivamente industrial.

Pero no todos se mostraron tan comprensivos, según nos enteramos ahora, en el almuerzo con Coset y Orlando. Incluso la misma Coset —que está a cargo de explicarle al mundo exterior la erradicación del pueblo de Chuqui— permite que ciertos resquemores se cuelen en la conversación. Uno de sus últimos bebés nació en el hospital de esta ciudad, a pocos metros de aquí. Ya no está en funcionamiento; lo están enterrando bajo un río de piedras en este mismo momento, mientras tomamos un té de hierbas.

Tengo la extraña sensación de que me estoy volviendo un tanto morboso, con excesivas ganas de añadir a mi muestrario otra versión más de la ruina del Norte Grande, tal vez fascinado de manera enfermiza por la inminente desaparición de la comunidad que está almorzando a nuestro alrededor, en este comedor y en las casas y restaurantes de Chuqui. Pero es un privilegio perverso poder ver un pueblo justo antes de que se convierta en fantasma en vez de rondar entre sus escombros después de que ha sido destruido. Como visitar Pompeya la noche antes de la erupción del Vesubio.

—¿Cómo le explico a mi hijo dónde nació? —se pregunta Coset—. ¿Cómo podrá imaginarse este lugar? —Aunque sabe que, por último, siempre podrá explicarle que se trata, después de todo, de una tradición familiar, la pérdida de la ciudad natal. Como también ocurre con muchos otros que hoy se encuentran en Chuqui—. ¿Y en qué otra escuela podrían haber aprendido a soportar esa clase de trabajo, esa clase de calor, esa clase de esfuerzo extremo? —Ella proviene de una familia de *pampinos*. De hecho, su abuelo nació en Pampa Unión.

¿Pampa Unión?

Conversamos un poco sobre ese antro de perdición que habíamos atravesado justo el día anterior. Mal que mal, también Chuqui se ha de convertir en un tiempo más en una aldea de almas en pena, ya está a punto de ganarse ese dudoso estatus —excepto que aquí no quedarán ni las reliquias de las paredes para recordarles a los visitantes las glorias del pasado.

Pero Coset se apresura a marcar una diferencia más crucial: que Chuqui es, de hecho, lo opuesto a una comunidad como Pampa Unión, donde la voz de los ciudadanos no contaba para nada. Aquí las autoridades escuchan, deben hacerlo, a los que serán afectados por estas disposiciones. Al igual que Soquimich, la empresa de aquí, Codelco, es dueña de todo lo que hay en la ciudad de Chuqui, desde la tierra hasta las casas y los servicios. Pero esto no es María Elena, donde un día sin que hubiese ni un trabajador presente, la expulsión se decidió en aquella mesa a la que yo me había sentado. No sólo porque ésta es una empresa estatal y por lo tanto democráticamente responsable de lo que haga, sino porque la importancia económica del cobre dentro del país ha generado los sindicatos más fuertes y experimentados de Chile. Ellos saben, así como lo sabe la gerencia, que pueden paralizar en pocas horas lo que constituye, después de todo, el motor del desarrollo del país. A lo largo de los años los trabajadores le han arrancado beneficios extraordinarios a la compañía, y el resultado puede verse con sólo caminar un poco, como lo hicimos anoche, el jueves después de la cena, por el *paseo peatonal* Ramírez, de Calama, donde ya vive la mayoría y donde serán depositados dentro de poco los que ahora residen en Chuqui.

En ningún otro lugar de Chile, incluyendo los barrios elegantes de Santiago, nos habíamos topado con una población de prosperidad tan uniforme. No es extraño, dados los elevados salarios de los trabajadores y empleados de uno de los lugares más áridos del mundo. Lo discordante era —¿me atrevo a decirlo?— cuán indígenas parecían los habitantes de Calama. En las sociedades racistas de América Latina, puede haber algunas personas con rasgos indígenas y piel color bronce de alto poder adquisitivo, pero por lo general no representan más que una mínima ola en el océano de una mayoría oscura, muchísimo más numerosa, que en todas partes sufre una pobreza y miseria deprimentes. Calama se ve como se verían nuestras ciudades latinas, como deberían verse, si los trabajadores tuvieran salarios y servicios excelentes. Por cierto, al menos en este sentido, puede considerársela un modelo, una especie de metrópolis utópica. Aunque el paraíso económico para todos tiene sus consecuencias, desde luego, como pueden testimoniar las ciudades opulentas de todo el planeta. Encontramos Calama demasiado llena de gente, las calles saturadas de autos (todos tienen automóvil, una situación asombrosa en cualquier ciudad de Chile) y nos preguntamos en voz alta qué pasará cuando las hordas de nuevos habitantes provenientes de Chuqui se sumen a este oasis cada vez más pequeño. En la época colonial, Calama, justo en el medio del río Loa, era la zona verde más extensa de todo el Norte Grande y ya está perdiendo árboles y franjas de vegetación prácticamente día a día. La gente se atiborra de las mercaderías más modernas del mundo y usa el último modelo de Nike sin parecer darse cuenta de que semejante consumo irrestricto bien podría llevar a una situación en la que el desierto devore a los consumidores; pero yo tampoco me encuentro en la posición de lanzar esa clase de críticas, dado que en Estados Unidos tengo una vida llena de confort a la que los hombres y mujeres de Calama tienen tanto derecho como cualquier otro individuo del planeta.

Orlando, en cualquier caso, ve el traslado de una población tan grande como una oportunidad que ojalá se aproveche. Llegó aquí de La Serena hace treinta y dos años con la intención, como muchos otros que vienen al desierto, de quedarse tan sólo un tiempo breve. Ahora Calama es su hogar, pero él reconoce que esa villa jamás ha podido crecer como lo hacen las auténticas comunidades. Tiene una historia antigua, pero la mayoría de los habitantes proviene de algún otro paraje, de manera que terminó convirtiéndose en una *ciudad dormitorio*, una ciudad satélite, donde se duerme de noche y se deambula como un sonámbulo de día. Existe la posibilidad, con las pródigas sumas que se invertirán en el futuro próximo, de cambiar la mentalidad de sus residentes, al construir un centro comercial, abrir una universidad, resolver el problema del tráfico, dejar alguna clase de marca arquitectónica en la tierra, forjar una identidad nueva.

—Cuando llegué aquí —dice Orlando—, no conocía a nadie, ni siquiera a un escorpión. Ni a una víbora. La Chilexploration Company todavía era dueña de esta mina. Tal vez usted haya visto los carteles en inglés cuando pasó, tal vez haya notado que algunos todavía dicen CHILEX.

Sí, lo había notado. Me había llamado la atención porque en una de mis novelas inventé un enloquecido país distópico del futuro al que llamé Chilex, lo que significa ex Chile, un país que ya no era Chile y donde todo, desde los niños hasta los orgasmos, se exportaba, y lo hice sin saber que existía una ciudad y una industria en el desierto con ese nombre. Para mí era fascinante la supervivencia de esos otros carteles en inglés, un idioma que era tan mío como el castellano. Alrededor de treinta años después de que la nacionalización les quitara la mina a los norteamericanos, el idioma original que ellos habían traído junto al capital y las maquinarias a esta montaña todavía persistía en los avisos y en las señales y en los servicios y en las instrucciones, todo seguía midiéndose en yardas y millas y pulgadas. Pero por el momento prefiero no interrumpir las reflexiones de Orlando con mis propias obsesiones bilingües o literarias.

Él explica que cuando llegó a Chuqui sólo se permitían las *pulperías*, las tiendas de la empresa, sin la posibilidad, como se ve hoy, de que cada cadena importante abra un supermercado. Nos dice que los norteamericanos no sólo estaban aislados de Chile (no había más que un vuelo diario en vez de los cerca de doce que hay en la actualidad) sino que también procuraban aislar al personal técnico chileno de los trabajadores. A este comedor, por supuesto, no podían entrar los trabajadores ni la mayoría de los chilenos, ni tampoco a la gigantesca piscina, a la bolera y a ese asombroso bar. Y al día siguiente de que Orlando se dejara caer por el Club Obrero, el local donde se reunían por la noche la mayoría de los trabajadores, un ejecutivo de alto rango de nombre John Tucker le hizo una advertencia: «No quiero que vayas allí nunca más». Las protestas de Orlando que argumentaba que él era dueño de su tiempo libre se tropezaron con la respuesta de Tucker: «Bien, o dejas de ir allí o te buscas otro trabajo». Porque si un ingeniero como Orlando se codeaba con los trabajadores, estos ya no lo verían como a un superior y entonces, según la teoría, le perderían el respeto.

Las cosas han cambiado.

—Todo lo que tiene que ver con el proceso de erradicación —dice Orlando— se consultó con los sindicatos y ellos consultaron todo con los trabajadores. Hemos negociado, seguimos haciéndolo, cada mínimo detalle y deseo, desde el color de las casas de Calama hasta la forma en que se construirán los clubes y canchas deportivas donde se reunirán a practicar los equipos.

Decido poner a prueba los límites de este proceso no autoritario con una pregunta realmente problemática, que, en realidad, he estado preguntando toda la mañana, obteniendo respuestas variables y vacilantes de cada persona con la que me he cruzado.

¿Y el cementerio? ¿También quedará sepultado bajo el ripio?

Patricio Hidalgo respondió que no lo sabía; un trabajador con quien conseguí intercambiar algunas palabras me dijo que el cementerio era intocable y que nadie se irá de Chuqui a menos que se garantice su integridad, pero otro se encogió de hombros y dijo, con resignación, que iban a inundar todo el pueblo con piedras y que eso era todo, *oleado y sacramentado*. En cuanto a Coset y Orlando, ninguno de ellos tiene una respuesta definitiva, apenas un desconcertante «eso todavía está en discusión». Aunque tengo la sensación de que tal vez Orlando sepa algo más. «Se va a solucionar —me asegura cuando nos levantamos al final del almuerzo—. Lo del cementerio va a arreglarse, como todo lo demás, por consenso.»

No insisto en la pregunta. Nos despedimos para dirigirnos enseguida a la última parte de nuestro recorrido, una visita a la mina misma, a ese inmenso cráter de terrazas, que es la fuente de la riqueza que alimenta a Chile y también la fuente de todo el ripio que tal vez o tal vez no entierre el cementerio donde los vivos de Chuquicamata han enterrado a sus propios muertos por casi un siglo.

No sé si hallaré la respuesta a esa pregunta incómoda sobre los muertos del pueblo, si recibiré una aclaración fidedigna esta misma noche, al otro lado de las montañas, a cien kilómetros al sudeste de Chuqui. La respuesta se me presentará en el más improbable de los sitios. Estaré sentado en el Restaurante La Estaka de San Pedro de Atacama —esa aldea en la que se producen acontecimientos mágicos, día tras día, como viene sucediendo desde hace siglos—, cuando quien entra es el senador Ricardo Núñez, uno de mis amigos de la universidad (de la época de Freddy Taberna), que representa a esta región y que ha sido el que, en Santiago, organizó nuestra visita a Chuquicamata. En un principio él había sugerido unirse a nuestra excursión o tal vez a nuestro almuerzo, pero había tenido que ocuparse de reuniones políticas y no había podido converger con Angélica y conmigo. Como conocía nuestro plan de viaje, decidió rastrearnos hasta San Pedro durante el fin de semana. Uno de los amigos que lo acompañaban en esa visita era nada menos que Juan Pablo Scroogie, el jefe de abogados de Codelco a cargo de negociar con los trabajadores el traslado de los ciudadanos de Chuqui a Calama. Durante más de un año Scroogie no sólo dirigió las sesiones públicas sino también las conversaciones más privadas e informales donde siempre terminaban haciéndose los verdaderos arreglos y compromisos. «El error de Codelco —me dirá Scroogie dentro de doce horas, mientras bebe un agridulce *pisco sour*—, era suponer siempre que el problema era el dinero, el dinero, siempre el dinero, y que si se les ofrecía una compensación adecuada a los trabajadores podría superarse cualquier obstáculo.» Echará una mirada al fuego que ruge en un rincón del restaurante, nuestra única protección contra el frío aire de montaña que se cuela por las puertas de La Estaka, un fuego que tal vez le recuerde, y que sin duda me recordará a mí, los alejados hornos de Chuquicamata que arden noche y día al otro lado de la menguada cadena montañosa que tanto él como yo hemos debido cruzar para llegar a San Pedro. «Pusimos dinero sobre la mesa —continuará Scroogie—, y cada vez que los representantes del sindicato se resistían, ofrecíamos más y más. Pero no era un problema de números sino un problema de cultura. Tres generaciones nacieron, vivieron y murieron allí. Era el club de fútbol, era el baile de graduación, era donde un hombre había mirado por primera vez a la mujer que sería su esposa, era donde un niño se había rasguñado la rodilla por primera vez. Así que por fin, cuando ofrecimos mantener vivas algunas partes del viejo Chuqui, conservar esto y aquello, la iglesia, por ejemplo, ese fue el momento en que empezaron a estar de acuerdo. ¿Y cuál fue la primera condición que pusieron? El cementerio debe conservarse. La compañía tiene que mantenerlo y mejorarlo y poner tumbas para los descendientes de Chuqui si quieren ser enterrados allí. La cláusula que firmamos hace unos días estipula que el cementerio se mantendrá en funcionamiento mientras no se acabe el mineral.»

Eso es lo que me dirá hoy por la noche respecto de los muertos de Chuquicamata.

En cuanto a la muerte de Chuquicamata en sí, es lo que voy a averiguar ahora, cuando Angélica y yo visitemos, después del almuerzo, la mina misma, el famoso tajo abierto al cielo. Aquí es donde finaliza nuestro recorrido, frente a las inmensas fauces de un anfiteatro de piedra y escoria, de siete kilómetros y medio de largo y cuatro y medio de ancho y casi un kilómetro de profundidad. Abajo y a lo lejos y en el fondo, alcanzamos a ver unas excavadoras gigantescas (con neumáticos de tres metros de altura que cuestan 12.000 dólares cada uno) que perforan las terrazas formadas por el material que ha sido extraído con dinamita de la roca esta misma mañana. Ramón Morales, el ingeniero electrónico a cargo de la seguridad, nos cuenta que es necesario controlar esas *tronaduras*; la palabra «detonaciones» no contiene dentro de sí la sugerencia de *trueno*, ni tampoco la resonancia de *dura*, lo que trae ecos de resistencia y severidad, algo completamente fatal y definitivo que ninguna oración, ningún sacrificio, puede ablandar.

Esta mina lleva ochenta y siete años sufriendo descargas igualmente portentosas... Cuando Chuquicamata era joven, se presentaban personas de todas partes para ver el espectáculo de las explosiones que arrancaban millones de toneladas de material a la matriz de la montaña, una actitud similar a lo que ocurre en nuestras ciudades cuando el público se reúne a contemplar la demolición de un edificio. En la actualidad, la violencia que se ejerce sobre esta montaña se parece más a una operación quirúrgica que a la carnicería de antaño. Los geólogos proceden de forma cautelosa, de manera muy selectiva, asegurándose de que los fracturados componentes —que no miden más de un metro y medio de diámetro cada uno— quepan en las máquinas pulverizadoras. Tal vez lo más crucial sea el hecho de que ahora tienen que tomar en cuenta la delicada arquitectura y condición de la mina; y me doy cuenta de que Morales se refiere a esta mina abierta al aire como si fuera un paciente enfermo.

Y, en efecto, dice, la mina está empezando a mostrar grietas, está empezando a...

Se detiene y hace un gran gesto circular. Todos los días se extraen seiscientas mil toneladas de material. Un cuarto de esa cantidad, ciento cincuenta mil toneladas, se destina a los molinos y a las pulverizadoras y a los fuegos que lo aguardan más adelante. Pero los otros tres cuartos de lo que se saca terminan como *lastre*, escombros, y van a parar a las tortas, que ahora vemos al otro lado del horizonte y que desde aquí parecen más ominosas que esta mañana, cuando subíamos alegremente desde Calama, siniestras edificaciones de rocas que crecen hacia arriba y hacia el lado, llenas a tope, que amenazan cada vez más con desbordarse sobre el municipio vecino. Porque es una carga demasiado pesada: los miles de millones de millones de kilos se acumulan como una maldición de piedra sobre la mina, abrumándola, dificultando su existencia.

*Chuquicamata: la mina de cobre de pozo abierto.*

—Tenemos que llegar al mineral de mejor calidad que está más abajo, a una profundidad cada vez mayor —dice Morales—, y cualquier niño que construya un castillo de arena sabe que es necesario ensanchar y ampliar la parte superior para seguir cavando. —Señala una tremenda excavadora que empuja lentamente el perímetro superior oriental del pozo para que no se derrumbe sobre las obras más recientes. Ensanchar en lo alto de manera que más abajo, en el valle artificial —como la herida dejada por un cometa descomunal—, la extracción del mineral pueda continuar de forma ininterrumpida. Y en la loma opuesta, en la parte superior del lado oeste, alcanzo a ver otro par de excavadoras que empujan el material hacia fuera. Si regreso en cuarenta años, las canteras seguirán en su sitio, de quince a dieciocho metros de altura como ahora, y los colores verdosos indicarán la presencia de cobre y los blancos susurrarán que hay una mezcla de sulfuro aguardando el momento de desvanecerse como polvo en el aire, todo igual que ahora, sólo que el pozo será más ancho, más largo, más profundo, y todavía más árido.

—¿Le importa a la montaña? —le pregunto de pronto a Ramón Morales.

No le sorprende mi antropomorfización de Chuqui, aunque por primera vez no contesta de inmediato, se toma su tiempo. Ya nos ha dicho que cada tanto ocurren accidentes, más allá de las precauciones. Percibo que en sus ojos se filtra el mismo dolor de hace un rato, cuando me habló de un minero al que habían perdido, uno de sus hombres que quedó mutilado de por vida.

—Sí —responde ahora—, creo que sí le importa. La montaña conoce su historia. *¿Cómo nos cobra?* Con enfermedades, con hombres que mueren muchos años antes de lo que deberían de silicosis, entre otras cosas. Y tenemos una gran cantidad de niños que nacen con deformidades, labios leporinos, cáncer. El traslado a Calama quizás ayude a disminuir el coste humano, pero nunca desaparecerá del todo. La naturaleza recupera de otras maneras lo que le extraemos a la fuerza. Se cobra de lo que le hicimos. No se puede quitarle algo a la naturaleza sin pagar el precio.

Contemplo el polvo que surge desde la mina y se eleva al cielo límpido y maravilloso del desierto y los pequeños camiones que siguen a la descomunal excavadora por el terraplén arrojando miles de toneladas de agua en la ruta para evitar que esos neumáticos caros se gasten, para evitar que los pulmones sigan respirando este venenoso polvo muerto.

Y recuerdo dos leyendas indígenas sobre el origen de Chuquicamata.

Una cuenta que los dioses le dieron al hombre cobre en abundancia porque era necesario que hubiera algo diferente del oro y la plata, que dividen a las personas y las vuelven envidiosas y las hacen luchar entre sí. Los hombres precisaban un metal que solamente pudiera explotarse si todos colaboraban. Y esta leyenda se manifiesta hoy en esta mina y en las minas que han cerrado y, supongo, que en todas las minas que se abrirán en este desierto o en cualquier otro desierto del mundo: los lazos forjados por aquellos que se atreven a quitarle a la Tierra lo que tal vez ella no quiera entregar.

La segunda leyenda relata que el Gran Dios de los coyas, Apu Punchau, tenía unas sacerdotisas —hijas, dicen otros— que actuaban como guardianas, *ñustas* de su templo. Pero llegaron unos hombres malos en busca de oro y de tesoros que saquearon el altar sagrado y mataron a las doncellas. Apu hirvió y secó todos los ríos y destruyó a esos hombres y juró que la sangre de sus amadas devotas no se desperdiciaría. Convirtió sus almas en estrellas; tres de ellas, las *yapus*, se transformaron en *las tres Marías*, y la ñusta Inti, la más hermosa y blanca de todas, en el *lucero* del alba. Pero cuando exprimió sus corazones para volverlas estrellas, la sangre se derramó sobre Chuqui y él proclamó que cada gota de esa sangre se convertiría en riqueza para los hombres que algún día vinieran a habitar esas tierras. Una variante de la leyenda, tal vez más moderna, agrega que la tierra recuerda la ira de Apu cada vez que estalla la montaña y se oye el trueno.

Miro el pozo abierto de Chuquicamata, que en pocas horas volverá, como en los últimos ochenta y siete años, a sufrir otra explosión, y otra, y otra más, cada una de ellas equivalente a un terremoto de magnitud cinco en la escala Richter, pienso en las interminables tronaduras a lo largo de interminables mañanas, y no estoy seguro —¿quién podría estarlo?— de que Apu y los otros dioses hayan previsto lo que los hombres harían cuando extrajeran el mineral, no estoy seguro de que él y los otros sean tan benévolos con nosotros la próxima vez, de que la próxima vez tengamos tanta suerte.

BAJO LA ARENA

*Sábado, 18 de mayo de 2002. San Pedro de Atacama*

Nos encontramos, Lautaro y Carolina y Angélica y yo, sobre una ventosa duna a unos kilómetros de San Pedro de Atacama, un hermoso oasis que los seres humanos habitan desde muchos milenios antes de que Pedro de Valdivia pasara por aquí en 1540 de camino hacia el sur para conquistar lo que ya en ese entonces se llamaba Chile; hemos venido a contemplar la puesta del sol en este lugar específico del desierto de Atacama, porque debajo de la arena que pisamos, según Lautaro Núñez, el eminente arqueólogo chileno, está la aldea de Beter, un *Pueblo de Indios* erigido por los españoles en el siglo XVII para recluir y catequizar y esclavizar a los descendientes de aquellos humanos que habían cazado y cultivado y horneado cerámica en este valle durante miles y miles de años.

Podríamos haber ido a visitar otras ruinas, unas ruinas que, por lo menos, son visibles. Podríamos estar subiendo por las fortificaciones de Quitol, en una colina que no está lejos de aquí, donde los indios decidieron enfrentarse a los caballos y a los estruendosos guerreros de Valdivia y sufrieron una derrota terrible. Podríamos estar bañándonos bajo los últimos rayos del sol en lo alto de esa fortaleza pucará del siglo XII donde a trescientos caciques nativos les cortaron la cabeza después de que se rindieran. O podríamos haber seguido avanzando por el barranco del río San Pedro entre los restos de Catarpe, donde los incas administraban estas tierras desde que llegaron en 1450 y donde tal vez nos habríamos hecho una idea de cómo estaban construidas las residencias precolombinas, algún indicio de que allí vivieron seres humanos. O, mejor aún, haber ido hacia las asombrosas estatuas de piedra del Valle de la Luna, en el otro extremo de este valle, y visitar Tulor, una localidad que data del siglo VIII antes de Cristo, donde han quitado algunos vestigios de la arena que cubre las ruinas circulares de la aldea más antigua que se ha descubierto en esta zona y cuyos curadores son los indios de Coyo, que cultivan los fértiles campos cercanos. O si quisiéramos visitar alguna de las otras *ayllus*, las comunidades indígenas que trabajan cada centímetro de tierra en este extenso oasis, podríamos llegar en auto, atravesando una vez más el valle de la Muerte que hemos tenido que cruzar para llegar a San Pedro, y detenernos un rato para contemplar de nuevo unos inmensos, imponentes peñascos que vigilan la carretera como si fueran estatuas tutelares y que, rumiando sobre un pasado que sólo ellos han visto, protegen esta tierra de ojos extranjeros.

Mi viejo amigo Lautaro ha insistido en que hiciéramos esta peregrinación al Pueblo de Indios. Me asombra lo poco que ha cambiado desde la última vez que lo vi; sólo unos pelos plateados en la barba dan a entender que han transcurrido cuarenta años; él sigue poseído por la misma energía e inquietud de roedor que le ganaron el sobrenombre de *Laucha*. Ya sé que es inútil discutir con él. O con Carolina Agüero, quien también ha avalado con entusiasmo la sugerencia de Lautaro. Y en qué otra persona sino en ella podría confiar estos asuntos, la única arqueóloga del núcleo ampliado de nuestra extensa familia política. A Carolina todavía la consideramos una pariente a pesar de que su hermano Nacho ya no esté casado con la hermana de Angélica, sigue siendo la tía de nuestras queridas sobrinas de Santiago, que se mantienen informadas de nuestra expedición y que nos han llamado insistentemente durante nuestro periplo para enviarle cariños a su tía Carolina. Aunque era probable que Angélica y yo hubiésemos venido de todas formas a San Pedro de Atacama, un lugar famoso por sus encantadoras casas de adobe y sus majestuosos árboles centenarios y su iglesia colonial de una blancura inmaculada, no terminamos de confirmar nuestros planes hasta enterarnos de que Carolina estaba instalada aquí de manera permanente y que Lautaro vendría desde Antofagasta, donde vive la mitad de la semana, para pasar unos días con nosotros. Acabamos de disfrutar de un almuerzo prolongado y ruidoso en su casa de San Pedro, una aldea donde todo es tan arqueológico y está tan impregnado de historia que cuando amplió una pared de la casa, descubrió en el jardín la momia de un indio. Lautaro calculó de dónde provenía ese hombre (del otro lado de la cordillera, de una comarca que en ese entonces todavía no se llamaba Argentina), cuál era su profesión (mercader), qué ritos fúnebres eran los apropiados según su antigüedad (había muerto alrededor del año 800 a.C.), e invitó a amigos y colegas a una cena en honor del muerto y lo reenterró con todos sus objetos y el respeto que se le debía. Quizás haya sido la narración de ese funeral tan particular —o tal vez la idea le había estado zumbando por la cabeza toda la tarde— lo que hizo a Lautaro ponerse de pie repentinamente, señalar el sol que iniciaba su descenso y el viento que empezaba a generar una tormenta de arena y proponer que visitásemos Beter, donde, prometió, jamás va nadie.

*San Pedro de Atacama: Lautaro Núñez en un Pueblo de Indios.*

Tiene razón. No hay un turista cerca. Pero tampoco hay ruinas para fotografiar, ningún rastro de que alguna vez aquí haya surgido una residencia que albergara seres humanos, aunque ahora, cuando avanzamos entre los arbustos, comenzamos a distinguir algunas piedras apiladas en la arena con un cierto orden. Eran, dice Carolina, el tejado de una casa que está esperando una excavación si alguna vez se materializan los fondos. Y allí, más lejos, asoma de la tierra algo que parece una cruz que indica el lugar donde sólo vivían los blancos, los sacerdotes enviados por la Corona para evangelizar a los indios. Esa era la política del virrey Toledo en el siglo XVII: segregar a la población nativa de los españoles y mestizos en una especie de apartheid de la época, construir aldeas donde se los pudiera adoctrinar y controlar con más facilidad y obligarlos a trabajar. «Allí —dice Lautaro, señalando una duna cubierta de hojarasca—, junto a la *capilla* estaba el cementerio, efectivamente la única vía de escape... al cielo, por cierto, administrado por los evangelizadores. Y ahí, directamente enfrente, la plaza. Todo trazado según el modelo español, salvo que los únicos residentes autorizados eran los indios, y los sagrados, paternales y extranjeros frailes que cuidaban de su alma.»

El pueblo que está enterrado aquí, a varios metros de profundidad debajo de nuestros pies, con su telaraña de calles que apenas pueden discernirse cuando caminamos sobre ellas, fue concebido como el mellizo de San Pedro. Por todo Norte Grande, en cada oasis, se distinguen dos comunidades, una junto a la otra, como Pica y Mantilla o San Lorenzo de Tarapacá y Huarasí. Salvo que esos otros pueblos de indios no fueron abandonados como éste, no exhiben la vida como era en aquel entonces, en el crucial momento de la historia de América Latina cuando los colonizadores y los conquistados comenzaron a establecer lo que sería una cultura común.

—Si cavamos aquí —explica Carolina, levantando la voz para que el ruido del viento no la silencie— encontraremos restos de cerámica que siguen la tradición indígena y otros que son completamente españoles, así como objetos en los que ambas tradiciones se han unido en una mezcla sincrética.

Lautaro hace un gesto de asentimiento y se ajusta la omnipresente boina para que el viento no se la lleve. Esta tarde nos ha explicado que toda la historia de Chile se narra como una épica militar, una incesante guerra de conquista de parte de los invasores o de resistencia de parte de los nativos, lo que es bastante cierto respecto del sur del país, donde los mapuches se opusieron a los españoles hasta casi fines del siglo XIX. Pero hay otra historia, tal vez más excitante, que puede exhumarse en un lugar como este pueblo de indios que ahora visitamos. Lo único que haría falta es cavar un poco y se revelarían huesos de animales y plumas de aves y residuos de cáscaras de huevo, indicios de que los conquistadores no sólo vinieron con la espada y la cruz sino también con la gallina. En Beter, por ejemplo, se obligaba a los indios a cultivar trigo, un cereal europeo, para alimentar a los que trabajaban en las minas de las áreas periféricas, pero los instrumentos agrícolas que utilizaban se habían fabricado con técnicas de fundición precolombinas. Lo que significa que la vida, más que ser una historia de choques entre dos culturas, iba forjándose en un crisol cotidiano de lenta coexistencia, mediante un sutil regateo mutuo sobre qué se iba a usar de las respectivas tradiciones, qué permanecería, qué se modificaría.

Y es en el desierto, en la más árida de las zonas áridas habitadas por seres humanos, donde ese y tantos otros secretos del pasado pueden revelarse porque, sencillamente, en un lugar como éste en realidad jamás se han perdido. Sólo esperan que la mano adecuada, la mirada adecuada, la pregunta adecuada los devuelvan a la vida.

Es una tarea a la que Lautaro ha dedicado su vida, y el desierto ha sido uno de sus aliados principales en la resurrección más difícil de todas, el intento de rescatar la historia de las numerosas migraciones de hombres y mujeres indígenas que llegaron a las mesetas, valles y oasis del norte en sucesivas oleadas durante los últimos once mil años y que han creado aquí una gama de civilizaciones de una complejidad cada vez mayor, culminando con la cultura atacameña, que ha puesto a San Pedro en el mapa arqueológico del mundo. Lautaro ha intentado trazar los lineamientos de una cronología de los habitantes nativos de la vasta meseta que se extiende al sur y al norte de San Pedro. Alcanzar ese conocimiento no sólo implica cumplir con un deber hacia los muertos y romper el silencio al que han sido desterrados sino que también tiene consecuencias para los vivos. Hay lecciones que el desierto puede darnos si sabemos qué buscar, si nos damos la oportunidad de hacer las preguntas para las que los hombres y mujeres que en un primer momento prosperaron aquí habían encontrado las respuestas, si nos dejamos inspirar, sugiere Lautaro, por la forma en que las poblaciones indígenas del pasado lejano, que disponían de menos recursos de los que tenemos hoy, pudieron resolver los problemas que les imponía un entorno desolado y supuestamente inhóspito. Como muchos otros intelectuales y activistas que he conocido por el mundo y que se ocupan de lo que se denominan «comunidades tradicionales», Lautaro cree que esos ancestros pueden instarnos a replantear nuestro desarrollo social y económico, a encontrar la forma de alentar a los pueblos contemporáneos, con medios y bienes escasos, a derrotar la pobreza y también a dirigir la tecnología hacia las verdaderas necesidades de la humanidad. Siguiendo el ejemplo que dejaron esos hombres y mujeres mucho tiempo atrás.

Las civilizaciones que florecieron en esta región veían el desierto de una manera muy distinta que nosotros, con nuestro énfasis en una implacable extracción de minerales y nuestra falta casi total de interés por las consecuencias ecológicas que emanan de esa implacabilidad, nuestra indiferencia casi criminal respecto del sufrimiento humano que engendra ese proceso. Sin que ello implique una idealización exagerada de los indios, Lautaro y sus colegas creen que los primeros habitantes de esta parte del continente americano llegaron a comprender el desierto, verlo como un abanico de ecosistemas contrastantes y complementarios. Si uno se traslada de este a oeste, dice, desde los picos andinos hasta las costas del Pacífico, en esos escasos trescientos kilómetros se pasa de fríos polares a temperaturas tropicales. La diversidad de ambientes ofrece una diversidad de recursos —árboles, peces, arroyos, huertos, minerales—, todo un mundo concentrado en esta parte de América, un mosaico donde todas las posibilidades de producción están allí, esperando. Esperando, claro, pero en forma velada.

—El bosque —había explicado Lautaro durante el prolongado almuerzo— no se presenta como en el Amazonas. Hay que preguntarle a la tierra cómo lograr que los árboles que en un tiempo crecieron aquí vuelvan a hacerlo, esas miles de hectáreas de *tamarugos* que se cortaron y quemaron como combustible para las salitreras. En este Norte hay lagos, en las tierras altas, más allá de San Pedro y a lo largo de los Andes, pero no les hemos preguntado qué clase de vida pueden sustentar. Lo único que hacemos es agotarlos, desviando agua a las minas y a los puertos que exportan lo que esas minas rinden. Y está el mar, pero no le hemos preguntado cómo podríamos crear granjas marinas, como las agrícolas que tenemos en tierra. Para qué hablar de la energía solar y la energía del viento, que los indios conocían muy bien y que usaban, de hecho, para refinar cobre.

Según Lautaro, esas preguntas no se han formulado porque cada vez que surge una crisis en la sociedad chilena, siempre hay algún mineral a mano, en un principio plata y más tarde el nitrato y ahora el cobre, que les permite a los que detentan el poder un estilo de vida relativamente exuberante y que posterga esas preguntas, oculta, en cierto sentido, el espejo que Chile necesita levantar frente a la cara del desierto para que éste deje de ser un enigma.

Para mí es una experiencia reveladora pasar estos dos días con Lautaro acompañándolo en su búsqueda. Me recuerda nuestras fugaces conversaciones de hace cuarenta años en los jardines de la Universidad de Chile en Santiago donde ambos estudiábamos. Fue Freddy Taberna, nuestro amigo ejecutado en Pisagua en 1973, quien nos había presentado a principios de los sesenta y quien, estoy convencido, nos ha guiado hoy hacia este nuevo encuentro, como si estuviera entrelazando las hebras de sus amigos desde más allá de la muerte. La esposa de Freddy, Jinny, había insistido en que yo hablara con Lautaro antes de visitar Iquique, la ciudad donde él y Freddy habían nacido y en cuyas calles se habían cruzado. Lautaro no sólo había escrito un breve y fervoroso libro sobre la vida y muerte de Freddy sino que también había participado en la búsqueda de su cuerpo. «Nunca pensé —me confió Lautaro esta tarde, después de que yo mencioné el tema—, cuando decidí dedicarme a la arqueología, que algún día tendría que emplear las técnicas que aprendí para detectar el pasado remoto en la búsqueda de los huesos de uno de mis amigos más queridos. Y no soy el único; pregúntale a cualquier arqueólogo o antropólogo de Chile. Es probable que todos ellos hayan pasado muchas horas buscando los restos de ex compañeros de clase y amigos desaparecidos durante la dictadura.»

Por supuesto que eso no había estado en sus planes ni en su cabeza —ni en la mía, para el caso— cuando discutíamos acaloradamente sobre el futuro de América Latina en nuestros días universitarios. Yo me había formado, junto con Lautaro y Freddy y muchos otros hombres y mujeres jóvenes de la época, en la revolución intelectual de los años sesenta, que exigía que nuestra marginal zona del mundo intentara una interpretación alternativa de la historia, y terminamos como parte de la historia que buscábamos modificar. Lo paradójico era que estábamos tan fascinados por el origen de nuestro continente y sus actuales condiciones de miseria y subdesarrollo, que casi no nos interesaba la trayectoria personal de los *compañeros*, amigos y colegas con quienes íbamos a emprender esa misión. Cuando se es joven y el planeta parece a punto de arder en llamas, no parece tan importante saber de dónde se viene ni menos se tiene ganas de reconocer aquellos impulsos incógnitos que van silenciosamente dando forma a nuestra conducta desde un pasado profundo. Así que, en ese entonces nada sabía —ni tampoco se me ocurrió preguntar— sobre las fuentes ocultas de la obsesión personal de Lautaro por desenterrar el pasado. No sabía nada de su tatarabuela indígena ni de esos antepasados españoles que se habían instalado en el oasis de Pica a fines del siglo XVI para producir vino para la mina de Potosí, la montaña de plata más grande en la historia del mundo. No sabía que el nitrato había marcado el destino de Lautaro incluso antes de su nacimiento. No sabía que su familia había tenido que abandonar su granja en el oasis de Quisme porque les habían desviado el suministro de agua hacia Iquique, una ciudad sedienta e hinchada de nitrato, ni que habían deportado a Lima a su abuelo peruano en la limpieza étnica que sufrió el Norte Grande cuando las Ligas Patrióticas organizadas por los chilenos aterrorizaron a los ciudadanos que podrían apoyar el intento de Perú de reclamar las tierras perdidas en la guerra del Pacífico, la guerra por el control de las *salitreras* y su riqueza. No sabía que uno de sus primeros recuerdos era el de la búsqueda de huesos en el patio de la escuela Santa María, su escuela en Iquique, donde allá por 1907 tres mil trabajadores del salitre y sus esposas y niños fueron masacrados por el ejército cuando marcharon sobre Iquique para exigir un salario digno. No sabía que se había hecho arqueólogo debido a Bertie Humberstone, hijo de Santiago Humberstone, el químico británico que aplicó el sistema Shanks para refinar el salitre de las pampas. No sabía que era Bertie quien había invitado a Lautaro, a la sazón un niño de nueve años, a sumarse a un grupo de pequeños que recibían lecciones después de la escuela en la casa de los Humberstone en Iquique, Bertie el primero en hablarle de las pirámides de Egipto y en contarle que ese otro desierto, el desierto de allí fuera, en el que Bertie había nacido y del que luego se marchó para educarse en Inglaterra y al que finalmente regresó una vez terminados sus estudios universitarios, también tenía tesoros y misterios para desenterrar. Eran tantas las cosas de Lautaro que yo no conocía en aquel entonces y que había venido a San Pedro de Atacama para descubrir, aquí, en esta encrucijada de civilizaciones de los Andes donde se habían intercambiado culturas e historias, primero los atacameños y luego los incas y más tarde tantos otros, los españoles interesados en el oro y los mercaderes de Bolivia y los ganaderos de Argentina que traían carne a las *salitreras*. Todos ellos habían pasado por este oasis, como yo en este momento, rumbo a otra comarca.

Sí, esta floreciente confluencia en el desierto resultó ser un buen lugar para volver a reunirme con Lautaro, descubrir que los años de ausencia no habían hecho más que acercarnos, que habíamos madurado de manera análoga y con obsesiones paralelas. Y, además, este interludio en la *precordillera* de San Pedro, en apariencia desviado de nuestra travesía por los pueblos fantasma, está resultando ser un buen ensayo para el cariz más personal que este viaje nuestro está por tomar a medida de que nos aproximemos a Iquique, de donde provienen los antepasados de Angélica, donde Freddy vivió sus últimos años, donde dormiremos mañana por la noche. Donde tendremos que repetir lo que acabamos de hacer ahora con Lautaro: ir apartando el polvo y los escombros debajo de los cuales ha sido enterrado el pasado, puesto que, después de todo, cada ser humano no es muy diferente de este Pueblo de Indios que la arena ha cubierto y cuya verdadera historia sólo puede adivinarse por los torreones y piedras que salen a la superficie del desierto bajo la mirada callada de los cercanos volcanes. ¿Será esa la razón por la que Lautaro quiso traernos aquí, porque este pueblo enterrado simboliza de alguna manera la historia de su vida, lo que todavía necesita lograr, todos los secretos que el Norte Grande sigue esperando revelar?

Secretos que él no es el único en explorar. No hay síndrome del desierto ni soledad que parezca aquejar al cuerpo pequeño y la ambición enorme y la energía ilimitada de Lautaro Núñez. Lo acompaña toda una nueva generación de historiadores, antropólogos y arqueólogos que acuden en tropel a esta región con la esperanza de desentrañar los remotos ayeres que Lautaro y otros como él han extraído del tiempo como si se tratara de nitrato o cobre. Carolina Agüero es, en realidad, un muy buen ejemplo: una de los muchos discípulos de Lautaro.

Ayer, el viernes que llegamos, y una vez más esta mañana, hemos podido pasar algunas horas con nuestra pariente. Recorrimos juntos las calles polvorientas y angostas de San Pedro y yo, por mi parte, realicé con ella una visita al museo que es el orgullo de esta ciudad (Angélica prefirió ver la iglesia, hablar con algunos de los lugareños). El museo alberga casi cuatrocientas mil piezas recogidas del desierto circundante por un padre belga, Gustave Le Paige, que había llegado en 1955 como párroco de lo que era entonces una comunidad aún más pequeña, y que dedicó los siguientes treinta y cinco años de su vida a rastrear y recopilar huesos y objetos, alfarería y tapices. Fue gracias a los extraordinarios y sorprendentes descubrimientos de Le Paige —en particular algunas momias de mil años de antigüedad— como San Pedro fue oficialmente designada capital arqueológica de Chile.

Carolina terminó en este oasis por accidente —aunque estuvo de acuerdo con mi sugerencia de que nada en la vida es en verdad un accidente—, cuando aceptó a regañadientes el puesto de arqueóloga residente en San Pedro y pasó los dos años siguientes asegurándose de que las nuevas carreteras que se construían debido al reciente y prodigioso incremento del turismo no destruyeran las ruinas indígenas. Es una joven mujer animada y fogosa, que se enfrentó a los ingenieros de obras públicas, a los constructores y hasta a un regimiento del ejército, cuyo comandante insistía en que tenía el derecho de bombardear indiscriminadamente cualquier pedazo del desierto que le vinera en ganas, sin importarle si de paso reventaba una serie de yacimientos indígenas inmemoriales. Cuando concluyó su trabajo, Carolina, que tenía todas las intenciones de continuar con sus estudios de doctorado, se fue a Londres, donde la esperaba desde hacía dos años un novio que la amaba. Pero cuando regresaba a Santiago —un viaje rápido para despedirse de la familia y recoger sus bártulos antes de volver a Inglaterra—, algo la despertó en medio de la noche. Allí, recostada en tres asientos de la clase turista, con el profundo Atlántico abajo y nada más que agua en miles de kilómetros a la redonda, de pronto tuvo una revelación: «Tengo que volver al desierto, a San Pedro. Allí es donde me necesitan, ése es mi destino». Y consiguió un trabajo como investigadora en el museo.

Le pregunté lo que les he preguntado a todos aquellos que han viajado al desierto por un período que sería, según ellos, efímero y que, sin embargo, terminaron quedándose allí en forma permanente. ¿Por qué? ¿Qué te atrajo a un lugar tan desolado?

Carolina reconoció que ese entorno puede ser muy difícil y agresivo. «El paisaje —dijo—, se niega a reconocerte, *se te niega el paisaje*, pero esa misma resistencia te da una oportunidad, casi la exige, de descubrir qué hay dentro, de buscar tu propio calor íntimo. No hay distracciones, ni alternativas fáciles, así que tienes que buscar quién eres en realidad.» También entendía ese regreso como la reivindicación de una identidad; lo veía, dijo, como una forma de redimir su herencia nativa, una aseveración que me desconcertó. Yo he sido amigo de sus hermanos, los mellizos Nacho y Felipe, desde hace muchas décadas, y jamás se me había ocurrido la posibilidad de que pudieran tener ni una gota de sangre indígena, puesto que parecían completamente europeos, un cruce entre la cepa española de los Agüero con los polacos Piwonka. Pero Carolina insistió en que una rama de los Agüero se había instalado no lejos de aquí, en Coyo, y que ella pudo verificar una genealogía nativa americana en la familia. «De todas maneras —agregó—, más allá de los rasgos étnicos o raciales, lo que determina la identidad es lo que haces con tu vida, adónde sientes que perteneces.» Así que se ve a sí misma menos como una colonizadora extranjera que como alguien que después de varios siglos ha regresado a lo que era el centro del mundo; ve su vida como un nexo con los habitantes originales. Y su investigación, en cierta forma, es la prolongación de esa idea de San Pedro como un centro autónomo de la prehistoria andina más que un poblado de los márgenes, como se lo ha retratado muchas veces. Lo que ella intenta demostrar es que la historia de este oasis no puede ser entendida como el resultado del dominio de la gran civilización del altiplano de los tiawanaku, sino que la gente de aquí desarrolló una compleja organización social y cultural casi enteramente por su cuenta.

Pero de pronto Carolina abordó otro tema, más contemporáneo y urgente. Se detuvo frente a una vitrina en la que se acurrucaba la residente más famosa del museo, la momia de una mujer, en un excelente estado de conservación, que los bromistas locales han bautizado «Miss Chile», tal vez como una manera de exorcizar el cadáver o tal vez en honor a su total desnudez, a merced de nuestras miradas y nuestra curiosidad. De hecho, según me ha informado Carolina, un pequeño grupo de ciudadanos de San Pedro sostienen que el museo ha llevado a cabo una intolerable profanación de los *abuelos* de Atacama y exigen que sus restos sean devueltos a la tierra. Era necesario tomar en serio esos insistentes reclamos, continuó Carolina mientras avanzábamos hacia otra momia. Se habían producido amenazas de muerte. Y había surgido un mesiánico movimiento por los derechos de los indios, cuyos miembros se adjudicaban la representación de los muertos, aunque la mayoría de ellos no tenía la menor idea de cómo habían vivido esos muertos ni cómo organizaban su existencia cotidiana, algo que los arqueólogos intentaban pacientemente reconstruir y entender. Esta banda clandestina, primos ideológicos lejanos de los guerrilleros asesinos de Sendero Luminoso de Perú, que intentaba reivindicar la falsa autenticidad de una era utópica pasada que no puede recuperarse y que, de hecho, jamás ha existido en la forma pura que ellos defienden, ha desencadenado, en los últimos tiempos, una serie de ataques violentos contra lo que consideran los símbolos de la usurpación española. El 12 de octubre último —coincidiendo con el Día de la Raza o de la Hispanidad—, trataron de incendiar la iglesia y sus santos, cuyo origen, según me explicó Carolina, es más popular e indígena que europeo. La prueba estaba en los ancianos y las viejitas que lloraron a los pies de los santos que habían sido quemados, acariciando esas imágenes que habían sanado a sus hijos y protegido las cosechas. Carolina tuvo que encargarse de hacer un informe de los daños, y le rompió el corazón, dijo, ver a San Pedro —se refiere a la estatua, por supuesto— con un solo pie que sobresalía de los restos calcinados de su cuerpo, un pie cubierto con una hermosa sandalia de algodón.

Y, más tarde, los pirómanos trataron de quemar el museo, el 12 de febrero —el día emblemático en que Pedro de Valdivia fundó Santiago—, y no lo lograron únicamente debido a una intervención que todos consideran milagrosa. Bueno, no todos. La brigada de bomberos de la localidad ofreció un diagnóstico más racional de la forma en que se salvó el museo: las llamas se habían extinguido solas por falta de oxígeno. Pero no es eso lo que cree la gente de San Pedro. Circulan rumores persistentes que afirman que *las momias soplaron* hacia el fuego y lo apagaron. Las momias, dice la gente, se salvaron a sí mismas y a los objetos. Las momias dejaron bien claro que no querían que las destruyeran otra vez, que querían que el futuro las rescatara del olvido.

Le menciono ahora esa interpretación a nuestra amiga mientras el sol se hunde bajo el horizonte esta noche de sábado, mientras nos despedimos del Pueblo de Indios. Carolina se ríe. «Eso es lo que necesitamos ahora —dice, cuando nos dirigimos a su casa para cenar—. Necesitamos que las momias vengan a soplar la arena, que dejen Beter como estaba antes, con las casas en pie... Una aldea que es un verdadero tesoro y que espera, espera. Pero ojalá las momias se den prisa. Desde la última vez que vine, la arena ha cubierto más piedras; en cada ocasión, se ve menos.»

Más tarde, esa misma noche, después de que Carolina nos trajera en su jeep a la hostería Don Tomás, enciendo mi minigrabador para transcribir algunas de las palabras que nuestros amigos casi gritaban mientras vagábamos por el Pueblo de Indios. Es prácticamente imposible oír nada. El viento ha soplado en el aparato, ha alejado las voces y las ha ocultado en otra clase de arena, casi como si la estática fuera arena en vez de sonido. Inquietante y perturbador, pienso, considerando que la conversación que tuvo lugar en ese pueblo fantasma era sobre las dificultades de excavar el pasado, de recuperar poco a poco lo que oculta. Mientras intento, infructuosamente, aguzar las orejas y captar algo, alguna mínima significación, no puedo apartar de mi mente la idea de que el viento no quiere que yo oiga ni siquiera las explicaciones de lo que puede haber acaecido en ese lugar.

Y por supuesto que hay un punto —tenía que ser así, ¿verdad?— en que alcanzo a percibir un ronco rumor, como un lento gemido, que no parece ser el viento, sino que suena más bien como un lamento humano, una reunión de fantasmas que han utilizado este aparato para permitirnos captar débilmente lo que los oídos humanos son incapaces de distinguir solos.

Tal vez esto es lo que viene llamando a Lautaro desde que era un niño y se dio cuenta de que trabajaría en el desierto para desenterrar sus secretos, tal vez esto es lo que despertó a Carolina en medio del Océano Atlántico y la obligó a torcer su destino, tal vez el verdadero motivo de que Angélica y yo tuviéramos que venir a San Pedro de Atacama fuera escuchar lo que esas voces intentan decirnos y que aún no podemos entender.

# TERCERA PARTE
## CUERPOS

BLUES DE LA CONSERVACIÓN

*Jueves, 23 de mayo de 2002.*
*Santa Laura y Humberstone. En las afueras de Iquique*

Me encuentro en la casa donde Julio Valdivia bailó una vez cuando era joven, hace cincuenta años, aquí, en el patio interior de la única residencia que ha quedado intacta en el pueblo fantasma de Santa Laura, me encuentro junto a Julio Valdivia, que ahora tiene setenta y cuatro años y que me habla de este lugar donde él vivía y trabajaba y bailaba.

Le habían asignado un cuarto por tres meses, nos explica Valdivia a mí y a Senén Durán, el otro miembro de esta expedición; le habían dado un cuarto en lo que en ese entonces era la Casa de Administración, donde alojaban a los empleados mientras esperaban una residencia más permanente. «Aquí dormía, aquí estaba mi cama y allí había un armario y miren, aquí de noche colgaba la ropa», dice, señalando un aposento casi sin aire en la que ahora sólo lo reciben un piso de tierra y una ventana tapiada, todo tan diferente de como estaba cuando llegó en 1951 para empezar a trabajar como asistente en la *pulpería*, la tienda de la empresa.

Recorremos el edificio —«Miren, allí estaba el baño, miren, allí cenábamos»— que ahora funciona como una suerte de museo improvisado, lleno de chucherías y recuerdos y fotografías viejas, instalado por el intendente de la cercana localidad de Pozo Almonte, quien hace unos años decidió contratar a un guardián para proteger a Santa Laura de los ladrones, explica Senén Durán, que está a cargo de un programa de la Universidad de Iquique para formar guías de turismo y que sabe más sobre la vida en la pampa que cualquier otra persona que he conocido hasta ahora.

—Es una suerte que el intendente haya actuado de esa manera, aunque no tuviera la facultad legal de hacerlo —dice Julio Valdivia—, o ni siquiera esto estaría en pie.

—En efecto: han demolido todas las otras casas de Santa Laura; con el paso de los años la familia Andía, que compró esta *salitrera* y los otros pueblos similares que formaban el cantón Nebraska en 1961, el año en que se cerraron para siempre, les fue arrancando la madera y el aluminio para venderlos como chatarra. Pero sus nuevos dueños no pudieron conseguir a nadie que quisiera comprar la *planta industrial*, que espera nuestra visita levantándose imponente a un centenar de metros, el único ejemplo existente, impecablemente preservado, de cómo se refinaba el nitrato con el sistema Shanks. Gracias a esa edificación, con sus máquinas y sus tinas y la enorme chimenea que se eleva hacia el cielo, Santa Laura es un sitio absolutamente único en toda la *pampa salitrera*. Y un complemento perfecto para el vecino pueblo salitrero de Humberstone, que una vez fue la más grande de esas comunidades del Norte Grande y que mantiene todas sus calles y viviendas, la sala de cine y la iglesia y las tiendas, casi idénticas al día en que cesó de operar, más de cuarenta años atrás, y al que sólo le falta para ser completo la fábrica y las instalaciones industriales que pueden encontrarse precisamente en la cercana Santa Laura. Por lo tanto, entre estos dos pueblos apenas separados por unos kilómetros, los visitantes pueden hacerse una idea de cómo se vivía en la época del auge del nitrato. Siempre que, por supuesto, Santa Laura y Humberstone se sigan conservando y no terminen como Oficina Alemania o Pampa Unión o cualquiera de los cientos de sitios abandonados y saqueados que hemos visto en el desierto. Siempre que las personas como Julio Valdivia y Senén Durán tengan éxito.

*Santa Laura: instalaciones abandonadas.*

Ellos son los dos miembros más activos de la Corporación Museo del Salitre Humberstone-Santa Laura, una fundación cultural inaugurada a finales de 1997 con el objeto de evitar la destrucción de estos dos sitios. Los mil quinientos miembros de la *corporación* necesitaron casi cinco años para que sus sueños comenzaran a hacerse realidad. Con la ayuda y la inspiración de mi amigo Sergio Bitar —el mismo ex senador que organizó mi visita a María Elena y mi encuentro con los *pampinos* en Antofagasta, y que también ha hecho posible que yo pasara un rato con Julio Valdivia en Iquique—, el Museo del Salitre por fin consiguió comprar Santa Laura y Humberstone en un remate público que se llevó a cabo en el juicio por quiebra en marzo de 2002. «Sergio Bitar fue quien encontró el dinero, trabajando sin cesar —me dijo Julio ayer en el transcurso de una larga tarde en su casa de Iquique—, pero quería que yo, un verdadero *pampino*, hiciera la compra públicamente. Yo levanté la mano cuando el juez pidió que hablara el futuro propietario, yo fui el que dijo: aquí estoy y aquí están los ciento veinte millones de pesos, yo fui el que firmó los papeles legales en nombre de todos nosotros, los miles y miles de hombres y mujeres que aportaron su firma para que la fundación obtuviera reconocimiento legal por parte del gobierno. Cada domingo nos parábamos en la estación de Iquique, en las puertas de las iglesias de todos los pueblos que quedan en la pampa, en las puertas de las salas de cine, en las playas, para juntar las firmas. Así que Sergio Bitar quiso que nosotros fuéramos los dueños de las oficinas donde vivíamos y trabajábamos.»

Y ahora viene la parte difícil. Tienen que restaurar las *salitreras*, pintar las casas, plantar árboles, contratar guardianes, reintroducir la electricidad y el agua corriente, hacer seguros los edificios para los turistas que, en los últimos años, poco a poco han comenzado a visitar los pueblos. Y la etapa siguiente consistirá en colocar postes indicadores y carteles explicativos, instalar baños y una oficina administrativa, contratar guías y construir un camping adyacente. Con el objeto de supervisar toda esa actividad, Julio Valdivia se mudará a Humberstone en unos días y vivirá en una casa que en este momento están reacondicionando específicamente para él, una casa que, en realidad, hoy debería estar lista para que él la inspeccionara, lo que viene a ser el principal propósito de este viaje al que me he sumado. Estoy presente, por ende, en un momento singular de la vida de estos pueblos fantasma y del mismo Julio Valdivia: cuando Humberstone, después de más de cuatro décadas, vuelva a recibir a un residente permanente, el momento en que Julio vuelva a vivir en la pampa que le obligaron a abandonar en 1980, con el cierre de la *salitrera* de Victoria. Le pregunté por su esposa y él respondió, sin darle mayor importancia, que ella irá a visitarlo cada tanto, que prefería quedarse en Iquique, donde había pasado de todas maneras la mayor parte de su vida. «Las cosas siempre fueron así entre nosotros —dijo Julio—. No había alternativa. El desierto lo exigía. El dinero estaba en la pampa, la educación aquí, en Iquique. Así que mi mujer educaba a nuestros cinco hijos y yo llevaba el dinero a casa. Y ahora tengo una misión, algo que hacer antes de morir, y voy a hacerlo.»

Ayer, cuando él hizo esa afirmación, tan serena y obstinadamente, me pareció entrever la tenacidad de los pioneros que habían colonizado este desierto en la época del auge del nitrato, sentí que una determinación similar debió de haber inspirado a los hombres que habían plantado las primeras estacas en Santa Laura en 1872. Pero no es hasta este momento, en que lo acompaño en una caminata por la misma Santa Laura cuando también puedo percibir la ternura que subyace a su cruzada, la manera en que cuida de esta tierra perdida como si fuera un niño agonizante al que debe resucitar. A través de sus ojos veo al pueblo que comienza una vez más a materializarse. Pero él no camina solamente por el pasado, sino también hacia el futuro, rumbo a los proyectos sobre Santa Laura que ha comenzado a incubar con Senén Durán. Escucharlos a los dos es como espiar a un par de muchachos traviesos que juegan en una gigantesca ciudad abandonada, el viejo Julio y Senén, un hombre de mediana edad, que conspiran sobre qué hacer en este sitio donde antes estaba el dispensario, cómo restaurar esa parte de la *maestranza*, allí.

Allí.

Esa es la palabra que sale sin cesar de la boca de Julio Valdivia. Mire, allí estaba la cancha de fútbol y trajimos al equipo profesional de Colo-Colo de Santiago para que jugara un partido. Mire, allí está lo que llamábamos *la casa de los secretos*, porque el químico nos había prohibido que entráramos o nos acercáramos y nosotros nos preguntábamos qué prepararía en su laboratorio. Mire, allí está el *taller* mecánico donde trabajaba el Sordo Romero, que era viejo y no oía bien. Allí estaba el hospital donde nació Chato, el hijo de Julio. Y este es el sitio en el que Miguel Barrera Solar hacía sonar la campana para anunciar que había llegado el «suple», es decir, que los trabajadores podían recibir un adelanto del salario de la semana siguiente. Y esos escalones que están allí, eso era el teatro. Y en este lugar un hombre —Julio no recuerda su nombre— llegó completamente mutilado por un accidente, llegó aquí con las piernas arrancadas «y no pudimos hacer nada por él».

Julio habla como para sí mismo. «*Se tronaba a las 11:30 de la mañana*. Colocaban la dinamita y cuando estaba lista todos gritaban *Con fuego*; y los trabajadores tenían que salir corriendo lo más lejos y lo más rápido que pudieran, esconderse en cualquier sitio. Sí, así eran las cosas. Pero a veces no explotaba, era un *tiro echado*, el TNT no estallaba. Entonces alguien tenía que ir a revisarlo... y podía detonar en ese momento... ¿Quién era, cómo se llamaba ese hombre que volvió con el estómago abierto...?»

No respondemos. Yo no estuve allí y Senén no estuvo tampoco y a nuestro alrededor sólo hay ruinas, escombros, basura, polvo, ni un eco de la campana que Miguel Barrera Solar hizo sonar en el aire quieto de la tarde de Santa Laura.

Mientras Julio nos describía con lujo de detalles el mapa del lugar que todavía se agitaba en su cabeza, mientras intentábamos evocar a partir de sus palabras lo que tal vez había sucedido en ese lugar, recordé una historia que me contó Lautaro Núñez sobre una mujer que tenía un apellido parecido a Steen. ¿O era Comber? Al igual que Julio Valdivia, no estoy seguro de todos los nombres de las personas que trato de evocar. En cualquier caso, la señora Steen, una dama inglesa muy adinerada que ahora vive en Sevilla, nació en un pueblo de la pampa y, hace unos años, trajo a sus nietos al norte de Chile. «Aquí bailé por primera vez, miren, miren, este es el lugar donde me sirvieron la primera copa de mi vida, que estaba muy fría, porque traían hielo de la cordillera para enfriar la ginebra con la que celebrábamos el cumpleaños de la reina Victoria; y aquí mi madre me compró un vestido maravilloso; y aquí alentábamos —¡en inglés!— las regatas que se hacían en un lago artificial que alguien construyó en el desierto; y aquí comíamos jamón de Baviera y trufas de Toscana traídas para la ocasión.» Eso es lo que les contaba a sus descendientes, según Lautaro, y señalaba con los brazos pero no había nada, apenas unas casas derruidas y piedras dispersas y bazofia, nada más que desierto y más desierto, y ella bailó, una mujer de noventa años bailó entre las ruinas. Lautaro trató de convencerla de que escribiese un libro titulado *Estábamos todos locos*, para rescatar la vida en la pampa desde el olvidado punto de vista de los extranjeros que habían llegado al desierto en el pináculo de su prosperidad.

Julio Valdivia también parece estar alucinado. Aunque, por lo menos, él puede mostrarme algo más que la arena que la supuesta señora Steen había ofrecido a su familia extranjera. «Aquí tocaba una banda los sábados y los miércoles, ¿sabe que les pagábamos para que tocaran un poco más para nosotros, así podíamos bailar?; sí, había unas mujeres solteras, la libretera, que se encargaba de las cuentas y los contratos y las deudas, la cajera, la tiendera y tres empaquetadoras. Había cinco mujeres en la pulpería. Y las dos que no estaban casadas venían a bailar. Pero no se equivoque. Dormían en dormitorios separados. María e Iris... lo pasaban muy bien... De nuestro bolsillo, nosotros les pagábamos a los músicos. Bailábamos detrás de la glorieta, allí.»

Y ese río de palabras termina con su dedo señalando un campo de piedras rotas y arenilla, pero alcanzo, en efecto, a distinguir una glorieta, algo en lo que puedo fijarme, que puedo aferrar, mientras la película sigue girando en su cabeza, esas imágenes del pasado que se proyectan en la pantalla de su mente, superpuestas a los estragos del presente. Todo está vivo en torno a él, la ciudad y la gente y las voces y las celebraciones, un desfile que ninguno de sus visitantes podrá jamás comprender del todo.

—Oh, usted no puede imaginar cómo era esto —dice—, cuando el sol comenzaba a ponerse y las mujeres venían meneándose por la calle y los niños salían a jugar cuando se levantaba la primera brisa fresca.

Ya hemos llegado a la pulpería donde trabajaba Julio Valdivia, la única empresa de la pampa que era invariablemente más rentable que la venta de nitrato, incluso en 1951, cuando las fichas no se usaban más. De hecho, ayer por la tarde, en su casa, Valdivia mencionó el apodo que los pampinos daban a los empleados de la tienda: *ratoneros*, porque robaban y acaparaban. «Cada kilo siempre eran ochocientos gramos —me dijo ayer Julio—. Pero también cumplíamos un servicio importante. Los trabajadores no tenían otro lugar donde comprar.»

El área que me muestra es grande: la *carbonera*, donde guardaban el carbón que vendían. Y la *carnicería*. Y la *panadería*. Mire, aquí había una *bodega* y teníamos uvas y lechuga, y... mire, allí, allí estaba la escuela, justo detrás de la pulpería. Pero, de nuevo, no hay nada. Miramos a través del vacío un campo donde sólo quedan unos trozos de vidrio para recordarnos que eso era más que un desierto, que ese lugar estuvo habitado.

—Aquí don Víctor Núñez Acuña, el *administrador*, comenzaba su inspección de la *salitrera* todas las mañanas, bien tempranito. Y yo le había lustrado los zapatos en Victoria cuando tenía nueve años, así que él me reconoció la primera vez que vine como empleado y por eso después de unas semanas le pedí un favor. Nos despertábamos a las cuatro, cinco de la mañana para empezar a cortar los huesos en la oscuridad... —Es extraño. Julio ha cometido un *lapsus linguae* y primero dice que cortaban los huesos de la gente..., lo que tal vez haya sido cierto, al menos en un sentido metafórico; pero luego se corrige y explica que, por supuesto, los huesos que seccionaban eran los del ganado–. Y era peligroso; así que le pregunté si la empresa no podría fabricar una sierra circular eléctrica para las reses.

»El resultado fue que Alberto Bustamante Camacho —y me impresiona, no por primera ni última vez, la cantidad de nombres con apellidos que brotan de la lengua de Julio, los miles de personas que conoce y recuerda personalmente—, Alberto, el jefe de *elaboración*, unió un pequeño motor a un cinturón de caucho y una herramienta de corte hecha con pequeñas palas filosas que se usaban para recoger los escombros.»

Y, dado el éxito de esa diligencia, Julio se impuso otro proyecto. Le preocupaba la falta de retretes. Era una cuestión de respeto que la empresa debía mostrarles a los empleados, pero también había motivos económicos —«una de las señoras que trabajaban aquí me preguntaba si podía ir a hacer sus cosas, lo que significaba que desaparecía durante una hora porque tenía que internarse en la pampa para alejarse de las miradas curiosas»—, así que convenció a la gerencia de que construyera dos *casetas*, una para los hombres, otra para las mujeres.

Esa energía, ese ingenio, ese empuje de Julio Valdivia, tan vivificante y a la vez enternecedor, ese mismo afán de aquel entonces de hacer las cosas bien, los aplica ahora a la recuperación de la *salitrera*. Se siente indignado —y Senén está de acuerdo y se alimentan la furia mutuamente mientras seguimos viendo todo lo que queda por hacer, todas las cosas que esperan que alguien las salve de la decadencia— porque los otros *pampinos* de la sociedad, que, por cierto, son copropietarios de este terreno, no han asumido la responsabilidad de reunir fondos, no se ofrecen a trabajar en la restauración. «Sergio Bitar ha hecho lo suyo —se queja Julio—, pero no podemos seguir dependiendo de que alguna persona influyente intervenga para resolver nuestros problemas. Nosotros somos los que debemos encontrar la forma de hacerlo.»

Intento descifrar de dónde surge el impulso de Julio Valdivia, de qué profundidades nació esa ambición, cómo se las arregló para mantener las ilusiones a lo largo de una vida de malogros y derrotas. Ayer, en su hogar de Iquique, en un despacho minúsculo del segundo piso de su sencilla casa, le pedí que describiera su primer recuerdo, tal vez con la esperanza de identificar aquella imagen única de la que no puede librarse, la única cosa que legó de niño a su futuro yo, para construir su identidad, tal como lo hacemos todos, desde el núcleo de algo maravilloso que deseamos repetir o de algo traumático que deseamos superar.

Y Julio Valdivia relató un incidente. Tenía tres años, así es que debió de haber sido en 1930, cuando estaban cerrándose muchas de las oficinas y el padre de su padre se había quedado sin trabajo. «Habían cerrado la Oficina Anita, cerca de Antofagasta —me contó Julio, con los ojos entrecerrados, apretados hasta convertirse en ranuras, para intentar recuperar aquel momento—. Y mis dos abuelos vinieron a vivir con nosotros. El viejo sabía labrar la tierra, así que comenzó a cultivar repollo, verduras, y luego iba a vender la cosecha a Pampa Unión. Tendría que haber sido un momento alegre, porque mis abuelos venían a verme, pero él estaba tan triste, mi abuelito, y yo lo quería tanto.»

Así que su primer recuerdo estaba relacionado con un sentimiento de pesar, con un miembro de su familia que sufría por un hogar que le habían quitado. Y Julio Valdivia, como los «viejos» de Pedro de Valdivia, como Hernán Rivera Letelier, como los padres de tantos mineros de Chuqui, pasó el resto de su vida presenciando la clausura de otras *salitreras*, una tras otra, hasta que no quedó ningún pueblo salitrero al que emigrar. Lo que había sido particularmente doloroso fueron los últimos días de Victoria, donde Julio encontró trabajo después de que en 1960 fueron clausurados Santa Laura y Humberstone. La angustia que habría sentido en cualquier caso por perder su empleo y su casa se vio aumentada por una traición llevada a cabo por nada menos que... el general Pinochet. ¿Qué otra persona, en plena dictadura, podría haberles prometido a los miles de trabajadores reunidos en el teatro de Victoria que jamás consentiría el cierre de esa población, que iba a convertirse, lo juraba, en el centro de la reforestación de la pampa del Tamarugal con los tamarugos que antes crecían en ese lugar; qué otra persona habría garantizado a los jubilados de ese pueblo que se quedasen todo lo que quisieran; y qué otra persona habría autorizado que esos mismos habitantes recibieran, al día siguiente, la noticia de que tenían cuarenta y ocho horas para abandonar la ciudad antes de que se los expulsara por la fuerza? «Y yo me creí el cuento entero —explicó Julio Valdivia—. ¿Sabe cuál fue mi equivocación? No haberme marchado varios meses antes, no haberme ido a la carretera en las afueras de Victoria para poner un negocito y comprar las cosas que desvalijaban del pueblo. Si usted hubiera visto toda la gente que se enriqueció vendiendo los materiales de esta y otras oficinas.»

Me desconcertó esa revelación. ¿Acaso sus actuales enemigos no son precisamente los saqueadores y mercaderes que intentaban desmantelar Santa Laura y Humberstone? Si él hubiera participado en los saqueos en aquellos años, ¿no habría arruinado los mismos pueblos que ahora quería preservar?

—Si todos los demás robaban, ¿por qué yo no? —fue la respuesta—. No, no. Nosotros nos llevamos la peor parte: no nos quedamos y tampoco robamos.

Todos los que habían trabajado en las *salitreras* estaban decididos a aprovechar la última oportunidad de obtener un poco de dinero del proceso de desmantelamiento, lo que llaman el *desguace*. Lo que se había construido a un ritmo febril, para crear ciudades instantáneas y extraer la mayor cantidad de nitrato posible luego fue, poco a poco, desarmándose. Una de las cosas más valiosas era el *pino de Oregón*, traído por los barcos que luego se marchaban con las bodegas llenas hasta el tope de nitrato. Pero también había mucha demanda de hierro, en especial en los períodos de escasez provocados por la segunda guerra mundial. Y los techos de lata y los caños de cobre y los grifos y el empedrado y... Todo lo que podía transportarse había sido objeto de la depredación de los traficantes, que les pagaban a personas desesperadas para que arrasaran las mismas casas en las que habían vivido, para que demolieran las calles en las que habían nacido.

El destino de los hijos del salitre.

Pero ahora, Julio Valdivia, que se acerca al final de una vida llena de cierres, está dedicado a la misión de abrir no uno sino dos pueblos salitreros. Él y Senén y los demás intentan revertir la historia de Chile o, por lo menos, detener el curso de la descomposición y salvar un territorio de memoria en el desierto, de manera que las generaciones futuras puedan entender las hazañas épicas que se llevaron a cabo en este Norte Grande.

Hace poco más de una semana, en María Elena, Jorge Araya me mostró el prolongado proceso de producción que se requiere para convertir la costra de caliche en los blancos cristales del nitrato. Vi a cientos de trabajadores y docenas de camiones y humo y movimiento y vida. Aquí, en Santa Laura, todo es silencio; el único sonido en esta quietud sale de la garganta de Senén Durán cuando me guía por la planta industrial que dejó de funcionar una mañana cuarenta años atrás.

Las máquinas todavía están aquí, dentro de esta destartalada estructura de madera alta y larga como una pequeña montaña rusa: el *chancho*, donde comenzaban las tareas de pulverización, y la cinta transportadora que trasladaba el material al molino secundario de las *chanchas*. El apelativo masculino y el femenino del cerdo se usaba para designar las mandíbulas que aplastaban la pulpa seca y la convertían en polvo y luego la enviaban por otra cinta transportadora a los *cachuchos*, enormes estanques de hierro en los que cabían hasta seiscientas toneladas de materia prima. Allí entraba en acción el sistema Shanks, traído a Chile por Santiago Humberstone, que llevaba la pasta hasta el punto de hervor calentándola con un vapor que circulaba por unos tubos que no puedo alcanzar con mi mirada intrusa y mis manos invasoras, cuando intento establecer una conexión con las ruinas de esa máquina que una vez tuvo a su merced la vida de todos esos hombres que se han ido para no regresar jamás.

Las palabras arrastradas, estentóreas, articuladas, de Senén Durán interrumpen mis pensamientos. «Cuando el agua llegaba al punto de hervor —como en muchas recetas de cocina, ¿verdad?—, se detenía la circulación del calor y de inmediato se sacaba el caliche de las tinas. Había que hacerlo rápido, antes de que el cloruro volviera a disolverse en la mezcla. Y luego lo llevaban a esos cubos para que se cristalizara, mire, allí...» Y salimos de esa enorme estructura y, otra vez bajo el sol, nos acercamos a las gigantescas *bateas* sostenidas por unos caballetes de madera donde dejaban descansar el nitrato cien horas. «No es el sol —explica Senén—, no es el frío de la noche lo que hace falta; sólo el reposo.» Hace una pausa para crear un efecto dramático y se produce uno de esos momentos angelicales de silencio absoluto, mucho más absoluto en el desierto que en cualquier otro sitio de la Tierra.

Y pienso en todo lo que tiene que soportar el mineral: las explosiones y luego que lo rompan y después que lo trasladen a máquinas que lo muelen en pedazos para que entonces lo sumerjan en agua hirviendo; hasta que, por último, cien horas de calma forzosa, como un soldado herido que se recupera de la batalla. Todo para poder continuar su viaje, regresar a la tierra al otro lado del planeta y nutrir las plantas, hacer que crezcan las verduras, renovar aquella otra tierra con su sal chilena.

Entonces, en este momento, averiguo algo sobre Julio Valdivia que arroja una luz inesperada sobre su existencia.

—Este era el lugar en el que trabajaba, esto era lo que yo hacía cuando tenía diez o doce años —dice—. No aquí, en otra *salitrera*. —No aclara más pero tal vez haya sido en Jazpampa, donde nació y se crió—. Trabajaba como *rayador*.

Senén explica que el *rayador de batea* tenía que sacar los restos que quedaban en la superficie cuando el nitrato se hundía en el fondo de la pileta, horas y horas rayando una pileta tras otra con un palo que se llamaba *yegua*, otro nombre agrícola para una actividad industrial. Los que hacían esa tarea eran en su mayor parte niños, dice Senén, de la misma manera que se empleaba a jóvenes en tantas otras labores del desierto; el *destazador*, con manos lo bastante pequeñas para llegar hasta el fondo del hoyo y manipular los explosivos, y el *lonchero*, encargado de llevar el almuerzo de los comedores a los hombres que estaban en el campo, y el *cabero*, que enganchaba y desenganchaba los vagones a las pequeñas locomotoras que trasladaban el caliche a la refinería.

Pienso en todos esos niños que trabajaban, en Julio que trabajaba catorce horas bajo el calor del sol y de pronto me doy cuenta de que en los últimos dos días él no había mencionado ni siquiera una vez esa faena tan ardua. En su casa, yo había visto una foto de él: un lustrabotas de nueve años. Pero lo que había hecho entre esa edad y los trece, cuando comenzó a desempeñarse como ayudante de panadero en la *pulpería*, eso se había omitido. Desde el momento en que nos conocimos se había presentado como un empleado, no como un peón del nitrato. Esa es la forma en que ha interpretado la narrativa central de su vida, eso es lo que daba sentido a su existencia: el hecho de haberse escapado del destino de sus antepasados.

Esa versión de su identidad —que no incluye la abrumadora tarea de rayador de bateas y quién sabe qué otra actividad silenciada que puede haber sido incluso más peligrosa— comienza con esa fotografía tomada cuando tenía nueve años, una mirada traviesa en una cara de diablillo de ese chico sin zapatos. Andaba descalzo y casi sin un centavo sin embargo estaba dispuesto a gastar lo que debió de haber sido una fortuna a esa corta edad para que un *fotógrafo ambulante* le hiciera ese retrato, indicio de que ya en aquel entonces se consideraba digno de otra clase de destino, se había prometido que podría llegar a ser una persona diferente. De hecho, ese niño de nueve años esperaba fuera del comedor donde los empleados comían —«allí había dinero», me dijo Julio ayer en su casa— para lustrar zapatos a la salida, a los dependientes, al cajero, todos con los zapatos relucientes gracias a sus esfuerzos. «Al día siguiente —recordaba Julio—, iba a cobrar y había un *caballero* sentado detrás de su propio escritorio, y lo que me repetía sin cesar en la cabeza, lo que ahora recuerdo, es que me dije para mis adentros que algún día yo tenía que ser como ese señor. Eso se convirtió en la meta de mi vida.»

Ese es el sueño que lo impulsó todo este tiempo, eso explica bien por qué ahora va a mudarse a Humberstone, a los setenta y cuatro años. Conservó ese sueño mientras trabajaba en las bateas y por ello se negó a partir a las minas de nitrato donde habían ido a parar la mayor parte de sus compañeros. Se hizo, en cambio, ayudante de panadero en la *pulpería* a los trece años —«encendía el horno a las tres de la mañana pero mi recompensa era que podía comer el pan que los panaderos sólo hornean para sí mismos, la comida más aromática del mundo»—, y debió de haber demostrado ser apto, puesto que luego se convirtió en *jornalero*, vendiendo carbón y vino; más tarde fue ascendido a ayudante de carnicero y de allí pasó a ser carnicero hasta que le dieron la tarea de ayudante del encargado de la pulpería de Santa Laura y más tarde pasó a ser el segundo de a bordo en las tiendas más importantes de Peña Chica y Humberstone y por fin, en 1962, dos años

*Santa Laura: exhibición de zapatos utilizados por los salitreros.*

después del cierre de Humberstone, se encontró en Victoria como jefe de ventas de la *pulpería*.

¿Qué hizo cuando llegó allí?, le pregunté ayer.

—Lo primero que hice —respondió Julio— fue tomar una tabla, ponerle un paño verde, colocar encima el cristal de una ventana, sabe, un poco de vidrio, sostenerla con dos caballetes y allí estaba, mi escritorio, en el medio de la tienda.

Era una ilusión de mando que duraría dieciocho años. Hasta que Victoria también se cerró y Julio Valdivia se enfrentó al destino nómade que había aquejado a su abuelo y a su familia y a todos los vinculados al ciclo del nitrato, el destino de los caminos y la falta de hogar que él había creído que iba a evitar.

*Humberstone: Senén Durán y Julio Valdivia.*

Y ahora la historia le ha dado la oportunidad de probar que el proyecto de su vida no era un engaño. Humberstone está allí, aguardándolo; no es una mera *pulpería* lo que tiene que administrar, sino un pueblo. Al rescatar a Humberstone de la ruina, Julio Valdivia también rescatará su propio sueño, de cuando tenía nueve años y era lustrabotas.

Esto no es un invento mío.

Uno de los primeros lugares que visitamos en nuestra caminata por las calles de Humberstone es la casa a la que Julio Valdivia se mudará en unos pocos días. Llegamos al cuarto donde instalará un escritorio nuevo mirando a un pueblo salitrero que, en un sentido extraño, pronto le pertenecerá por entero.

Hay cuatro o cinco trabajadores jóvenes que casi han terminado su tarea: suelos nuevos, paredes recién pintadas, un cuarto de baño y una cocina, todo limpio y reluciente. Julio discute con ellos el color de la pintura, les pregunta lo que cualquier dueño de una casa les preguntaría a los hombres que la están remodelando —¿las ventanas no precisan una mano más? ¿Y esta grieta?— y luego se declara satisfecho y se vuelve hacia mí. «Éste será mi dormitorio, aquí voy a cocinar, en este lugar pondré el escritorio.» Su imaginación, lejos de desbordarse con un pasado íntimo al que me prohíbe entrar, se llena con una realidad futura y pública que se materializará tan pronto estos trabajadores hayan terminado.

Ellos vienen del sur. Concepción, Temuco. Una vez más, gente de una región más fértil de Chile se ve atraída hacia el norte por ofertas de trabajo en un país que ahora, como antes, tiene una tasa elevada de desempleo. Vienen a remendar las casas donde tantos años atrás vivieron hombres que también habían emigrado desde el sur en busca de una vida mejor. Uno de ellos, que se llama Miguel y es de Talcahuano, muestra un particular interés por la historia de ese período. Se siente entre trabajador y turista, orgulloso de ayudar a salvar parte de nuestra historia, parte también de su propia historia. Pienso para mis adentros: tal vez se quede en el desierto; tal vez él y sus colegas nunca regresen a los verdes campos del sur.

Miguel tiene algo para Senén y Julio, un regalito. Cuando los obreros de la construcción retiraron de los marcos de las ventanas el papel que protegía la habitación del viento y el polvo del exterior, encontraron allí escondida una hoja amarillenta de gran tamaño con unos dibujos impresos en Colonia en 1924 e instrucciones en alemán para montar los cachuchos, las piletas de agua. Me doy cuenta de que son los mismos en los que Julio trabajó durante ese período olvidado de su vida, de los que deseó evadirse con tanta desesperación y cuyos planos ahora exhibirá triunfalmente en el museo de Humberstone, que aún no se ha inaugurado y que, según me explica Senén, estará ubicado en la Casa de Administración, la única estructura que queda en pie de los primeros tiempos de la oficina, fundada en 1862 y bautizada La Palma por sus dueños peruanos, en honor a una batalla en las afueras de Lima. Todo lo demás fue derribado y reconstruido en 1934, año en que esta oficina se reabrió y se le cambió el nombre por Humberstone, en homenaje al anciano químico británico, que en aquel entonces todavía vivía.

Caminamos por las calles de Humberstone y quedo fascinado. No importa lo abandonados que puedan haber estado estos edificios en las últimas décadas, no importa que estén todos tapiados y que pidan a gritos reparaciones similares a las de la nueva casa que Julio acaba de recibir, éste sigue siendo un lugar en el que uno puede imaginarse fácilmente cómo se vivía. Esto es lo que se espera de un verdadero pueblo fantasma: todo derruido pero intacto, un lugar donde casi puede percibirse el aliento y la presencia de las personas que alguna vez vivieron y amaron en él, un lugar donde cada esquina los convoca a volver del pasado y a empezar de nuevo.

Eso es lo que diferencia a Humberstone del otro pueblo fantasma que he visitado hace una semana camino a Calama, la inquietante Oficina Chacabuco, a ochenta kilómetros de Antofagasta. Es cierto que los edificios de Chacabuco —que se inauguró en 1924— se encuentran en un estado mucho más lamentable que los de Humberstone. Sólo el magnífico Teatro Municipal, en parte restaurado con la ayuda de una subvención del gobierno alemán, puede compararse favorablemente con lo que ahora veo en Humberstone. Pero el verdadero contraste que presenta Chacabuco se debe a que no quedó del todo desechado después de su cierre, en 1940. De hecho, si Humberstone ve el regreso de un habitante humano por primera vez en cuatro décadas, cuando Julio Valdivia duerma aquí, el próximo domingo. Chacabuco tiene el triste privilegio de haber vuelto a abrir: como campo de concentración para prisioneros políticos después del golpe militar de 1973. Todavía hay alambres de púas en algunos de los muros; siguen viéndose carteles que advierten a los visitantes que tengan precaución con las minas que los militares plantaron por los alrededores para disuadir a los reclusos de que se fugaran. Las atalayas de estilo nazi han sido retiradas y las pequeñas casas donde encerraban a los prisioneros no pueden distinguirse a primera vista de las otras estructuras del pueblo que no se utilizaban para fines tan funestos, pero desde el momento en que se entra en Chacabuco uno no puede dejar a un lado su historia doblemente torturada. El sufrimiento de los trabajadores salitreros se confunde con la agonía más reciente de los cientos de hombres que fueron trasladados aquí desde todo Chile para castigarlos por el pecado de apoyar a un gobierno elegido de manera democrática y cuyo objetivo era que a ningún ciudadano jamás se lo volviera a tratar de la forma en que lo habían sido esos trabajadores salitreros.

*Pueblo fantasma de Chacabuco.*

En un futuro cercano, cuando lleguen visitantes a Humberstone o Santa Laura, los recibirá alguien que ha trabajado en las *salitreras* la vida entera, alguien como Julio Valdivia que había pasado muchas noches en ese mismo pueblo. Cuando fuimos a Chacabuco, aunque su guardián, Roberto Saldívar, también había dormido en el lugar que ahora estaba encargado de proteger, lo había hecho, en cambio, como prisionero, durante los tres meses posteriores a su detención y tortura en Antofagasta en 1974. Debido a que su madre, Estela, trabajó en Chacabuco de joven, es probable que él mismo, por curiosidad, haya visitado varias veces esta ex oficina cuando era más chico. Pero no es la historia del salitre lo que él quiere mantener ardiendo y viva ante todo en la memoria de los que transiten por ahí, sino la experiencia del cautiverio. Eso fue lo que le hizo aceptar la oferta de Sergio Bitar de instalarse en Chacabuco y convertirse en su guardián, el tema que mencionaba sin cesar mientras nos paseaba a mí y a Angélica. «Aquí nos interrogaban apenas llegábamos. Aquí fue donde los soldados desnudaron y humillaron a Waldo Suárez, el subsecretario de educación de Allende, el mismo hombre que había visitado Chacabuco en 1971 para ver modos de refinanciar su restauración. Aquí era donde teníamos que levantarnos cada mañana antes del amanecer y formar fila mientras el comandante nos gritaba. Aquí es donde aprovechábamos el tiempo, con clases de historia, de lenguas extranjeras, de literatura, impartidas por los prisioneros con más formación intelectual.»

Sin siquiera haber ingresado al recinto de Chacabuco, muchas veces había imaginado yo la vida en ese lugar, añadiendo un jirón de historia aquí y una anécdota allá a lo largo de mis años de exilio, ya que eran tantos los amigos míos que habían sido encarcelados en esa ex oficina. Fueron ellos quienes, después de que los liberaran, me contaron en el destierro cómo habían sobrevivido al clima brutal y al tratamiento todavía más brutal de los militares. Sé que mi buen amigo Óscar Castro montaba obras de teatro para los cautivos y los carceleros, que el gran cantante folclórico Ángel Parra compuso una cantata que se sigue interpretando en todo el mundo, y sé de los doctores que instalaron un dispensario y de los jóvenes militantes que comenzaron a escribir poesía y del pequeño árbol quemado que Orlando Valdés talló hasta darle la apariencia de Cristo.

Y allí estaba, en efecto, el árbol que había invocado en las noches de mi exilio, allí, en la plaza central de Chacabuco, con las ramas extendidas como los brazos de Jesús crucificado y las raíces acusando a los hombres que mantenían preso al escultor, imposibilitando que la glorieta que se alza a su lado nos recordara, como la de Santa Laura, la banda que tocaba un vals para que alguien como Julio Valdivia pudiera bailar.

Así, el recuerdo de la pena de esos prisioneros de Chacabuco nubla y empaña otros recuerdos eventuales, inhibe la aparición de los fantasmas más viejos del pasado salitrero.

Para contactar esos fantasmas hay que pasear por Humberstone, como explica Senén Durán mientras caminamos por sus calles.

—Recuerde —dice— que en 1934, cuando se construyó, se suponía que sería una ciudad modelo, donde se incorporarían todos los derechos por los que los trabajadores habían luchado durante más de medio siglo. Leyes que se aplicarían a todos los trabajadores de Chile, no sólo a los que extraían nitrato. De modo que ésta fue la cuna de los derechos laborales y de las organizaciones sindicales de todo el país. Cuando esto era La Palma, aquí mismo, si pudiéramos volver a la época anterior a su transformación en Humberstone, *no había escuela, hospital no había*, ni iglesia, nada, ni atención médica, ni sindicatos, ni clubes deportivos, *nada*; ni descanso dominical, ni vacaciones, ni seguridad social, ni seguridad individual, ni electricidad o agua en las casas. No se aceptaba el dinero chileno, sólo fichas, nada más.

—Los administradores —interviene con fervor Julio Valdivia— se sentían dioses y hacían lo que querían. En Humberstone los trabajadores estaban mejor.

De todas formas, Senén me lleva a ver el *patio de los solteros*, una larga calle sin salida con cuartos a ambos lados, cerrada por un portón con candado, donde los hombres que no estaban casados tenían que soportar un toque de queda. En el fondo del pasaje hay diez duchas, diez retretes, diez lavabos, diez de todo. Senén lee en una pared la lista de normas: aquí está prohibido cocinar, está prohibido tener comida, está prohibido hacer fiestas, está prohibido recibir visitas en los cuartos, prohibido, prohibido, prohibido.

Un rostro más amable de Humberstone nos aguarda en la plaza central. Justo al lado de la iglesia se encuentra el primer kindergarten de la región de Tarapacá, organizado por los padres oblatos, una orden católica canadiense que ejerció una gran influencia en la pampa. Y aquí está la *pulpería* —una hermosa casa blanca con una galería exterior cubierta— en la que Julio Valdivia trabajó hasta el último día de 1960, cuando se cerró esta oficina. Era, dice Julio con orgullo, la pulpería más importante de todo el Norte Grande porque tenía una cámara frigorífica, el único lugar del desierto donde se podía conservar el pescado de Iquique antes de que se lo enviara por avión a Bolivia y Argentina.

Luego me enseñan una serie de comercios que bordean dos lados de la plaza, prueba de una riqueza que jamás habría esperado encontrar en un pueblo que pertenece a una empresa y que por cierto no había visto en María Elena durante mi reciente visita. Senén explica y Julio rememora y sus voces confluyen en un grave zumbido en que recuerdo se entrecruza con recuerdo. Aquí estaba la librería de Armando Duarte, donde las revistas y los periódicos llegaban antes que a Iquique o cualquier otro *poblado* de las cercanías. Lo mismo ocurría con el correo: primero aquí, luego a otros lugares. Porque éste era el centro y la pampa tenía una importancia económica superior a la de la costa. Y aquí estaba la peluquería de Manuel Erisdaki, un peluquero japonés; era sólo para hombres, ya que a las mujeres se las atendía en su casa, si tenían que hacerse un peinado. Y aquí se vendía helados; no en conos, sino en taza, junto con otros postres. Y aquí estaba la costurera, que tenía todo de última moda. «Cómo me gustaba ver los maniquíes», murmura Julio Valdivia. Y mire, aquí está, la sombrerería de Baldassano. Y la verdulería de Juan Chang, que no usaba balanza sino que pesaba todo con las manos y al que jamás se lo pilló en un error.

Y ahora el *Teatro*; los mismos cuatro escalones que acabamos de ver en Santa Laura, sólo que en este caso dan a un teatro de verdad, completamente restaurado, donde pueden montarse espectáculos igual que hace cincuenta años. «Aunque —me confía Julio— el teatro de Chacabuco me gusta más. Allí vi mi primera película, *El día que me quieras*, con Carlos Gardel, el más grande cantor de tangos de todos los tiempos.»

Pero en realidad, yo casi no alcanzo a digerir toda esa información; el sol está poniéndose y todavía quedan más cosas que ver, así que nos dirigimos a un complejo deportivo que tiene una gran cancha de básquetbol abierta al cielo. Hace poco que los postes con aros de ambos extremos se han caído y ahora allí están, curvados como si los hubiera derrumbado la vejez... De milagro, todavía no se los han robado, ya que cualquiera podría treparse con facilidad por los muros bajos que rodean Humberstone. Mientras Senén y Julio toman nota del asunto, deberán encontrar la forma de apuntalar los postes o guardarlos en lugar seguro, yo recuerdo la historia que me contó un amigo mío, Miguel Sayago, un destacado fotógrafo, que se había colado en Humberstone una noche, después de que se marcharan todos los visitantes legales. «Si no le he visto entrar —le dijo el guardián en la puerta después de que Miguel le pasara unos billetes—, es porque no está aquí, ¿verdad?» Mi amigo juraba que allí, en la semioscuridad de la intersección de dos calles desamparadas, encontró a una joven desnuda y llorando. La prueba era una misteriosa fotografía que había conseguido tomar y que me mostró. Pero nunca quiso revelarme más sobre el incidente: qué le ocurrió a la mujer, quién era, en qué penumbra desapareció. Prefiero no contarles a Julio y a Senén ese fallo de la seguridad; y en cuanto a la mujer desnuda... ¿quién sabe cómo reaccionarían si se enteraran?

Y seguimos nuestro periplo, por otra calle, hasta que llegamos a la puerta del hotel de Humberstone y, una vez dentro, pasamos por el bar donde se servía Cinzano a las mujeres y luego por la sala de billar donde todavía pueden distinguirse las marcas de cuatro patas de una mesa que ha desaparecido. Julio Valdivia se lanza sobre lo que parece ser su recuerdo más entrañable: la pista de baile. Vemos la madera rayada y lustrada por miles y miles de horas de zapatos que se han deslizado por esta superficie. Veintiséis años de tangos y foxtrot y boleros. La orquesta en el fondo, mientras Julio Valdivia y tantos otros giraban y hacían piruetas y cantaban acompañando al intérprete. El rostro anciano de Julio se ilumina con el recuerdo de los buenos tiempos, resplandece cuando se habla de la música. Qué bien se vestían, dice, esos *pampinos*... Y recuerdo la descripción que hace unos días me hizo el poeta Alberto Carrizo cuando nos encontramos en Iquique: los hombres bajaban a la ciudad desde las pampas, esos trabajadores que habían picado piedras los seis días anteriores calcinados por el sol y amenazados por el polvo y el viento y las palizas de los capataces, y allí estaban con sus elegantes trajes negros, corbata roja, camisa blanca, un reloj en el bolsillo, allí estaban, con sus sombreros negros ajustados sobre el pelo reluciente, algunos con zapatos de charol nuevos, calcetines blancos y un pañuelo siempre blanco. Y todos exhibían tres o cuatro plumas fuente que asomaban ostentosas en la chaqueta, pregonando su capacidad de escribir en un país donde la mayoría de los trabajadores eran analfabetos y mudos. Venían, explicó Alberto, a ver obras de teatro, a escuchar música, mazurcas en la pianola, pero también a Mozart interpretado por la Filarmónica Obrera.

—Y a bailar —me dice Julio Valdivia cuando le menciono esa visión de Carrizo—; siempre bailábamos, en Iquique y aquí.

En este momento, un grupo de niñas escolares —deben de haber descendido del autobús que vimos estacionado frente a la entrada de Humberstone— irrumpe en el salón de baile, charlando y riendo. Al principio se sorprenden cuando nos ven, tres hombres conversando en la penumbra, pero casi de inmediato una de ellas nos pregunta si sabemos dónde está la casa del señor Flack. Senén responde que pueden encontrarla en Pozo Almonte, que se la llevaron para allá. Lo miran desconcertados, como si él no supiera de qué está hablando; luego nos dicen adiós.

—¿El señor Flack? —pregunto mientras las voces de las niñas se pierden a lo lejos.

Resulta que el señor Flack es un personaje de una *telenovela* llamada *Pampa Ilusión*, que se filmó aquí en el año 2000 y que ha causado furor en todo Chile. Una visión falsa de la vida en las *salitreras*, resopla Senén. Ese programa hizo más mal que bien.

Al menos, sugiero, debe de haber generado alguna retribución que podría utilizarse para preservar Humberstone.

De ninguna manera. Cuando la compañía de televisión se marchó, lo único que dejó fueron dos enormes receptáculos de basura, un par de casas sumamente arregladas (en las que todavía pueden divisarse algunas cortinas) y la vivienda del señor Flack, que la empresa tuvo que retirar a expresa petición de los *pampinos*. Después de todo, no era más que una fachada, tan engañosa como las promesas de la productora de contribuir al mantenimiento de Humberstone. Como tantos otros visitantes de la pampa, los de la televisión vinieron, cavaron un hoyo, explotaron a fondo los recursos y luego se marcharon sin dejar nada.

Esa experiencia dejó a Julio y a Senén molestos y amargados. Es cierto que más personas acudieron a ver Humberstone, pero no estaban interesados en la historia verdadera de ese sitio sino en la narración ficticia que la televisión había proyectado en los hogares chilenos. Algunos habían venido a robar pino de Oregón y otros, los traficantes de sueños, a desvalijar imágenes y recuerdos. El desamparo en que nuevamente se encontraron aumentó la urgencia de hacer bien la restauración. Sin esperar demasiado apoyo del gobierno y sin que hubiera suficientes organizaciones privadas de beneficencia dispuestas a contribuir, Julio Valdivia depositaba ahora sus esperanzas en una petición a la UNESCO que declarara estas *salitreras* patrimonio de la humanidad. Sergio Bitar y él habían llevado montañas de documentos a París.

Pero por el momento tendrían que depender de sus propios y escasos recursos. Y como si quisiera demostrar que hablaba en serio, señala un pedazo de madera que alguien intentó, sin conseguirlo, arrancar de la pared del salón de baile. Le dice a Senén que tienen que volver con algunos trabajadores y clavarlo en su sitio. «Todos los días —me cuenta—, todos los días, los visitantes se roban algo, todos los días.» Y cierra las ventanas del hotel que algún desconocido ha dejado abiertas...

Caminamos por el crepúsculo creciente hasta nuestra última destinación. No puedo irme de Humberstone sin verla: la enorme piscina que era la delicia de los *pampinos*. En algún lugar leí que se había construido con el casco vacío de un barco que habían arrastrado por el desierto y traído aquí para llenarlo con agua. Me resultaba agradable imaginar esa estructura de hierro de un buque, cuya función era evitar que entrara el agua, usada más tarde para contenerla. La imagen de alguien empujando el gigantesco caparazón de una embarcación de vapor por las empinadas colinas que rodean Iquique y luego a lo largo de la yerma extensión hizo que en mi mente la pampa se hermanara con otros proyectos latinoamericanos de penetrar la naturaleza con objetos de civilización avanzada. Quizás el mejor ejemplo de ello sea la película de Herzog en la que los enloquecidos protagonistas transportan un teatro de ópera por el Amazonas, atravesando montañas y junglas. Pero, qué lástima, no era cierto, según Senén. El único origen marítimo de la piscina deriva de las técnicas navieras aprovechadas para construirla. En cuanto al agua, se filtraba y bombeaba todo el tiempo desde una fuente que estaba a cuarenta metros de profundidad, de manera que la temperatura siempre estuviera relativamente fresca, una deliciosa experiencia de baño en ese ambiente agresivo y seco. La bomba y el motor siguen aquí, a un costado de las tribunas donde la gente miraba y aplaudía. «Después íbamos al *bar lácteo* —dice Julio Valdivia—, donde vendían Bidú y Bilz.» Y de pronto me hundo en una oleada de nostalgia por mi propio pasado perdido, al recordar esos refrescos, parecidos a la Coca-Cola, que se fabricaban en Chile y que yo mismo había bebido cuando llegué a este país, a mediados de los cincuenta.

Tienen todas las intenciones de hacer funcionar otra vez esta piscina, de hacer que los jardines vuelvan a florecer, de que los árboles proyecten «una sombra verde y fresca» (palabras de Senén), como ocurría en el pasado. Dejarán la antigua bomba, como en un museo al aire libre, e instalarán dos bombas nuevas y más pequeñas para la piscina. La preservación, como todo en el desierto, superpondrá lo viejo y lo nuevo, máquinas viejas y tecnología nueva.

—¿Y estos árboles? —Señalo unos señoriales y nudosos tamarugos.

—Los arrancaremos de raíz, los usaremos como leña, los reemplazaremos con nuevos retoños.

Protesto, digo que son hermosos, ¿por qué no dejarlos?

—Queremos sombra. Queremos que todo reviva.

—¿Y no le da tristeza librarse de estos árboles, que le vieron bañarse y jugar y beber?

—No —llega la respuesta de Julio, casi demasiado rápidamente—. Quiero verlo todo *verdecito*. Con niños jugando en el césped.

Durán agrega:

—Tenemos que decir: «Humberstone, *despierta*». Eso es lo que hay que gritar en este pueblo.

No es un mal sitio para terminar nuestra visita, nuestro día. La luna aparece en un cielo maduro y transparente.

Este fue el lugar en el que Julio Valdivia, en aquel entonces un vigoroso joven de treinta y tres años, bailó en la última noche de Humberstone, junto a la piscina, el 31 de diciembre de 1960, en una estruendosa fiesta de despedida a la que asistieron todos los que quedaban en ese pueblo *salitrero*. Bailaron hasta las nueve de la mañana: el personal de la *pulpería*, algunos guardias de seguridad, todos los que estaban cerca, algunos trabajadores que se quedaron hasta que les pagaron. Según Julio, nadie se había emborrachado: la prueba está en que ninguno saltó a la piscina, que en ese momento aún estaba llena. Fue muy inocente, me dice, esa última noche.

No es un invento, esa inocencia. El vigilante nocturno, que rondó por ahí unas cuantas veces esa noche, escribió lo que había visto en su informe: «Pasé por la piscina a las cuatro en punto y estaban bailando "Mandandirún"». Era una canción infantil, popular en Chile y América Latina y España, una tonada en la que la mitad de los bailarines se acercan a la otra mitad y preguntan por sus hijos e hijas y se los llevan a trabajar como aprendices de médicos, panaderos, costureros, abogados.

Reflexiono sobre ello, intento evocar la escena, esos hombres y mujeres adultos de la pampa imaginando otro destino para sí mismos, alejándose, a fuerza de rimas infantiles, de las sombras que se cernían sobre su vida.

Y como ninguno de ellos había querido despedirse, como todos quisieron prolongar unas pocas horas más la ilusión de que Humberstone estaba viva, todo el grupo decidió —cuando el sol salió y empezó a calentarlos— ir a la pista de baile del hotel donde la fiesta duró hasta la una de la tarde.

¿Y qué hizo Julio después?

Fue a la *pulpería*. Había pasado esos últimos días horneando pan bien temprano a la mañana, cada día un poco menos, a medida que Humberstone iba cerrándose, que la gente abandonaba el pueblo, cada día menos del pan que había aprendido a hornear cuando tenía trece años y recién comenzaban sus andanzas por el mundo. Pero ese día había bailado y no había horneado, en cambio, ni un pedazo de pan. Así que fue a la *pulpería* con la llave y cerró la tienda, donde no quedaba nada, ni siquiera harina para hacer una hogaza.

—Piénselo —dice Julio Valdivia—; en una época recibíamos treinta y dos *quintales* de harina por día, y ese día no quedaba nada.

—¿Y luego se marchó?

—Sí —dice.

Y se sonríe.

Y no le pregunto si prometió que algún día regresaría; no necesito preguntarle si conservó la llave.

SECRETOS DE FAMILIA

*Viernes, 24 de mayo de 2002. Iquique.*

Nos encontramos frente a un libro de actas, ancho, grueso e incómodo, con las fechas 1885-1891 grabadas sobre su superficie verde oscuro; henos aquí a punto de abrir este pesado libro en las oficinas del Registro Civil de Iquique, con la esperanza de que contenga las respuestas acerca del linaje de Angélica que venimos rastreando infructuosamente a lo largo de los cinco días que llevamos en esta ciudad.

Ni Angélica ni yo queríamos terminar aquí, en este edificio que alberga papeles y más papeles en los que se han registrado los nacimientos y las defunciones y las bodas durante los últimos ciento diecisiete años; hemos pasado muchas horas en Iquique tratando de evitar la tediosa tarea que nos espera esta mañana, esta investigación a través de innumerables páginas con sus miles y miles de nombres y apellidos de todo tipo en busca de unas escasas y secas pepitas de información. Deseábamos que el pasado remoto de Angélica se nos esclareciera con el relampagazo de una revelación espectacular, el relato de alguien que hubiera conocido personalmente a los protagonistas muertos, una fotografía que pudiéramos llevarnos, una carta que develara una verdad oculta tras siglos de evasivas, una tumba que gritara en silencio el único secreto que perseguimos, esa clase de golpe de suerte que los buscadores de oro siempre sueñan con encontrar en la extensión más estéril del desierto, la veta que lleva al filón más rico. Papeles, documentos, registros, libros, el rancio olor de los archivos; nada de eso es lo bastante romántico, nada de eso irrumpe con historias de traiciones, de pérdidas, de fascinación por el mar, de sexo y muerte y dinero. Es verdad que al recorrer Iquique, la ciudad nos ha ofrecido indicios de que el pasado oculto de la familia está a nuestro alcance. Este siempre iba a ser el lugar al que le dedicaríamos más tiempo, la verdadera culminación de nuestra travesía, el único sitio donde cada uno de los distintos ejes de nuestra búsqueda se entrecruzarían. Aquí habían llegado los ancestros de Angélica en busca de fortuna. Aquí el auge del nitrato alcanzó su apogeo y transformó un tranquilo pueblecito colonial en un activo centro de prosperidad que atrajo como un imán a esos antepasados inmigrantes. Aquí Freddy Taberna vivió y se crió y fue arrestado. Aquí, la mayor parte de las personas que hemos interrogado con tanta preocupación sobre una cuestión en particular terminan sabiendo también algo sobre las otras. Y sin embargo, después de atravesar cementerios y golpear las puertas de viejas mansiones y reunirnos con aspirantes a familiares, después de pedir ayuda a un abogado que no quiso conversar con nosotros y de encontrar, en cambio, esa ayuda en unos descendientes de croatas a quienes conocimos por puro accidente, resulta que toda esa febril actividad, en vez de darnos las respuestas cómodas que buscábamos, había generado una serie de preguntas nuevas y desconcertantes. Y por eso, en esta última mañana nuestra en Iquique, acabamos de desembarcar en esta portentosa sala repleta de mujeres que registran a sus bebés y de tristes hombres de mediana edad que certifican la muerte de su madre y de una dama que necesita con desesperación una prueba de que su hermano nació hace sesenta años y de dos hermanas que precisan una copia del certificado de nacimiento de su padre enfermo para poder vender una propiedad antes de que él fallezca y... Todos tienen su pequeño problema, su propio rompecabezas que resolver, nombres que les deletrean a unas jóvenes atentas que teclean en terminales de computadora y que entregan información y recibos y documentos.

Nosotros también venimos en busca de nombres y sabemos que no están en esas computadoras sino enterrados, si tenemos suerte, en el libro de actas que sostenemos con cuidado en nuestras manos o tal vez en alguno de los muchos otros que aguardan nuestro escrutinio, una plétora de nombres posibles, primos e hijas y cónyuges que podrían ayudarnos a determinar la historia de los dos hombres que en realidad estamos buscando, un tal Malinarich y un tal Müller que llegaron a Iquique desde el extranjero en una fecha imprecisa de fines del siglo XIX y que parece que jamás se conocieron. Fueron sus hijos los que se juntaron, en 1915 aproximadamente, un hijo de Malinarich llamado Ángel y una hija de Müller llamada Mercedes, que tenía un año más que Ángel. Ese encuentro en Iquique de dos jóvenes adolescentes resultó ser tan apasionado y fructífero que el 8 de agosto de 1916 nació en Santiago Humberto Malinarich Müller. Ese bebé que luego se convertiría en el padre de Angélica y de sus dos hermanas, Ana María y Nathalie, y de su hermano, Iván Patricio Frano, no estaba destinado a ser hijo único. Alrededor de un año después, Mercedes Müller, la abuela de Angélica, volvió a quedar embarazada, y se le ocurrió lo que en aquel entonces seguramente le pareció una idea brillante: pedirle a su hermana Rosa que viajara desde Iquique y la ayudara durante el embarazo y el parto. O tal vez la sugerencia había sido obra del marido, tal vez Ángel Malinarich esperaba la visita de Rosa con más ansiedad que su esposa. Circulaban rumores en la familia de que en un principio él había sido pretendiente de Rosa y que la morena Mercedes se lo había robado a la más joven —y más bonita— hermana rubia y de piel blanca; tal vez Mercedes había quedado preñada con el objeto de forzar un matrimonio que en realidad Ángel no deseaba. Podemos especular todo lo que queramos sobre los muertos; lo que es seguro es que antes de que el segundo bebé naciera, Ángel Malinarich huyó a Argentina con su cuñada, Rosa Müller, probablemente en 1917 o 1918. Murió en Buenos Aires —una vez más, tenemos fechas contradictorias de este acontecimiento— sin haber regresado jamás a Chile, aunque unos veinte años después (en una fecha que también estamos tratando de establecer), Rosa cruzó de nuevo la cordillera y volvió a Santiago, acompañada únicamente de un hijo, que se llamaba —creemos— Rodolfo, un muchacho condenado a morir de tuberculosis pocos años más tarde. Como si eso ya no fuera bastante dramático y conmovedor, Mercedes recibió con lágrimas a su hermana, la declaró inocente y le echó al marido descarriado la culpa de la seducción.

Si alguien llegara a concluir, en función de ese noble

gesto reconciliador, que Mercedes Müller había superado el trauma que sufrió por aquella doble traición, cometería un grave error. Es cierto que esa mujer abandonada había demostrado poseer una dignidad excepcional para afrontar las consecuencias de su desgracia: se negó a aceptar ayuda alguna de la familia pudiente de su marido y educó ella sola a dos chicos sin padre, Humberto y Mario, trabajando durante muchas décadas como secretaria en la empresa ferroviaria estatal. Pero fue también la amargura lo que la impulsaba, la satisfacción masoquista de sentirse una víctima eterna, una forma de asegurarse de que sus hijos, cargados de culpa, siempre se sintiesen en deuda con ella, siempre vinculados a su sacrificio y absolutamente ciegos a lo que ella era capaz de hacer para dañar a cualquier mujer que se atreviera a acercárseles. A principios de los años sesenta, cuando conocí a la abuela Mercedes, ella ya había arruinado, entre otros, el matrimonio de Humberto con la madre de Angélica, Elba Saa, y se disponía a envenenar el amor entre Angélica y su padre. Poco a poco fuimos dándonos cuenta de que eso no se debía a una maldad de su parte, sino a que esa anciana mujer —de hecho, no era tan vieja, pero tenía un aspecto gris y arrastraba los pies y encorvaba la espalda para inspirar pena— se encontraba al borde de la esquizofrenia, un padecimiento que se agravó con el paso de los años y la hizo volverse cada vez más desquiciada y perversa.

Si ahora Angélica y yo estamos a punto de inspeccionar estos libros mayores en Iquique, que tal vez contengan la clave de su genealogía, es debido a que esa patética abuela Mercedes tuvo un éxito supremo en su intento de separar a Angélica de su padre y sus antepasados. En algún momento de su existencia —que coincidió con el período en que nuestra relación comenzaba a volverse seria y en que Angélica fue aceptada por mi propia y muy cariñosa familia—, mi futura mujer decidió que la única manera de sobrevivir psicológicamente era renegar de esa parte de su pasado y fingir que esos vínculos no tenían ningún interés para ella.

Quizás esa sea una de las razones por las que nunca antes habíamos hecho un viaje al Norte Grande, aunque Angélica no dejaba de declarar que algún día tendría que visitar Iquique. Pero cada vez que hacíamos planes para unas vacaciones, siempre nos dirigíamos al sur, a los bosques y los lagos; o al oeste, hacia las maravillosas olas del Pacífico; o al este, a Argentina, de donde provenían mis padres y donde quizá —quién sabe— ese abuelo perdido Ángel Malinarich todavía estuviera vivo, quizás ansioso de una visita. Pero no, Angélica no quiso ponerse en contacto con él y ni siquiera averiguar si seguía vivo. La última vez que un miembro de la familia vio al mujeriego abuelo fue —según la madre de Angélica— cuando Humberto, que ya era un conocido periodista, buscó a su padre en un viaje a Buenos Aires, en alguna fecha imprecisa de principios de los cincuenta. Aquella cita es un enigma como lo fue la desaparición de ese padre de Chile cuarenta años antes: el Malinarich mayor se veía muy joven y atlético e idéntico al hijo. Dijo que no se había vuelto a casar ni tampoco engendrado otros hijos, y Humberto lo presentó a algunos colegas en el hotel como un *amigo*. Pero un tema en particular de la conversación pasó a formar parte de la leyenda familiar. En algún punto —no sé por qué, pero siempre he pensado en un café y cigarros, tal vez algún postre, una abundante comida argentina que el padre y el hijo compartieron en su único encuentro en esa ciudad en la que yo nací— Ángel Malinarich le dijo a Humberto: «*Hijo*, tienes que ir a Iquique a reclamar la fortuna que dejé allí. Es tuya. Lo único que tienes que hacer es presentarte».

La reacción de Humberto, según la madre de Angélica, fue rechazar la oferta. Tal vez porque no quería, como su madre Mercedes, deberle nada más que los genes al hombre que lo había abandonado cuando era niño; pero también, conjeturo ahora, debido a los orígenes de esa fortuna derivada de la explotación de los obreros salitreros. Era dinero manchado para alguien como Humberto que, en esa época, todavía pertenecía —de manera que ese encuentro debió de haber ocurrido antes del XX Congreso de la Unión Soviética, cuando se denunciaron los crímenes genocidas de Stalin— al mismo Partido Comunista Chileno que había nacido en el norte del país precisamente como consonancia de la lucha contra las grandes compañías *salitreras*.

Desde luego que Angélica, cuarenta años más tarde, no tenía intención alguna de exigir esa suntuosa herencia que su padre había repudiado, pero no cabe duda de que despertó su curiosidad y sumó cierta tensión detectivesca a nuestra búsqueda. ¿Alguna vez existió ese dinero? Y si era así, ¿quién lo había guardado a lo largo de estos años?

En el retorcido centro de todas las conjeturas familiares sobre esa inmensa riqueza perdida se encontraba el padre de Ángel Malinarich, cuya historia, o una semblanza de ella, pudimos reconstruir a partir de las distintas versiones que Mercedes había susurrado en los oídos de cualquier miembro de la familia que se compadeciera de sus penurias: la madre de Angélica, la misma Angélica, su hermano Patricio, todos antes de que se produjera la ruptura definitiva con la abuela. Como yo mismo había recibido ese relato en fragmentos, antes de viajar al norte decidí visitar a Julio Saa en Santiago, un primo segundo de Angélica que pudo ofrecerme un testimonio ordenado de los orígenes y vicisitudes del patrimonio de los Malinarich puesto que su propia abuela Anna había sido la mejor amiga de Mercedes durante el invierno eterno de su renunciación y conocía todos los detalles. El padre de Ángel, cuyo nombre podría haber sido Frano, viajó a Santiago en la década de los noventa del siglo XIX, donde se enamoró de Carmen Pinto Benavides, que pertenecía a una familia de terratenientes adinerados. Esta deslumbrante belleza aristocrática de ojos oscuros cree que el gallardo desconocido —nadie ha podido establecer su edad ni el apellido de su madre ni el color de su pelo, ya que no disponemos de una fotografía suya— es heredero de las *estacas salitreras* y de las *pulperías*, igualmente rentables, que pertenecen a los Malinarich de Iquique. Al poco tiempo tiene lugar la boda. Pero cuando la Carmela, como se la conocía, llega a Iquique se da cuenta de que Frano no es más que un empleado de sus dos tíos, los verdaderos dueños de la empresa, un hombre de escasos recursos que debe pasar largas jornadas en el infierno de los pueblos salitreros ocupándose de los negocios ajenos. En una fecha que podríamos determinar hoy si llegamos a localizar el certificado de nacimiento en algún lugar de este edificio de Iquique, Ángel Malinarich Pinto viene al mundo. Perderá a su padre a causa de una de las dos enfermedades habituales —silicosis o tuberculosis— que padecen los hombres que trabajan día tras día en la extracción del nitrato, pero no antes de que Frano herede de verdad los extraordinarios bienes de sus tíos fallecidos (y por supuesto nos gustaría tropezar con los certificados de defunción en alguno de estos libros polvorientos). En su lecho de muerte le dice a Carmela —todavía joven y educada para una vida de lujos— que le deja tanto dinero que no podrá gastarlo en toda su vida. «Si te lo doy todo —prosiguió el hombre agónico, según Julio Saa—, te volverás loca. Así que recibirás el setenta por ciento y el resto será para los trabajadores junto a los que he vivido estos últimos años y cuya existencia de miseria y explotación deseo aliviar de alguna manera.»

Lo que pensaba la viuda respecto de la generosidad de su marido no ha quedado registrado (ni siquiera nos consta que ese acto tan magnánimo haya existido), pero se sabe que ella vuelve a Santiago a principios de 1900 con la suficiente riqueza para vivir con su hijo con pompa y esplendor y que a veces organiza salidas de compras a la magnífica tienda Gath y Chaves y que regresa con dos colosales carretas arrastradas por mulas, como se estilaba en la época, y henchidas de mercaderías extranjeras. Carmela es autoritaria, de temperamento fogoso y una terquedad sin límites. Tiene muchos amantes y se murmura que cada vez que se libra de uno de ellos lo consuela regalándole una casa. Ángel termina como alumno pupilo en el San Pedro Nolasco, colegio del que se escapa, a los catorce años, todas las noches para alternar con prostitutas y al que vuelve a las seis de la mañana borracho y delirante, dispuesto a pagarle al vigilante nocturno una buena propina para que lo deje salir de juerga de nuevo esa misma noche. El muchacho, más o menos a los quince años, visita el pueblo donde nació, ese Iquique que es fuente de su riqueza y donde su camino se cruza con el de las hermanas Müller, ese Iquique que llevamos casi una semana explorando, preguntándonos en qué rincón de esta ciudad maravillosa junto al mar vio él a Rosa o a Mercedes por primera vez y dio comienzo a la aventura que lo llevaría a exiliarse en Argentina, dejando atrás un hijo que muchos años más tarde le daría, a su vez, vida a mi Angélica.

¿Y Carmela Pinto? Cuando se dio cuenta de que su nuera desamparada no quería hablar con ella y de que su hijo jamás regresaría, tomó todos los pesos y monedas de oro que pudo recoger en su bolso y siguió a su Angelito al otro lado de la cordillera y pasó el resto de sus días, como su hijo, en Buenos Aires. Ambos murieron, al parecer, pocos años después de aquel extraño encuentro entre Humberto y su padre en la década de los cincuenta, en ese hotel argentino.

¿Qué hay de cierto en todo esto? ¿Y quiénes eran esos tíos croatas? ¿Y cuál es el verdadero nombre del padre de Ángel? ¿Y de dónde venía? ¿Y qué ocurrió con el dinero, si es que realmente existió?

Eso es lo que llevamos intentando averiguar desde que llegamos a Iquique hace cinco días, en las últimas horas de la noche del domingo 19 de mayo.

Nos recibió una señal auspiciosa. Lo primero que Angélica hizo en la ciudad a la que ningún miembro de su rama de los Malinarich había regresado en más de noventa años fue abrir de par en par las ventanas de la habitación del hotel y mirar la plaza donde sus antepasados, hombres y mujeres, habían paseado bajo la sombra vigilante y cercana de los blancos precipicios. Angélica respiró profundamente y, en ese mismo momento, se le paró el reloj. Una coincidencia estadística, por supuesto. Se suponía que la pila dejaría de funcionar alguna vez, pero a nosotros, los humanos, nos gusta asignar un sentido a los acontecimientos azarosos; eso es lo que nos ha permitido sobrevivir como especie y crear el arte y la religión y quizás hasta la ciencia. Así que Angélica y yo dimos a ese acontecimiento el significado que deseábamos: ¿acaso no estábamos, después de todo, esperando que el tiempo se detuviera, que los hombres y mujeres que habían hecho a Angélica y cuya sangre circulaba en las venas de nuestros hijos y nuestra nieta se alojara en un pasado que no se hubiera derretido, aguardando nuestra visita, esperando el regreso de ella?

*Iquique: plaza Arturo Prat.*

Por suerte contábamos con algunas pistas un poco más tangibles. Un contacto posible, doña Carmen Malinarich Calderón, es la madre de un alumno de la misma universidad de Santiago a la que asiste nuestra sobrina Matilde.

Pero al otro lado de la línea telefónica no encontramos más que un contestador automático y jamás nadie nos devuelve la llamada. El otro nexo resulta ser más productivo, aunque en un primer momento percibimos resquemores en Vinko Malinarich, un agente inmobiliario de treinta y cinco años cuyo padre Antonio se trasladó de su Iquique natal a Santiago hace sesenta años. Otra vez el nitrato, el nitrato, que marca la vida de las personas: la furia del auge atrae a la gente; la furia del derrumbe los expulsa. De los siete hijos de Antonio, Vinko fue el único que, a los veinte, regresó al lugar natal de su padre, donde se suponía que su familia había ganado dinero, en la Oficina Brac, que más tarde se llamó Victoria: el mismo pueblo cuyo cierre había alterado tanto el destino de Julio Valdivia.

De todas maneras no era mi intencion mencionarle a Vinko la historia de Julio Valdivia. Nuestro supuesto pariente ya había manifestado bastante recelo por mi llamada. Su desconfianza se fue desvaneciendo poco a poco cuando se enteró de que habíamos obtenido su número particular —y también el de su teléfono celular— gracias a Patricio, el hermano de Angélica, quien, como director administrativo del Hospital del Tórax, había prodigado al padre de Vinko un especial cuidado cuando éste se internó para un tratamiento, ayudando al anciano en sus últimos meses de vida. Vinko, deseoso de demostrar su agradecimiento, nos dijo que pasaría por nuestro hotel en tres días más, el miércoles 22 de mayo al mediodía, para llevarnos a su residencia donde nos ofrecería un almuerzo íntimo y familiar. Antes de cortar, agregó que aunque sabía muy poco sobre el pasado, tenía un primo segundo lejano, que por coincidencia también se llamaba Vinko Malinarich, el director de una escuela de niños discapacitados, que era experto en la historia de la familia y que había hecho un árbol genealógico detallado y completo que se remontaba muy lejos y que tal vez ese otro Vinko estuviera dispuesto a enseñarnos los resultados de sus exhaustivas investigaciones del pasado.

Entusiasmados por la perspectiva de tanta información que aguardaba nuestra ávida mirada, felices de que otra persona hubiera realizado ya nuestra faena, Angélica y yo discutimos si no deberíamos contactar a este segundo Vinko por nuestra cuenta en vez de esperar hasta el miércoles. Pero fue más astuto lo que finalmente decidimos: esperar la cita ya convenida.

Puesto que en el ínterin, a la mañana siguiente, el lunes 20 de mayo, qué vimos exactamente al otro lado de la exuberante plaza de Iquique sino el Club Croata, una mezcla de club social y restaurante dirigido por descendientes de los inmigrantes croatas que habían venido a miles al Norte Grande durante el auge del nitrato. Huyendo del imperio austrohúngaro que ejercía una dominación implacable sobre su patria y que obligaba a los hombres jóvenes a sumarse al servicio militar, ¿qué mejor lugar para ellos que las ricas pampas de Chile?

Almorzamos allí ese lunes 20, nuestro primer día en Iquique, sentados en la plaza bajo un cielo delicioso y con la brisa marina soplando desde la playa cercana. Y Angélica pudo comprar un tomo grueso titulado *Los croatas: Nitrato y Tarapacá*, un análisis de todos los aspectos de la vida de los croatas en Iquique y las *salitreras* que había tardado cinco años en escribirse. Su autora, Vjera Zlatar, incluso viajó a la costa dálmata de la ex Yugoslavia para investigar los orígenes de aquellos migrantes que, como los Malinarich, habían cruzado medio mundo para irse a trabajar y prosperar y morir en el desierto del Norte Grande. La profesora Zlatar había llevado a cabo la investigación que nosotros teníamos que emprender: recorrió cementerios, revisó los informes de las brigadas de bomberos voluntarios y de los clubes sociales, registró cientos de cartas y diarios, leyó todos los periódicos de la época. ¡Debía de haber rastros en esas trescientas páginas de la oculta historia familiar!

Angélica se entusiasmó con esta puerta que se abría a un pasado croata al que no había prestado atención durante la mayor parte de su existencia. Y, en efecto, en los días que siguieron encontró en ese libro de Zlatar una serie de pistas que apuntaban a la existencia de aquel esquivo padre de Ángel Malinarich Pinto y también de sus supuestos tíos. Lo más impresionante era la reproducción de un anuncio publicitario de 1908 que ofrecía aceite de oliva importado y champagne croata a la venta en una casa comercial cuyos dueños eran los Hermanos Malinarich. Y, más adelante, el mismo libro mencionaba a dos hermanos, Frano y Pasko, que habían nacido en Kraljevica y que para 1873 o 1874 ya estaban instalados en Iquique y eran dueños, además de una *salitrera*, de una tienda de ramos generales. ¿Sería posible que esos hermanos sin hijos hubieran traído de Croacia a un sobrino Malinarich para que los ayudase que fuera el que había desposado a Carmela Pinto?

Pero no hay fotografías, ni nombres, ni un susurro sobre el hombre que presumimos era el bisabuelo de Angélica.

Claro que había una manera de resolver todo esto, según nos dijo en el almuerzo del día siguiente, el martes 21 de mayo, Sergio González, un sociólogo que ha escrito excelentes libros sobre la vida cotidiana en la *pampa salitrera*. En los cementerios, nos anunció Sergio, allí está la información, podría decirse que literalmente al alcance de la mano. Como él debía partir para Santiago esa misma noche, ofreció llevarnos colina arriba al camposanto más bello de Iquique, el primero y el más antiguo de la ciudad. Estaba seguro de que ahí podríamos rastrear nombres y fechas y conexiones. Y además indagar algo más sobre los Müller, la familia de Mercedes.

Angélica aceptó la propuesta de Sergio con placer. Había una sola persona del clan Müller a la que ella siguió viendo después de la ruptura con la abuela: Laura Müller, sobrina de Mercedes y una abogada prominente (que se había desempeñado durante un lapso como jueza de la Corte de Apelaciones de Iquique), había dado refugio a Angélica en su apartamento de Santiago durante los turbulentos días del divorcio de Humberto y Elba. En el exilio nos enteramos de que el único hijo de Laura, Fernando, un partidario de Allende, había sido asesinado dos años después del golpe de 1973 y que su madre, con el corazón destrozado, había regresado a su Iquique natal para pasar los últimos años de su vida. Laura, a diferencia del resbaladizo bisabuelo Frano Malinarich (si es que así se llamaba), era una figura notoria entre los iquiqueños. En San Pedro de Atacama, Lautaro Núñez nos había hablado con entusiasmo de la residencia de los Müller y nos había dado instrucciones detalladas de cómo llegar hasta ella; y prácticamente todos aquellos con los que habíamos platicado en Iquique tenían una buena opinión de la Tía Laura, aunque aparentemente nadie sabía dónde había muerto ni dónde estaba enterrada. Así que la visita al Cementerio Número Uno de Iquique prometía desenredar la densa

*Iquique: Angélica sentada en la silla de la tía Laura.*

madeja del linaje familiar, además de darle a Angélica la oportunidad de poner flores en la tumba de su tía Laura.

No llegamos al cementerio ese día.

En el camino, mientras subíamos por la cuesta-omnipresente en todos los puertos del Norte Grande, ya que cada ciudad del litoral está aislada por montañas cuya sofocante presencia hace aún más grata la majestuosa apertura al mar, Sergio González sugirió que nos detuviéramos un momento frente a la casa de un amigo suyo, Ivor Ostoijic, un ingeniero que financiaba investigaciones dedicadas a desentrañar el pasado del nitrato, en especial el papel de los croatas, con el considerable dinero que había obtenido con la fabricación de maquinarias. Había subsidiado, de hecho, el libro de Zlatar que nos había permitido conocer nuevos datos sobre la vida pretérita de la tribu Malinarich. Si resultaba que él y su mujer Mariana estaban en casa...

Nos recibieron como si fuéramos hermanos perdidos. Alegres y expansivos, nos hicieron pasar a una espaciosa sala completamente repleta de libros, muchos sobre Iquique, lo que aumentó nuestras ganas de quedarnos. Pero la visita tenía que ser breve; les explicamos a los Ostoijic que estábamos tratando de encontrar a Laura Müller.

—¿Laurita Müller?

Angélica manifestó que ella también era una Müller, pariente de Laura.

—Siéntate en esa silla, entonces —dijo Ivor, señalando un juego de sillas tradicionales en el comedor adyacente.

Angélica, aunque desconcertada, le hizo caso.

Estaba sentada, le explicó Ivor, en la silla de su tía Laura. La madre de Ivor las había comprado junto con la mesa del comedor para regalárselas a él y a su esposa unos años atrás, justo después del fallecimiento de Laura.

Por cierto que nos quedamos en la casa de Ivor y Mariana unas cuantas horas más. Nos pusimos a conversar acerca de Dalmacia y de la vida en las *salitreras* y del asesinato de Freddy Taberna, a quien ellos conocían muy bien, y cuando nos levantamos para irnos —nos habían invitado a que volviéramos a cenar el miércoles por la noche, ¡y quién podría negarse a sentarse en esas sillas donde Laura y sus amigos habían conversado y pasado tantas horas!— ya era demasiado tarde para llegar al cementerio. Pero en realidad, no importaba. Estábamos convencidos de que así sería la búsqueda en Iquique, con encuentros mágicos que no esperábamos y que nos permitirían abrirnos camino en una ciudad que parecía saludarnos en cada esquina, donde todo parecía tener una conexión secreta.

Nos dijimos que la aparición de esas sillas bien podía ser una señal de que la búsqueda de los orígenes de los Müller también comenzaría a dar resultado.

La saga de esa rama de la familia de Angélica era más extensa y, si es posible, más misteriosa, que la estirpe Malinarich.

A principios de la década del sesenta, cuando comencé a salir con mi futura esposa, una de las historias más fascinantes se refería a un hombre a quien llamaban jocosamente *el pirata*, aunque no lo había sido en realidad. Cuando este Müller —en una versión se trataba del padre de Mercedes; en otras, de su abuelo— llegó a Perú a mediados o en la segunda mitad del siglo XIX, trajo, se decía, un cargamento de esclavos chinos. Para mis adentros, consideraba inverosímil ese relato. Después de todo, la esclavitud ya se había abolido en aquel entonces y, además, cómo podía haber pasado por China teniendo en cuenta que Mercedes insistía en que, a pesar de su apellido germánico, provenía del Mediterráneo. Ella contaba que él había llegado a Sudamérica huyendo de Grecia, donde era el médico de la familia real y el amante de la reina y había podido salvarse después de un golpe de estado vestido con ropas de mujer suministradas, aparentemente, por su agradecida Majestad. (Si había algo de cierto en esa dudosa historia, el año de la huida tendría que haber sido, sin duda alguna, 1843, cuando los griegos se levantaron contra una monarquía dominada justamente por la influencia bávara.) Ese hombre, según la leyenda familiar, amasó una fortuna en Perú, probablemente en las *guaneras* (donde los chinos trabajaban en una semiesclavitud) o tal vez en las plantaciones de azúcar, una fortuna que se perdió cuando las *montoneras* barrieron con su hacienda y le robaron el tesoro enterrado. O quizá lo enterró y olvidó dónde estaba oculto el botín. Lo que importa es que esos bandidos/guerrilleros recorrieron Perú durante el período sin ley que siguió a la derrota total que los chilenos infligieron al ejército peruano en 1884, en la *guerra del Pacífico*. En algún momento, ese Müller —o, una vez más, podría haber sido su hijo— desposó a una mujer de nombre Manuela Bustamante, cuya familia era una de las más patricias de Perú y contaba entre sus miembros con presidentes y héroes de la independencia y, por supuesto, grandes terratenientes. De esa unión surgieron varios hijos a lo largo de muchas décadas, todos nacidos en Perú. Las más jóvenes eran Mercedes Müller Bustamante y su hermana Rosa. Cerca de principios del siglo XX, el hermano mayor, Demetrio, trasladó a la familia a Iquique. Angélica recordaba a Demetrio Müller, en su única visita a Santiago en la década de los cincuenta, como un completo caballero, vestido con un impecable y fino traje, que se quejaba de que el tráfico de esa endemoniada capital no mostraba deferencia alguna hacia él, uno de los ciudadanos más prestigiosos de Iquique; los autos ni siquiera paraban cuando él decidía cruzar la calle.

La historia de los Müller tampoco estaba completamente exenta de la clase de *sturm und drang* que aquejó al clan Malinarich. Una tal Julia Müller, una campeona de natación que tal vez había sido sobrina de Mercedes, o quizá prima, se internó en el mar cierto amanecer y desapareció serenamente entre las rompientes y las olas, protestando contra sus padres que habían prohibido la entrada a la casa al joven que ella amaba. Una historia corroborada por casi todos con los que hemos charlado en Iquique y que conservan algún recuerdo de la trágica desaparición de Julia, algo de lo que cuchicheaban con sus tías o su madre o sus abuelos, ese bello cuerpo joven que la marea arrastró hasta la orilla, una pérdida terrible.

Aunque nuestro informante favorito, Lautaro Núñez, también retenía vagamente algo sobre una tal Julia y su amante y una muerte por inmersión, otra confidencia suya nos resultó mucho más específica. Nos explicó con muchos detalles cómo llegar a la casa que había pertenecido a los Müller y cómo reconocerla, aquella casona donde se había presentado el abuelo Malinarich de Angélica a pedir la mano de su abuela Mercedes y que tal vez nos diera alguna pista nueva sobre qué había sido del destino de esa familia. Todo el mundo se conoce en Iquique, dijo, y van a ayudarlos, ya verán.

Y así fue. La primera noche en esa ciudad recibimos la visita del arquitecto Patricio Advis, uno de los amigos de

Lautaro, que había pasado gran parte de su existencia tratando de que la ciudad no fuera desvastada por los dioses malignos de la contaminación y el crecimiento urbano que acompañan el progreso, y que por lo tanto exhibía un conocimiento profundo y nostálgico de las muchas avenidas de antaño. Si queríamos averiguarlo todo todito acerca de las dos ramas de la familia de Angélica, él conocía a la persona indicada: una tal señora Bolton, una viejísima dama que vivía en la misma calle Baquedano en la que había reinado don Demetrio. Aunque Advis tampoco fue de gran ayuda. «Nadie se acuerda, a nadie le importa —suspiró—. Ese mundo ha desaparecido... Junto con mi padre, junto con mi madre.»

*Iquique: lo que queda de la residencia de los Müller, en la actualidad un colegio secundario.*

Pero no había desaparecido del todo. La calle Baquedano estaba muy bien conservada, con una casa victoriana junto a la otra, y por esa calle dimos nuestro primer paseo en Iquique la primera mañana que estuvimos en esa ciudad a la que Ángel Malinarich había llevado a su novia Carmela Pinto más de un siglo atrás. Caminamos por Baquedano hasta su intersección, cinco manzanas más abajo, con Bulnes, como seguramente se había paseado el bisabuelo.

—Ahora sí que sí —le dije a Angélica, y allí estaba, idéntica a la descripción de Lautaro, la casa de la esquina de dos pisos donde una vez vivieron los Müller.

Estábamos entusiasmados. No parecía abandonada, aunque algunas de las ventanas estaban cerradas con persianas y en otras las cortinas estaban bajas. Golpeamos a las tres puertas (en ambas calles, como recordaba Lautaro) y también lo intentamos con las ventanas. Nadie respondió. Media hora más tarde, mientras volvíamos desde la orilla que estaba a unas seis calles, nos paramos frente a un pequeño boliche justo al lado de la casa Müller. La muchacha que vendía helados y refrescos detrás del mostrador se mostró, como la mayor parte de la gente de Iquique, amable y muy dispuesta a consultarle a su anciana abuela. Ahora sí que sí, murmuré para Angélica, estamos a punto de sacarnos la lotería. Pero la voz que poco tiempo después pudimos oír desde detrás de unas cortinas que estaban en el fondo de la tienda graznó que la vieja que vivía en la casa de al lado había muerto apenas un mes antes y que la vivienda estaba cerrada mientras la familia decidía qué hacer con ella. Sentimos con desazón que acabábamos de perder el último lazo con el pasado. ¿Acaso esa mujer no era la última de los Müller, nuestra oportunidad de averiguar si los ancestros griegos-germanos existieron de veras, si era cierto que la prima Julia se internó en el mar? Sin embargo, después de hacer más preguntas a la abuela agazapada en la trastienda, obtuvimos la información de que el nombre de la vecina que había fallecido recientemente era May Nichols —o así sonaba—, una inglesa que vivió allí noventa años... Nada de Müller, oímos que decía la abuela, en esa casa no. Así que no habíamos perdido el barco; en realidad, parecía que ese barco no existía y que Lautaro se había confundido.

Unas pocas horas después, cuando le contamos a Patricio Advis nuestro pequeño trabajo detectivesco, él se entristeció.

—Ay, qué lástima —dijo—. *Se nos murió la tía Grace.*

Se refería a la misma mujer que había mencionado la noche anterior, la única sobreviviente de la época del nitrato que podría habernos dado algunos datos del pasado, la hermana de Lily Bolton, cuyo nombre de casada era Grace Maine-Nichols. Así, Angélica y yo, en vez de ser detectives de los muertos, fuimos más bien sus mensajeros, anunciándole la triste noticia al mismo Advis, que aún no la conocía.

Y Lautaro se equivoca, afirmó Patricio. Esa casa jamás perteneció a los Müller; es de la familia Nichols desde hace cien años. Los Müller se mudaron a otra parte de la ciudad. Entonces nos dibujó un mapa. «Miren, tomen la calle Covadonga, está allí.» Estaba seguro, porque había sido muy amigo de Laura Müller, en especial los años después del golpe, cuando ella regresó a Iquique. Jamás se le había ocurrido preguntarle a Laurita de dónde venía su familia; además, en cualquier caso, durante la dictadura la gente no se hablaba. Ya nadie sabía quién era quién. La identidad de Iquique se alteró, la gente tenía miedo de hablar de sí misma. Se encerraron, nos explicó, en sus propios pensamientos.

El mismo Patricio parecía absorto en sus pensamientos, en sus reflexiones. Laura, dijo, era parte del paisaje. Como el universo, como un astro, él pensaba que siempre permanecería. Como la tía Grace. «*Y ahora se nos fue de Iquique.*»

Recordaba a Demetrio, el padre de Laurita, idéntico a la descripción que había hecho Angélica: delgado, con la piel más bien oscura, muy elegante, siempre con los mejores trajes ingleses de cachemir. Y todos los sirvientes usaban guantes blancos para servir la cena. Demetrio ganó dinero con el negocio de las exportaciones e importaciones y educó a sus hijos en las mejores escuelas y universidades. Tal vez había sido Demetrio el que ayudó a su hermana Mercedes cuando el marido la abandonó, aunque Patricio no sabía nada de ese Ángel Malinarich que buscábamos.

Esa noche aclaramos el misterio de la casa Müller, que siempre parecía cambiar de lugar. Óscar Varela, el mejor amigo de Freddy Taberna en Iquique, nos contó, en el transcurso de otras de esas interminables *onces-comidas*, que era cierto que en un principio Demetrio vivió en la esquina de Baquedano y Bulnes —enfrente y en diagonal de la residencia Maine-Nichols—, pero que la mansión Müller había sido expropiada por la municipalidad muchos años atrás, para ampliar la escuela secundaria masculina. El trazado de la antigua mansión todavía podía distinguirse bajo la construcción nueva. Después de eso, Demetrio se mudó a Covadonga, a una casa a pocos metros de la de Óscar, y ahí había muerto Laura. La persona que podía haber resuelto todas nuestras dudas era la madre de Óscar Varela, que había sido tan amiga de Laura, pero también había fallecido varios años atrás, así que... Y así transcurrieron todas nuestras pesquisas, con Patricio y con Óscar y con Ivor y con el Pelao Gavilán, un kinesiólogo dueño de El Galpón, un maravilloso restaurante de Iquique. Otro de los compañeros de Lautaro, otro de los amigos de Freddy Taberna, lleno de información sobre todo lo que tiene que ver con el Norte Grande y repleto de recetas de los platos más innovadores, que combinan exquisitos alimentos nativos con las diferentes cocinas de todo el mundo que habían inundado esa región, comidas delicadas que nos preparó cuatro de las cinco noches que pasamos en Iquique. Pero Gavilán, como los demás, fue incapaz de resolver los acertijos del pasado de Angélica.

Y la única persona que pudimos localizar y que tenía la edad suficiente para recordarlo todo respecto del pasado de los Müller, un abogado de noventa años llamado Raúl Arancibia, que había sido uno de los colegas de Laura en la Corte de Apelaciones de Iquique, rechazó nuestras solicitudes de entrevistarlo. Tal vez, como era pinochetista, prefirió no alternar con una escoria allendista como yo.

Así que volcamos nuestras esperanzas en la banda de los Malinarich, en el inminente almuerzo con el primo Vinko, el agente inmobiliario. El miércoles 22 de mayo, cuando atravesó las puertas de nuestro hotel, noté de inmediato un aire de familia, un cierto parecido con Patricio, el hermano de Angélica. Ella, en cambio, no está tan segura, si bien ostentaba Vinko un rasgo inconfundible de los Malinarich, una frente amplia con entradas profundas, lo que viene a ser una lección viviente sobre la persistencia, por lo menos genética, del pasado, aunque el mismo Vinko, como ya nos había confesado por teléfono, ignore casi totalmente la historia familiar. En el transcurso de la comida de mariscos con que nos agasajó cerca de los mismos muelles en los que sus antepasados y los de Angélica habían desembarcado más de un siglo antes, se volvió cada vez más locuaz y amable. Tal vez se había dado cuenta de que no éramos más que parientes legítimos sin motivos ulteriores para ubicarlo. ¿O pensaría que veníamos a reclamar la fortuna perdida? Capaz de que no existiese tal fortuna. Él no quiso tocar el tema y nosotros tampoco.

Vinko nos dio más bien un tour Malinarich por la ciudad; en otras palabras, una visión de Iquique rebosante de descendientes de los cuatro hermanos Malinarich que emigraron a fines del siglo XIX desde la costa dálmata, aunque ninguno de ellos parecía tener una relación cercana con el Ángel Malinarich que buscábamos. Era difícil seguirles el rastro a todos. La tienda de ortopedia de Carmen Malinarich se destacaba (una Carmen diferente de la que no había respondido nuestros mensajes telefónicos), y Larry Malinarich, un artista que había pintado un mural en el Club Croata, y Yerko Malinarich, capitán de la policía, y, sobre todo, Vinko Malinarich, el autodenominado experto en la genealogía de la familia, en cuya escuela ese otro Vinko nos depositó, antes de salir a toda velocidad en su jeep para cerrar la venta de una propiedad comercial.

El profesor Vinko tenía aspecto agobiado —¿quién no lo tendría?— cuando aparecimos tan inoportunamente. ¿Ello se debería a que esos supuestos primos lejanos irrumpieron en su despacho sin ninguna advertencia previa justo en el momento en que él estaba intentando resolver varias crisis relativas a los niños discapacitados o retardados que estudiaban en su escuela? ¿O escondía su mirada una desconfianza más profunda? En cualquier caso, sugirió que nos reuniéramos en nuestro hotel al día siguiente, digamos a las once, donde nos mostraría los documentos pertinentes.

El día siguiente era el jueves 23 de mayo, y nuestro tiempo en Iquique estaba acabándose, pero, ¿quién más nos iba a ofrendar un mapa genealógico de la familia y por ahí algunas otras claves que nos faltaban? Así que a la mañana siguiente nos instalamos en el hotel para aguardarlo. Las once en punto, y nada. 11:15. 11:20. ¿Y si había decidido no presentarse, si nunca había tenido la intención de venir? ¿Acaso su padre o el abuelo o alguien de su familia había estafado a Ángel Malinarich Pinto cien años atrás y este Vinko y sus hermanos —¿acaso la Carmen que no había respondido nuestras urgentes llamadas telefónicas era la hermana de este Vinko?— esperaban temblando el día en que unos desconocidos de Santiago con su mismo apellido se presentaran a exigir su herencia?

Nuestras sospechas eran infundadas. A las 11:25, el maestro Vinko, con su típica frente Malinarich y una sonrisa bondadosa, apareció disculpándose profusamente en el hall del hotel y procedió a extraer de su maletín un fajo de papeles. En primer lugar, tres largas páginas tamaño folio llenas de más Malinarich, muchas generaciones, de los que podríamos haber analizado en varias sesiones, hijos e hijas, esposas y maridos, todos descendientes de aquellos cuatro hermanos, Frano, Antón, Mateo y Milén, que, aparentemente, llegaron a Iquique en 1890. Y fotografías de familia y una copia de un pasaporte de 1893 otorgado por el imperio austrohúngaro.

La actitud de este pariente que acabábamos de conocer era una curiosa mezcla de gentileza y evasivas. Compartió con generosidad sus averiguaciones, había hecho facsímiles de sus documentos y parecía tener un interés sincero en nuestro propio árbol familiar sumamente incompleto. Algo, sin embargo, no encajaba. Cuando señalé que algunas de las fechas de la llegada de su familia en Iquique no se correspondían con algunas pruebas disponibles en los libros sobre croatas que Angélica había leído con asiduidad, se mostró despectivo, tanto respecto del libro en sí como de la comunidad croata en general, e insistió en que su familia se había negado a que la entrevistaran para ese estudio, que prefería mantenerse en el anonimato, no relacionarse con la descendencia de esos otros inmigrantes. De todas maneras, mantuvo una actitud cordial durante toda la conversación, condimentándola con un montón de anécdotas de su lado de la familia. También nos explicó lo difícil que era conseguir financiación para la educación de los discapacitados y, al final, sugirió que siguiéramos en contacto e intercambiásemos datos en el futuro.

Cuando se marchó, miré a Angélica y luego le eché una mirada a mi reloj. Era nuestra última tarde en Iquique y en dos horas yo tenía que partir a Santa Laura y Humberstone con Julio Valdivia y Senén Durán, pero, dije, si nos apresurábamos podríamos llegar al cementerio. Tal vez las tumbas nos contaran algo que los vivos, por lo menos hasta ahora, no habían sido capaces o no habían querido revelar.

Lo que encontramos fue la tumba de Laura Müller, un pequeño nicho que por lo menos nos entregó una pequeñísima partícula de la información buscada: 1981, el año de su muerte. Pero no había señales de ningún otro miembro de la familia; ni de su padre, Demetrio Müller Bustamante, ni de ninguno de los hermanos o hermanas; ni un rumor de la Julia suicida, y, por cierto, ningún rastro del abuelo aún sin nombre que supuestamente había llegado primero a Perú y después a Chile.

Así que tomamos algunas fotos, nos dimos una vuelta por los senderos registrando las múltiples nacionalidades y lenguas que habían inundado Iquique durante el ciclo del nitrato, la historia entera del Norte Grande concentrada en este único espacio, el pueblo fantasma más definitivo de todos. Y el desierto que seguía influyendo en el reposo de los muertos tal como había dominado su existencia cuando estaban vivos. Las tumbas más antiguas adornadas con flores hechas de papel u oropel bruñido de muchos colores, una manera de honrar a los que fenecen en un lugar que carece de agua o de flores frescas. Y las calles que corrían de norte a sur tenían nombres de oficinas salitreras —Brac, por ejemplo, o Esmeralda, o Alemania—, y las que iban de este a oeste, los nombres de los puertos desde donde se enviaba el nitrato al extranjero, *caletas* como Pisagua o Junín, de manera que aquí también el mar y la pampa se encontraban, se cruzaban en la muerte como lo habían hecho en la vida, todavía luchando por la supremacía tantas décadas más tarde.

Y luego algunas lápidas de los Malinarich: la Familia Malinarich Alecchi en la calle Salitrera Buen Retiro y Guillermo Malinarich (1886-1962) en medio de la calle Caleta Buena, pero ninguna de ellas, ni una sola de las inscripciones, ningún murmullo de las piedras grabadas, divulga los nombres o restos que hemos venido a buscar. Perturbador y significativo y aleccionador pero también reservado es este Cementerio Número Uno, el más antiguo de Iquique.

Y por eso ahora, al día siguiente, en nuestra última mañana, este viernes 24 de mayo, estamos hojeando los pergaminos de este libro de actas que huele a mustio y que no contiene más que los nombres manuscritos de los que nacieron en Iquique a partir de 1885, henos aquí, desesperados por averiguar algo, cualquier cosa, que justifique nuestra peregrinación. De ese primer e imponente tomo desenterramos a dos bebés, Ernestina Malinarich González, nacida en 1888, y Georgina Luisa Müller Díaz, nacida en 1889; y en los volúmenes siguientes más y más Malinarich y Müller llegan al mundo pero nada que no sepamos ya, aquí están todos los niños que finalmente saturaron el cementerio que visitamos ayer, ya sabemos dónde terminó su viaje: en esas tumbas que no tenían nada que decirnos, tal como este registro parece ahora estar burlándose de nosotros.

Pero de todas maneras los polvorientos archivos comienzan a ceder algo, como si fueran pedazos de caliche que estamos pulverizando, comienzan a entregar pedacitos de información, que confirman las historias que contaba la abuela Mercedes: el certificado de nacimiento de la prima Julia, la que se internó en el mar; la conexión peruana de los Müller; el hecho de que Mercedes y Ángel eran en verdad adolescentes cuando se conocieron, ese día cuando Rosa vio a su hermana robarle el hombre que ella amaba.

Pero cuando el Registro Civil cierra —y no podemos volver, tenemos que cumplir nuestras promesas; la Pisagua donde Freddy Taberna fue asesinado nos espera esta misma noche, más al norte— caemos en la cuenta de que nos iremos de Iquique sin haber aclarado ninguno de los grandes misterios que trajimos con nosotros. Ni una mención del primer Müller que cruzó un mar turbulento, ninguna tumba ni certificado de defunción del bisabuelo de los Malinarich que presumiblemente murió de tuberculosis en el desierto y legó a sus herederos una fortuna que finalmente se extravió. Esos hombres, cuyo nombre lleva Angélica, cuya sangre corre por las venas de mis hijos, han desaparecido de la faz de la Tierra como si jamás hubiesen existido. Un destino peor que las ruinas de la más triste de las *salitreras*.

Sin embargo, nos sentimos casi ufanos al alejarnos de Iquique, cuando trepamos por la empinada ladera y nos despedimos de las bulliciosas calles de El Bajo, subimos por la colina que protege este puerto como un dragón, la colina por la que unos niños siguen rodando hacia abajo como deben de haberlo hecho en la época en que los progenitores de Angélica habitaban esta franja de tierra junto a ese mar maravilloso.

Partimos energizados. Gran parte de lo que ha venido repitiéndose a lo largo de las generaciones en el folclore de la familia ha resultado ser minuciosamente exacto y por lo tanto podremos, en el futuro, usar esos datos preservados por una tradición oral para continuar nuestra búsqueda. Nos espera Santiago, donde quizá los certificados de defunción de Mercedes y Rosa nos deparen una o dos sorpresas y donde otros Müller tal vez hayan amparado algún recuerdo, alguna carta. Y nos espera Buenos Aires: por ahí podremos pesquisar a alguien que haya conocido al viejo Ángel Malinarich, o por ventura Carmela Pinto, tan extravagante en su juventud, haya dejado algún recuerdo resplandeciente de su presencia en esa ciudad. Y nos espera Kraljevica: la próxima vez que me inviten al estreno de una de mis obras en Croacia, en vez de poner reparos como he hecho en el pasado, aceptaré y aprovecharemos la oportunidad para que Angélica y yo visitemos la ciudad junto al Adriático que una vez vio a todos esos hermanos y primos y sobrinos y tíos Malinarich partir rumbo a América, es más que seguro que ahí, en Dalmacia, haya registros de relaciones de parentesco, bautismos, defunciones.

Pero sobre todo lo que nos aguarda es Iquique.

Nos hemos enamorado de esta ciudad que también debió de seducir a los antepasados de Angélica. Tanto mi esposa como yo nos hemos sentido irritados con Chile en la última década, aunque siempre pensando más bien en Santiago, con su smog y sus elites envidiosas y sus truncas reformas democráticas y su amnesia persistente y su grandilocuencia mezquina. Santiago nos obliga a recordar en cada una de las grises esquinas de sus congestionadas y frenéticas calles a el país con que alguna vez habíamos soñado, una sórdida insinuación de la forma en que el tiempo y la historia nos han negado esos sueños. Iquique, en cambio, es una ciudad abierta y generosa, que nos ha dado una bienvenida fantástica, donde hemos dejado amigos nuevos e invitaciones para regresar, y Angélica en particular ha percibido aquí una calidez que había echado de menos en tantos regresos nuestros del exilio. Pero esta historia de amor con Iquique tiene más motivos que la amabilidad de sus habitantes o el ritmo de vida o las playas paradisíacas o su temperatura perfecta. El doloroso abismo que separa a Angélica de su pasado ha sido reparado, la barrera que le impedía explorar y aceptar su origen. Quizás ese reconocimiento de Iquique como una ciudad que le pertenece como le había pertenecido a los hombres y mujeres que la engendraron sea más significativo que el nombre de tal o cual antepasado o el lugar de nacimiento o de entierro de aquel otro. El pasado siempre será incompleto. Hasta es saludable que una parte de él permanezca misteriosa y distante. Casi parece justo que se dejen los pueblos fantasma en manos de los fantasmas en vez de tratar de arrancarles hasta el último secreto y fingir que podemos entender plenamente lo que, después de todo, ha muerto y desaparecido. Estamos condenados a dejar sin luz muchas de las franjas oscuras de la historia que nos forjó, a descartar los escombros de nuestra propia vida. Pero les debemos a aquellos que estuvieron antes y también a quienes vendrán después y tratarán de reconstruir el legado que les dejamos, les debemos por lo menos el intento.

La última vez que un Malinarich trepó esta colina con rumbo al desierto fue noventa años atrás, cuando Ángel Malinarich llevó a su novia, Mercedes Müller Bustamante, en un viaje a Santiago del que ninguno de los dos regresaría.

No estoy seguro de si mi querida Angélica Malinarich volverá alguna vez a Iquique, como ha jurado hacerlo, pero sí sé que, en más de un sentido, ha regresado a su hogar.

## AL ENCUENTRO DE FREDDY

*Sábado, 25 de mayo de 2002. Pisagua*

Me encuentro frente a la celda donde Freddy Taberna pasó su última noche en la Tierra; estoy aquí, en esta cárcel de Pisagua donde el comandante militar informó a mi amigo Freddy que al amanecer del día siguiente un pelotón de fusilamiento lo iba a ejecutar; recuerdo a Freddy en esta cárcel que, muchos años después de su muerte, se ha convertido en el único hotel de Pisagua.

Un hotel construido en el edificio del antiguo presidio; un hotel donde se encarceló a cientos de prisioneros políticos después del golpe de 1973. El hotel donde Angélica y yo dormimos anoche.

Pisagua siempre tuvo una resonancia maligna en mi cabeza, como un lugar contaminado, un puerto maldito por la historia. Durante milenios, tal como en Arica, sus habitantes fueron los indios changos, antes de que llegaran los españoles, y en la época del auge del nitrato era tan próspera como Iquique, visitada por científicos ilustres como Darwin y por infames bucaneros como Drake.

Y la única razón por la que no se convirtió en un pueblo fantasma después de la quiebra de las *salitreras* fue porque pudo comercializar el único producto que existía allí en más abundancia que en cualquier otro lugar de un Norte Grande ya de por sí incomunicado: su extremo, casi abyecto aislamiento. A finales de la década de los veinte el gobierno construyó una pequeña penitenciaría cuyos gruesos muros eran un impedimento mucho menor a las fugas que los abruptos acantilados que la rodeaban y el inmisericorde desierto que se extendía más allá, de manera que todo el pueblo podía considerarse una prisión militar, lo que significaba que también era un lugar ideal para librarse de los opositores políticos. Este uso de un puerto otrora floreciente, que llegaría a su punto culminante con la condena de miles de defensores de Allende a partir de 1973, comenzó tímidamente con unas cuantas docenas de alemanes y simpatizantes de los nazis en la segunda guerra mundial.

Pero a fines de los cuarenta, a comienzos de la Guerra Fría, las cosas se pusieron más serias cuando el presidente Gabriel González Videla ordenó la construcción de un campo de concentración para formidables contingentes de comunistas. Y ese episodio fue particularmente repugnante no sólo porque el comandante del campo no era otro que Augusto Pinochet, en aquel entonces capitán del ejército (preparándose, sin duda, para su futuro papel de dictador de Chile) sino también porque González Videla encerró en Pisagua a sus antiguos partidarios, los mismos que habían contribuido a su triunfo electoral y que habían sido aliados durante los primeros años de su gobierno, llegando incluso a perseguir a sus propios amigos. Esa era una de las razones por las que Angélica puso reparos en acompañarme a esta parte del viaje. Su propio padre, muy activo políticamente, había evitado de milagro que lo mandaran a Pisagua porque pudo escaparse cuando unos hombres de civil fueron a buscarlo a su casa en plena noche. Fueron a buscarlo aunque González Videla era su padrino y había vivido gratis en la casa de la abuela Carmela Pinto cuando llegó a Santiago a estudiar abogacía en 1916, el mismo año en que nació el padre de Angélica.

El disgusto de Angélica respecto de esta visita a Pisagua también podría relacionarse con causas más inmediatas. Le habían contado que para llegar a ese pueblo había que descender por una ladera muy empinada y extremadamente peligrosa, y no hay nada que mi mujer tema más que los caminos de montaña con muchas vueltas y curvas. La convencí de que no había razón para alarmarse pero al mismo tiempo la preparé para un trayecto difícil. Claro que yo no sabía, ni había visto antes en un viaje ya de por sí saturado de paisajes áridos, que iba a encontrarme con un panorama tan abrasador como ése. En los cincuenta kilómetros siguientes después de salirnos de la carretera principal que va de Iquique a Arica, no vimos, salvo las ruinas lejanas de una aldea a un costado de un camino plagado de baches, ninguna señal de actividad humana. ¿Un camino? Llamarlo así es demasiado generoso de mi parte. Un grupo de tajos apenas unidos entre sí por un proyecto de pavimento. Pero sin embargo —triste consuelo— me dije que se trataba de una experiencia valiosa: ¿de qué otra manera podríamos darnos cuenta de lo terrorífico que puede ser ese desierto cuando uno se desvía de la carretera principal, cómo experimentar una mínima insinuación de lo que sintieron los primeros exploradores cuando marchaban hacia Pisagua? Y después de que atravesamos agitadamente por esas dunas de arenilla, con el parabrisas preñado de polvo y casi cegados por un sol naranja que se ponía rápidamente, comenzamos a bajar, seguros de que el auto iba a desintegrarse, cada vez más abajo por un temible barranco que no nos llevó, como esperábamos, al mar, sino a la cima de un escarpado acantilado. Y abajo, a lo lejos, en el extremo de un precipicio de un kilómetro y medio de altura, se vislumbraba un indeciso par de calles con dos filas de alrededor de cincuenta casas aferradas a la orilla, como si sus residentes no supieran qué era más alarmante, la turbulenta montaña o el mar salvaje. Pero ése sería nuestro dudoso refugio y nos urgía alcanzarlo con la máxima celeridad: rugiendo desde el sur y desde el océano se aproximaba un enorme banco de nubes blancas que se desplomaban sobre la bahía y el pueblo, una bruma gruesa y densa y maliciosa arrastrándose hacia abajo, una lluvia de niebla, si es que algo así existe, que caía como una catarata, una avalancha de niebla que descendía como sumergiéndose, como la oscura garra de Dios, y amenazaba con tragarse el angosto y serpenteante camino en zigzag tallado entre las rocas, amenazaba con engullirnos junto con el auto antes de que llegáramos al ambiguo santuario de la explanada. Esa fue nuestra bienvenida a Pisagua: la niebla que cubrió ese simulacro de pueblo cinco minutos después de nuestra llegada y que casi nos impidió apreciar la extraña belleza de ese puerto de ciento cincuenta almas que una vez fue el orgullo de la industria del nitrato, adonde llegaban compañías de ópera de Milán y donde Sarah Bernhardt recitó a Racine; una lengua de tierra que sigue soñando con la época en que sus edificios no estaban en ruinas y caballeros británicos escoltaban a damas con parasoles y encaje blanco bajo las magníficas palmeras tropicales y los inmensos árboles nudosos que aún hoy bordean su costa.

Pero nos aguardaba un recibimiento mucho más fatídico.

Después de abrirnos camino a tientas por esa bruma deprimente, sin poder hallar, por muchas veces que pasáramos por su lado, el único hotel de Pisagua, por fin conseguimos estacionar frente a lo que parecía la fachada de una espléndida y muy alta mansión victoriana de dos plantas, flanqueada en la parte trasera por una horrible edificación de cemento, húmeda y oscura, que recordaba la arquitectura de los proyectos de viviendas públicas más deprimentes. No había ninguna luz encendida, ni la más mínima promesa de que estuviera habitada por seres humanos. Golpeé a la enorme puerta mientras Angélica me miraba con expresión de reproche desde nuestro vehículo. Nadie respondió.

—¿Estás seguro de que hay alguien? —gritó Angélica.

Ya me había advertido que no pensaba regresar por ese acantilado con la niebla y de noche.

No le contesté. No podía estar del todo seguro de que alguien viniera a recibirnos. Me habían dicho que en ocasiones el hotel estaba cerrado —lo que no era extraño, ya que a veces transcurrían semanas enteras sin que nadie acudiera—, pero las reservas las había hecho Natalia Varela, la poderosa jefa de turismo de la región de Tarapacá y amiga de Sergio Bitar que nos había ayudado a planear nuestra estadía en Iquique, asegurándonos que los dueños habían decidido abrirlo especialmente para nosotros. ¿Pero y si había surgido algún inconveniente, alguna confusión con la fecha, algún problema de último momento? Tal vez en lugar de dormir en la prisión adonde habían enviado a

Freddy y a su hermano y a Óscar Varela y a tantos otros, tendríamos que acampar entre las rocas y las ruinas. ¿Y quién sabía si eso no sería una solución más acertada, un poco menos ominosa y sombría, un homenaje más apropiado a nuestro amigo asesinado?

*Pisagua.*

Volví a golpear.

Ruidos en el interior. Una luz mortecina chisporroteó en el vestíbulo y la puerta se abrió como un bostezo. Allí, de pie, apareció un chiquito con el pelo al rape que no podría haber tenido más de cinco o seis años. Me miró con insolencia, sin decir palabra.

—¿Está tu mamá?

El niño gritó, «Mamaaaa», y una voz femenina respondió desde el interior, seguida poco después de una mujer joven, rubia y atractiva, de alrededor de veinticinco años, que nos informó que nos estaba esperando y nos dijo que diéramos la vuelta por la calle lateral, y que dejáramos el auto ahí, donde estaría seguro.

En ese momento Angélica se acercó y, tratando de fingir que esa era la más normal de las visitas y que ese era el más común de los hoteles, le hizo al niño la pregunta que siempre se les hace a los niños para romper el hielo:

—Y tú, ¿cómo te llamas?

Y la respuesta, antes de que él desapareciera en la oscura caverna del hotel:

—Augusto.

Nos miramos con más perturbación que si él hubiese dicho Drácula. Cualquiera que en Chile bautice a uno de sus hijos con el nombre del ex tirano tiene que ser un verdadero fanático, la clase de persona que preferiríamos evitar. Y más aún en este lugar, donde hace casi treinta años uno de nuestros amigos oyó su sentencia de muerte pronunciada por un tribunal militar que actuaba bajo las órdenes del hombre cuyo nombre de pila este niño porta con tanto orgullo.

Y así penetramos en ese hotel con resquemor, como si las sombras mismas estuviesen dispuestas a atacarnos, preparados para lo que sin duda sería una noche insoportable.

Todo lo contrario. El hotel, muy bien restaurado, ocupa el edificio de la vieja administración adosada a la colonia penal y los cuartos de la planta baja todavía mantienen muchas de las características de la época en que el immueble se construyó y amobló, la cámara presidida por un juez, el despacho que funcionó como Registro Civil de Pisagua en tiempos mejores, la sala de recreación para los guardianes y oficiales donde el pequeño Augusto pasa hora tras hora hipnotizado por una pantalla atiborrada de dibujos animados bélicos. Todavía más encantador es el patio interior, con una frondosa buganvilla y plantas y flores semitropicales, rodeado por una galería, donde bebemos un muy necesario *pisco sour* mientras echamos un vistazo a un montón de objetos antiguos allí exhibidos. Frascos de viejas farmacias y toda clase de candados y cangrejos embalsamados. Vitrolas y cámaras del siglo XIX y máquinas de escribir arruinadas y relojes que ya no funcionan. De hecho, el hotel está repleto de relojes vetustos, cada uno parado a una hora diferente. Y algunos afiches de izquierda, de Neruda y Violeta Parra y Víctor Jara, como si los decoradores quisieran que los invitados comprendieran que ellos no eran los responsables de los horrores que pudieron haber ocurrido en la penitenciaria que se agazapa al fondo. Y dispersos por todas partes, recuerdos de las *salitreras* como los que yo había visto en la Casa de Administración de Santa Laura, fichas, utensilios, fotografías, calcetines de lana que protegían a los trabajadores del agua hirviendo de las tinas. Nuestra anfitriona se mostró hospitalaria y parecía dueña de una ingenuidad suprema. Afirmó que ésa no era una mala manera de ganarse la vida, en un lugar que, sostenía, era sano para su hijo y donde su marido —que se había ausentado, gracias a Dios, por razones de trabajo— podía nadar todo lo que quisiera. Nos sirvió una cena excelente a un precio módico antes de conducirnos a nuestra habitación, en la planta alta, por una escalera que hedía —no estoy inventándolo— a un animal muerto, alguna rata que estaría descomponiéndose debajo de las tablas. Un cadáver, un cadáver, de pronto entré en pánico invadido por los recuerdos que ocultaba ese sitio. Pero el resto del hotel estaba limpio y silencioso, si se hacía caso omiso de los alaridos inagotables de un loro blanco que daba saltos dentro de una jaula gigantesca en el patio. Y nuestro dormitorio, con sus paredes altas y un vestidor antiguo y un catre crujiente, le recordó a Angélica la habitación de la casa de campo donde pasó la mayor parte de su niñez y una buena parte de su adolescencia como en un sueño. Así que no tardó mucho en quedarse dormida, exhausta por un día que había comenzado en el Registro Civil de Iquique para seguir con esas largas horas de travesía del desierto y el descenso final al infierno de Pisagua.

Yo tenía cosas que hacer antes de acostarme, antes de cerrar los ojos.

Bajé hacia el mar —a unos pocos metros de distancia— y me dediqué a mis ejercicios de yoga, respirando y espirando en silencio e intentando, con mucha deliberación, concentrarme en Freddy. Su celda estaba justo a mis espaldas, un poco más arriba de la bruma nocturna que flotaba en los árboles, que goteaba de las hojas de los árboles. Esto es lo que debe de haber oído Freddy en su última noche y si estoy seguro de algo es de que no durmió, sin duda se quedó escuchando estos sonidos, las olas y los guijarros arrastrados por la marea, el lamento *pi-pi-pi* de las gaviotas, los ladridos monótonos de los perros, las súplicas del viento. Respiré la demencia de estar aquí, de que yo estuviera vivo y él muerto, la yuxtaposición y el contraste de la belleza y el horror, de la normalidad y la aberración, lo que me descorazona y me asombra y me fascina, el hecho de que hayamos podido disfrutar de la cena y sentir al mismo tiempo la perturbadora presencia, merodeando por las orillas de nuestra atención, de ese bloque de cemento cercano que había albergado a tantos hombres desesperados durante tantas horas desesperadas.

¿Cómo era posible que Freddy hubiera terminado aquí, escuchando este mismo mar en sus últimas horas en este planeta que habíamos compartido con tanta alegría y esperanza?

Estas últimas semanas me sentí más cerca de Freddy; desanduve y rastrée los pasos que lo habían traído aquí y terminé conociéndolo mucho mejor en la muerte que cuando estaba vivo. Todo comenzó con una conversación de tres horas con su viuda, Jinny, en Santiago, y continuó con las extensas reminiscencias que me aportaron Lautaro en San Pedro de Atacama y Óscar Varela y su esposa, Leyla, en Iquique, más los fragmentos de información reunidos en casi todos los encuentros casuales, cuando conversé con el senador Ricardo Núñez y con Ivor Ostoijic y Sergio Bitar y Senén Durán y Sergio González y Guillermo Ross-Murray Lay-Kim. Parecía que todos aquellos que conocíamos tenían alguna historia de Freddy Taberna, y el relato más crucial de todos lo oí entre el estrépito de las mesas de ruleta del casino de Iquique, la noche antes de que Angélica y yo nos fuéramos de la ciudad, la noche en que por fin encontré a Pichón Taberna, el medio hermano de Freddy, la última persona con la que habló antes de morir.

Siempre supe, desde el momento en que Freddy y yo nos conocimos, que él era un ser humano excepcional, pero es ahora, en mi viaje de Santiago a Pisagua en busca del lugar y las circunstancias de su ejecución, cuando empieza a surgir una imagen verdadera de su saga, incluso más extraordinaria de lo que yo sospechaba en nuestros años de juventud.

*Iquique: Oscar Varela y su esposa, Leyla, con una fotografía de Freddy y Jinny de cuando vivían en Iquique.*

Freddy había sido hijo ilegítimo, criado principalmente por Justina, su abuela peruana, y sus tíos pescadores, y habría sufrido el destino, como la mayoría de los niños pobres que lo rodeaban en las calles de Iquique, de pasarse la vida sacando *mariscos* del mar, si no hubiera sentido la necesidad, a una edad muy temprana, de leer todos los libros que pudiera agenciarse. Esos eran los dos mundos que siempre lo acompañaban: por un lado, el ámbito pendenciero de las luchas callejeras y los improperios y el no saber de dónde vendría la comida siguiente; y, por el otro, el reino elevado del intelecto y la revolución. Dos mundos que Freddy nunca tuvo problemas en reconciliar o, por lo menos, yuxtaponer, desde que era niño. Jinny me había hablado de una roca, cerca de una de las ensenadas de Iquique, un peñasco inmenso, oscuro y escarpado al que yo trepé hace unos días y donde cada amanecer Freddy hacía los deberes. Era su escritorio al aire libre. Pero también lo usaba para abrir a golpes los mariscos que atrapaba en esa misma bahía poco después de terminar las tareas escolares y que muchas veces constituirían el único alimento del día. Jamás intentó ocultar quién era ni de dónde provenía, jamás trató de cambiar su imagen, como Eliza Doolittle, de parecer lo que no era. Yo mismo lo vi, en la época de nuestras exitosas campañas del Centro de Estudiantes, atacar a sus adversarios con las más flagrantes vulgaridades y de pronto pasar a los más sofisticados argumentos filosóficos marxistas. Ese ir y venir entre la redacción de complejos ensayos sobre los indios aimara y su influencia en el Norte Grande y la profunda comprensión de la vida empobrecida y analfabeta que sufría la mayor parte de los chilenos había sido muy útil en nuestro trabajo político en los barrios pobres de Santiago, pero yo no había previsto —en realidad, ni siquiera lo sabía— cómo tal entrecruzamiento influía en la imagen que de él se iba armando en su Iquique natal. Fue el primer niño de clase trabajadora del barrio que había llegado a la universidad y se había convertido en una leyenda; cada verano, cuando regresaba a su ciudad —para trabajar en oficios menores y continuar sus expediciones al mar en busca de alimento—, un grupo de jóvenes esperaba siempre su tren, lo seguía por todas partes como si fuera un campeón de boxeo. Según Senén Durán, ese carisma le permitió un verano convocar a todos los expertos en la palabra «Iquique» y encerrarlos en una sala y negarles alimento —¡pero no bebida!— hasta que no hubieran llegado a la conclusión unánime de que esa denominación se derivaba del aimara y se refería al sitio donde pernoctan las aves marinas.

Así era Freddy: popular y cerebral, gracioso y analítico, enérgico y valiente, amable con la gente modesta y cómodo en el medio académico, siempre dispuesto a luchar con los puños y también con la boca. Casi bilingüe, a su manera, pasando sin esfuerzo del idioma de un niño de la calle al del investigador universitario. Tengo plena conciencia del riesgo que se corre de idealizar a alguien desde la peligrosa distancia de la muerte. Por supuesto que tuve diferencias con él en aquel entonces y que tal vez las tendría ahora si nos sentáramos a discutir con el fervor de nuestros días de estudiantes. Él siempre me había parecido, a pesar de que demostraba una veneración verdadera por la democracia y por Allende en particular, excesivamente obsesionado con la idea de que la violencia armada era la única vía para que los pobres pudieran cambiar su situación, a pesar de que nuestra revolución chilena hubiera proclamado un camino pacífico al socialismo. Un proceso revolucionario que, precisamente, le daría a mi amigo un espacio para madurar y crecer, mostrar su talento de líder natural. Pero Freddy no era una anomalía en un país donde toda la clase trabajadora a la que él pertenecía estaba saliendo de la pobreza y del desamparo y había empezado a acceder al gobierno con la victoria de Allende en 1970, el primer presidente de Chile que puso a un obrero textil como ministro del Trabajo y a un campesino como ministro de Agricultura. Y que convirtió a Freddy Taberna, a los veintisiete años, cuando ya había regresado a Iquique, en uno de los hombres más poderosos del Norte Grande, presidente provincial del partido socialista y a la vez a cargo de Odeplán, que funcionaba a modo de un Ministerio de Desarrollo Económico para esa región.

De hecho, ese importante puesto iba a presentarle un desafío que revela, tal vez más que cualquier otro incidente, su calibre como ser humano. «Un día —me contó Jinny en Santiago—, debe de haber sido en 1972, sonó el timbre en casa y abrí la puerta y allí, frente a mí, estaba el padre de Freddy.» Lo había reconocido porque en otra ocasión, cuando estaban en la calle pocos meses después de que en 1967 se trasladaran a Iquique, Freddy le señaló a un hombre: «¿Ves a ese tipo que está allá? Es mi padre.» Ella se quedó estupefacta. «¿Así que sabes quién es?», le preguntó. «Nunca lo he saludado», respondió Freddy. Jinny le sugirió que se acercara a ese hombre que había abandonado a su madre y que jamás había demostrado interés por él, el padre que era dueño de un par de camiones pero que nunca le había ofrecido a su hijo el más mínimo apoyo. Freddy se negó siquiera a darle la mano; se limitó a encogerse de hombros. «A mí me da lo mismo. Nunca hablé con él; no necesito hacerlo ahora.»

«Y allí estaba —me contó Jinny—. El padre de Freddy me preguntó: "¿Se encuentra *el señor Taberna?*". Le dije que esperara, fui a buscar a Freddy y le dije: "Vino tu papá. Está en la puerta". "¿Qué quiere?" "Preguntó por el *señor Taberna.*" Había llamado a Freddy por el apellido de su padrastro, el apellido que Freddy había tomado del hombre que lo había adoptado.

»"¿Qué puedo hacer por usted?". —Freddy lo hizo pasar, le indicó que se sentara, le preguntó en qué podía ayudarlo. Era típico de Freddy: comprender a los demás, entender lo que estaban viviendo, tranquilizar a su propio padre, no juzgarlo. El padre dijo que en realidad no había querido molestar *al señor Taberna*, y agregó con mucha timidez que tenía algunos problemas.»

En esa época, el bloqueo económico de Estados Unidos contra el gobierno de Allende sumado al sabotaje interno había creado una significativa escasez de repuestos de máquinas y vehículos; y el Odeplán, que dirigía Freddy, determinaba la distribución de esos valiosos repuestos. Jinny los observó desde un rincón de la sala, sin percibir que entre ellos hubiera nada especial. Hablaban como dos adultos que no se habían visto antes, dos desconocidos sin nada en particular que los uniera, sin alusiones a las numerosas ocasiones en que el padre había visto al hijo limpiar botes de pesca, encerar pisos, limpiar ventanas, en que se cruzó con el muchacho por la calle sin brindarle siquiera un gesto de reconocimiento. «Después de que su padre se fuera —continuó Jinny—, le dije a Freddy que lo mandara a *la punta del cerro* [un equivalente a mandarlo a la mierda]. "De ninguna manera —dijo Freddy—. Lo voy a ayudar, como ayudaría a cualquiera que estuviera necesitado"».

Freddy, tan desprendido y generoso.

Lo que no debe confundirse con blandura, suponer que él fuera dócil o amable con los enemigos de la revolución. En esos tiempos tensos y agresivos, cuando el golpe militar era inminente, Freddy se creó muchos enemigos y se lo consideraba uno de los militantes más temibles del gobierno local. De hecho, un amigo de Antofagasta —Eugenio Ruiz Tagle, que sufriría torturas y mutilaciones espantosas después del golpe— le había advertido que el ejército planeaba matarlo si tomaban el poder. Eugenio había escuchado, en un avión, al general Forestier, el comandante regional, mencionar a Freddy Taberna como el primero que tendrían que eliminar.

Cuando oí esa historia, primero de boca de Jinny y más tarde por Lautaro Núñez, me pregunté si Pinochet no habría estado detrás de esa decisión, si no habría alguna prueba o rumor de la participación del dictador en la ejecución de Freddy, y tanto Jinny como Lautaro respondieron que lo único que tenían eran sospechas.

Pero resultó cierto que Pinochet había dado la orden de asesinar a Freddy, una responsabilidad que Angélica y yo descubrimos por pura casualidad en este viaje. Y la informante fue, por extraño que parezca, Laura Müller, la tía de Angélica. Había sido amiga de la familia Pinochet; los visitaba con frecuencia y jugaba al *bridge* con la esposa del futuro dictador, Lucía Hiriart, a principios de los años sesenta, cuando *el general* estaba a cargo del regimiento local de Iquique y Laura era jueza de la Corte de Apelaciones. Y más tarde, cuando Pinochet era el hombre fuerte de Chile y viajaba a Iquique —¡su ciudad favorita de todo el mundo!—, a mediados de los setenta, Laura y el dictador se reunían, al parecer en términos cordiales, según nuestro nuevo amigo Ivor que, la noche que cenamos en su casa, nos relató la versión de Laura acerca de esa conversación.

Aunque Ivor no quería herir a Laura trayendo a colación ese pasado doloroso, no se contuvo y le preguntó cómo podía sentarse ella a compartir algo con el dictador de Chile cuando su propio hijo Fernando había muerto en... Ivor usó la expresión *condiciones extrañas*, una forma prudente de aludir al asesinato de Fernando.

La respuesta de Laura a Ivor le hizo darse cuenta de que ella se encontraba en estado de negación, rehusaba culpar a los militares por la muerte de su hijo casi ciego, Fernando, pocos años después del golpe. Laura cambió de tema. «Aproveché la oportunidad para preguntarle otra cosa a Pinochet —dijo ella—. Le pregunté: ¿Por qué mató usted a Freddy Taberna?»

Ivor nos explicó que Laura Müller había conocido a Freddy desde que era un chiquillo, que siempre se había fijado en él y que le había caído muy bien. O a lo mejor en realidad quería saber de su hijo, quiso preguntar por Fernando y en cambio terminó haciendo averiguaciones sobre Freddy.

Sea como sea, Pinochet no era un hombre afecto a las sutilezas de la interpretación, y respondió: «¿Y qué diablos querías que hiciera, Laurita? ¿Esperar que se pusiera al frente de la resistencia, que se alzara en armas y dirigiera una revuelta contra de mí? Tú sabes la clase de dirigente en la que se habría transformado. *Tuve que matarlo*».

Aunque no resultó tan fácil.

El día del golpe, el 11 de septiembre de 1973, Freddy pasó a la clandestinidad. Iba de una casa a otra e intentaba ocultar su físico imponente. Era alto, delgado, extremadamente ágil y musculoso, con unos rasgos característicos que yo siempre creí eran más que nada indígenas, pero en este viaje descubrí que se debían mucho más a su abuela materna de origen croata. En cualquier caso, Freddy era muy fácil de reconocer, incluso después de afeitarse su descuidada barba y de recortarse el cabello. Si los militares, a pesar de su búsqueda incesante, no pudieron encontrarlo fue porque finalmente encontró refugio con los padres oblatos, miembros de la misma orden sacerdotal que había creado en la década de los treinta, en Humberstone, el primer kindergarten de las pampas, y cuyo padre superior, un ciudadano canadiense, pagaría caro haber acogido a Freddy. El ejército lo arrestó, lo llevó a la frontera peruana y lo arrojaron al otro lado. Allí, en Tacna, ese sacerdote lloró por la pérdida del país que había llegado a considerar suyo.

El destino de Freddy, desde luego, sería peor que el exilio. Se vio obligado a entregarse cuando el ejército arrestó a Jinny seis días después del golpe y difundió el rumor falso de que la violaban a mansalva en el regimiento local mientras sus dos hijos, Nacho (de tres años) y Daniela (de uno) vivían en un abandono completo (tampoco era cierto, puesto que se habían ocupado de ellos primero Óscar Varela y su esposa y más tarde la madre y la hermana de Jinny, que habían venido desde La Serena, su ciudad natal, para colaborar).

Liberaron a Jinny cuando Freddy fue arrestado, aunque volvieron a detenerla al poco tiempo. Pero antes consiguió un abogado que aceptó defender a su marido, una tarea complicada, puesto que Freddy estaba incomunicado en una suerte de caseta de metal, asándose bajo el caliente sol de Iquique, donde lo torturaban durante días enteros. Antes de que los militares vinieran a buscarla, pudo ver a Freddy una última vez. Desde lejos. Ella estaba esperando fuera del cuartel militar donde llevaban a Freddy para sus interrogatorios cotidianos y su paciencia había sido recompensada, ya que un día alcanzó a vislumbrarlo. Jinny gritó y Freddy giró la cabeza y le sonrió, haciendo un gesto con la mano como diciendo, estoy bien, cuídate.

Pero él era quien necesitaba cuidarse.

Él fue el que terminó, un mes más tarde, aquí, en Pisagua, acusado de sedición y traición a la patria ante un tribunal militar. Para empeorar las cosas, el *fiscal militar* no era otro que Mario Acuña, un hombre a quien Freddy había tachado públicamente de delincuente pocas semanas antes del golpe, un conocido traficante de drogas que también se dedicaba al contrabando y al mercado negro en esos tiempos de turbulencia económica. Acuña ya había empezado a cobrarse la deuda. A Óscar Varela —un experto en pesca, sin filiación política, a quien habían arrestado y enviado a Pisagua sólo por ser amigo de Freddy— se le permitía ir a la bahía todas las mañanas con un sargento para zambullirse en busca de mariscos, un manjar muy apreciado por los oficiales militares, y desde ese lugar estratégico pudo presenciar la ejecución, al otro lado de la bahía, de cuatro presos, cuyo único pecado había sido ser cómplices de Acuña en el narcotráfico y testigos de sus crímenes.

Y ahora Acuña tenía a Freddy Taberna a su merced.

Y casi treinta años más tarde, aquí me encontraba, visitando el lugar donde se anunció el veredicto de Freddy, donde él se despidió de su hermano, donde tuvo que prepararse para el destino que le esperaba.

Desde que decidí venir al Norte Grande para escribir este libro, yo había previsto mi propia noche aquí en Pisagua; pensé que a lo mejor iba a pasar las horas hasta el amanecer en estado de vigilia, observando la prisión desde fuera, o desde el interior del hotel, separado apenas por un par de metros de la cárcel donde había estado Freddy, por nada más significativo que una baranda. Me había preparado para una especie de ceremonia de duelo. Pero cuando subí los escalones hacia mi cuarto —y, de nuevo me inundó esa oleada de fetidez, ese efluvio de putrefacción— tuve una visión de Freddy riéndose de mí, diciéndome «*no séai huevón*», no seas tonto, necesitas

Hotel Pisagua: la dueña del hotel en la puerta de su cocina, en el antiguo patio de la prisión.

guardar energía para mañana, Ariel, y yo le sonreí y caí dormido, sin soñar, y me desperté este sábado en que exploraré las cercanías de la prisión antes de orillar la ancha bahía en dirección del cementerio en el que Freddy se enfrentó al pelotón de fusilamiento.

Este, entonces, es el patio central cuadrangular donde, la noche del 29 de octubre de 1973, a las diez en punto, el teniente coronel Ramón Larraín les habló a los prisioneros y exigió su atención. «Estábamos encerrados en las celdas del último piso —nos explicó Varela en su casa de Iquique—, así que no podíamos ver al oficial, por más que nos apretáramos contra las rejas. Tampoco a Freddy ni a los demás.»

Angélica y yo subimos por las escaleras de madera hasta el tercer piso de la cárcel y entendimos a qué se refería Óscar. Las celdas, atestadas —quinientos prisioneros políticos en una penitenciaría pensada para sesenta convictos—, están a medio metro de los pasillos y del enrejado que rodea el interior de la prisión y que da al espacio vacío sobre el patio interno desde donde Larraín comenzó a anunciar las sentencias dictadas por los tribunales militares. Estiro el cuello; intento ver lo que esos hombres pudieron haber visto: sólo el incongruente hotel se divisaba desde aquí, con la buganvilla gloriosamente florecida. Así que esos quinientos hombres se vieron obligados a usar tan sólo el oído cuando Larraín gritaba los nombres de los diez rehenes que serían ejecutados al amanecer del día siguiente; se habían quedado muy callados, tratando de escuchar cuál sería la reacción de los diez condenados que estaban formados más abajo, en el patio, pero no había surgido ningún otro sonido en ese vacío. «A lo mejor —dijo Óscar—, ahora que lo pienso, Freddy todavía estaba en su celda.» Y cuando Larraín regresó media hora más tarde y declaró que había conseguido conmutar seis de las diez sentencias a prisión perpetua, hubo esperanzas de que, finalmente, Freddy y sus tres compañeros también se salvaran.

Pero unos pocos minutos después unos soldados comenzaron a pegar unas cruces, hechas con tiras de plástico, en la pared junto a cada celda; los reclutas intentaban evitar los ojos de los prisioneros. Entonces, desde el fondo de las escaleras, desde el patio donde Larraín había hecho el anuncio, se oyó subir la voz del capellán militar que había llegado en avión esa mañana, ofreciendo una misa por los cuatro hombres que iban a morir, oraciones que escuchaban los mismos prisioneros desde los pequeños cubículos donde los tenían incomunicados.

Hacia allí nos aventuramos Angélica y yo. Nos dirigimos a la planta baja, nos volvemos a parar frente a esa gran puerta que conduce al recinto que, según Pichón, había ocupado Freddy. Aquella noche, esa puerta solitaria había estado bien cerrada, pero ahora se abre sin sonido alguno y yo ingreso en ese cuarto ordenado y pintado de colores claros, cierro la puerta, contemplo la luz que entra por sus rejas verticales. Demasiado altas para que Freddy pudiera haber mirado hacia fuera. Tampoco podría haberse levantado para ver a través de la ventana grande de la pared del fondo, desde donde ahora sopla el sonido del mar. Tal vez esa noche hubo una brisa, como hoy.

Desde este preciso rincón del mundo, Freddy había comenzado a cantar. Óscar Varela nos dijo que durante toda la noche se oyeron sus canciones. Los otros tres condenados se habían quedado más bien callados. Larraín les había dado papel y pluma para que escribiesen cartas a

*Hotel Pisagua: la celda de Freddy Taberna.*

sus seres queridos. Pero Freddy no aceptó aquella oferta de su carcelero. Según Jinny, no quiso que ella se pasara el resto de la vida leyendo la última carta que él había escrito. Le envió un mensaje: «que yo supiera cuánto me amaba». La voz de Jinny, cuando me contó esta historia en Santiago, estaba tan calmada como aquella primera vez en el Toronto de nuestro exilio común, cuando hablamos a principios de los ochenta. «Y que él sabía que yo sufriría mucho por su muerte, sabía que iba a ser duro. Pero que yo era una mujer fuerte y encontraría a un compañero mejor que él con quien compartir mi vida. *Que me acordara de los dos juntos, así como habíamos vivido.*»

Sabemos que esas fueron las últimas palabras de Freddy a su esposa, solamente porque un soldado le ordenó de su medio hermano Pichón que saliera de su celda poco antes de la medianoche de aquel 29 de octubre.

—Taberna, Héctor Taberna.
—¡*Presente!*
—Su hermano quiere hablar con usted.

Pichón me contó esa conversación de despedida con Freddy hace dos días, mi última noche en Iquique, el jueves 23 de mayo. Fue difícil encontrarnos porque Héctor Taberna duerme de día y trabaja de inspector en el casino hasta el amanecer, un trabajo que pudo conseguir sólo cuando se reinstauró la democracia en Chile puesto que durante los diecisiete años de la dictadura había figurado sistemáticamente en las listas negras de las autoridades, dijo, debido a sus lazos de sangre con Freddy. Así que terminamos viéndonos en el casino, sólo él y yo. Angélica había insistido en que fuera solo, que Pichón estaría más comunicativo así. Como es habitual, ella tenía razón; una de las primeras cosas que Pichón me dijo fue que había hablado con la fotografía de Freddy esa noche, antes de salir a trabajar. «Voy a ver a tu viejo amigo, Ariel Dorfman», le dijo. Se trataba de un ritual perfeccionado a lo largo de los años: hablaba con Freddy cada vez que salía, esperando que eso le trajera suerte. Siempre había sentido admiración por ese hermano seis años mayor que él que había logrado lo que ninguna otra persona de Iquique se atrevía siquiera a soñar: un pescador pobre que obtuvo un título universitario y que había sido uno de los geógrafos que fijó los límites con Argentina cuando se produjo un conflicto fronterizo y que había sido becado en Estados Unidos y había sido jefe del Centro de Estudiantes y del Odeplán y...

Había algo inquietante, casi chocante, en Pichón, en la forma en que se parecía a su hermano, la nariz de halcón, el pelo largo, la altura de su cuerpo suelto. Hacía casi cuarenta años que yo no veía a Freddy, ni siquiera una semblanza, y la imagen que había almacenado y que había ido puliendo suavemente en mi recuerdo todo ese tiempo no se parecía en nada al Freddy de las fotografías que Jinny y Óscar y Leyla y Lautaro me habían mostrado en las últimas semanas. No era que Pichón fuera idéntico a su hermano. Era menos apuesto y los ojos almendrados eran más acuosos y enrojecidos y había mechones blancos en su pelo y tenía la nariz más aplanada, ahora que lo miraba con cuidado, pero me devolvió de inmediato la carne y la sangre, el calor y el color del Freddy que yo conocía y amaba, mucho más que las frías fotografías, que habían distanciado a mi amigo y que no coincidían con mis recuerdos. Fue como si una réplica ligeramente alterada de Freddy regresara a mi vida en el preciso momento en que más lo necesitaba, cuando estaba a punto de oír la historia de su último encuentro con su familia, oírla de boca de este hermano menor.

—Yo bajé corriendo las escaleras y ellos abrieron la celda y vi a Freddy y me arrojé en sus brazos y lo estreché con fuerza... —En ese momento, Pichón abrazó su propio torso como si él fuera Freddy, como si Freddy estuviese minuciosamente allí, junto a las sillas del casino de Iquique donde estábamos sentados, a unos pocos pasos de donde giran las ruletas y los croupiers de *black-jack* muestran sus ases y sietes y reyes—. Y él me tranquiliza, comienza a acariciarme el pelo que estaba tan largo como ahora, hasta que me sentí mejor, «cálmate, cálmate», y entonces pude separarme de él y le vi la cara, las marcas de las torturas, pero a él lo vi tan entero, tan lleno de dignidad, *tan íntegro*, y él me dijo que todo estaba bien, que la lucha continuaría, que yo tenía que esperar cinco años, que me quedara tranquilo cinco años y que luego regresara a la lucha. Y yo no podía creer que él estuviera reconfortándome a mí, él, que insistía en que le dijera a los otros compañeros que no estuvieran tristes ni tuvieran miedo. Y después me dio su reloj.

—¿Y después qué?

—No dormimos en toda la noche. Oímos cantar a Freddy, y entonces, justo antes del amanecer, lo sacaron y pudimos verlo cuando salía y tenía el puño en alto.

—¿Y te dijo algo más?

—Sólo que las acusaciones en su contra eran totalmente falsas y que el juicio era ilegal y también que...

—¿Qué más?

—*Ojalá que no me duela.*

Respiré profundamente al oír eso. Era más fácil pensar en un Freddy heroico, un súper Freddy, más que en un

Freddy común, normal, que, como cualquier otra persona de este planeta, sentía miedo por la muerte horrible que lo aguardaba. Un Freddy que se permitía, aunque sólo fuera un momento, mostrar temor. Eso me hizo sentir muy cerca de él, ese miedo al dolor que debe de haber surgido de las vesanías que le habían inflingido con tanta brutalidad, día tras día y noche tras noche, en las diferentes catacumbas donde lo tenían encerrado. Y me sentí abrumado por la realidad de lo que debió de haber pensado y sufrido. Tuve el impulso irresistible de ser abrazado, de abrazar a Freddy, a Pichón, a alguien, a cualquiera.

En ese momento brotó en mi interior algo que Jinny me había contado en Santiago y que yo había tratado de olvidar, algo que no había querido analizar de cerca antes. Según Jinny, el año posterior a la muerte de Freddy transcurrió como en una neblina. Lo que ella sabe de ese período viene de su madre, su hermana, sus amigos, pero ella, personalmente, no recuerda nada. Ni un minuto. Si consiguió salir poco a poco de la locura y la depresión en que la hundió la noticia de la ejecución de Freddy fue gracias a que comenzó a ayudar a otras mujeres cuyos maridos habían sido asesinados o estaban desaparecidos y, sobre todo, porque tenía que cuidar a sus propios hijos. Unos psicólogos le dieron un consejo que ahora ella considera erróneo: que no les revelara al hijo más grande o a la hija menor el destino de su padre. Le dijo a Nacho —que fue el primero en preguntar, el primero en darse cuenta de que, a diferencia de los otros niños que lo rodeaban, él no tenía un papá— que Freddy estaba de viaje por Chile, o que se había ido al extranjero y que algún día regresaría. Le mintió para evitarle la pena, y tal vez también se mentía a sí misma. Hasta que un día, en Santiago, muchos años después del asesinato de Freddy, mientras caminaban por Tobalaba, una ancha avenida bordeada de árboles llenos de hojas que corre junto a un turbio y caudaloso canal de agua entre verde y café, Jinny decidió contarle la verdad a su hijo.

«"Nachito, ¿sabes que tu padre está muerto?"
»"¿Cómo murió?"
»"Lo mataron los militares."
»"¿Cómo lo mataron?"
»"Le dispararon."
»"¿En el corazón?"
»"Sí."
»"¿Y le dolió?"»

Jinny no respondió y Nacho jamás volvió a repetir la pregunta.

Es tanto más cómodo pensar en Freddy cantando mientras engrasaban los fusiles, tan difícil concentrarse en el momento en que esas balas alcanzaron su cuerpo. Porque Jinny también me contó que los soldados del pelotón eran conscriptos comunes, no muy buenos tiradores, y que como hicieron mal la tarea, Espinoza Davies, un capitán que más tarde ganaría notoriedad como jefe de uno de los centros de tortura de Pinochet, se acercó al cuerpo acribillado de Freddy y lo remató a quemarropa con una pistola reglamentaria.

Todo ese dolor vuelve hacia mí, me inunda una vez más, en el casino de Iquique, todo eso que quise borrar de mi memoria y que las palabras de Pichón me han forzado a atender.

Nuestra conversación estaba llegando a su fin.

Alguien nos interrumpió y le advirtió a Pichón que lo necesitaban en una de las mesas de juego. Pichón me miró con una expresión desconsolada.

—Cargo con él desde aquel entonces, ¿sabes? Como una mochila, cargo con él. Tratando de vivir una vida de la que él se hubiera sentido orgulloso.

Había una carga tan descomunal de tristeza en Héctor Taberna, que le salía a borbotones por la piel tan vulnerable, que de pronto entendí por qué de niño le habían puesto el sobrenombre de *Pichón*, quizás el mismo Freddy. Pichón, un pajarillo que acaba de romper el cascarón y necesita que cuiden de él. Todavía sufriendo por ese hermano muerto y mítico, estragado por esa muerte, incapaz de recoger los andrajos de su propia existencia arruinada.

Sentí que esperaba que yo le dijera algo.

—Estoy seguro de que puedes cargar con él —respondí—. Ahora tú eres el hermano mayor, ¿no es cierto? Él siempre seguirá igual, con la edad que tenía cuando lo mataron. Pero tú... Tú tienes que seguir creciendo, ser el jefe de la familia.

Se quedó en silencio unos momentos.

—¿Crees que eso es lo que me habría dicho Freddy?

—Tal vez.

Pareció reconfortado.

—Saludaré a Freddy cuando vuelva a casa mañana por la mañana. Le diré que te he visto. —Pichón vaciló y luego, como un regalo final, una ofrenda al amigo de su hermano, agregó—: Sabes, cuando Freddy venía a casa, entraba y levantaba las tapas de las ollas y las sartenes y olía lo que se estaba cocinando. Y el día que lo mataron, era ya el 30 de octubre, y esa última noche, antes de que... Freddy recordó que era el cumpleaños de nuestra madre y me pidió que le dijera a ella que él no se había olvidado de ese día... Bueno, el 30 de octubre, a media mañana, comenzaron a saltar las tapas de las ollas que estaban hirviendo, y yo creo que era Freddy, que venía a despedirse de mamá, eso es lo que creo.

En cuanto a mí, en Pisagua, esta mañana, necesito salir de esta celda que Pichón me describió con tanto descomunal detalle. De pronto me siento asqueado de esta penitenciaría, asqueado del hotel, asqueado de esas paredes blancas, gruesas y sucias, ansioso por llegar por fin al lugar donde mataron a Freddy y que estaba allí, al otro lado de la bahía azul y resplandeciente, esperándome.

Otro pequeño desvío.

Primero fuimos a buscar a Rafael Gaete y a su esposa, Katerine Saldaña, una pareja de allendistas que hace algunos años habían regresado a Pisagua de su exilio en Canadá para tratar de restaurar sus monumentos, y caminamos por la ciudad con ellos. Necesitábamos ver lo consumidos y callados que son sus habitantes, como si alguien les hubiera lanzado un anatema. No hablan, no miran a los ojos, se mueven como zombies por esa ciudad que en el siglo XIX prometía ser abierta y enérgica como Iquique y que había terminado deslucida y amargada y recelosa. Pedimos a nuestros anfitriones que nos enseñen el Teatro Municipal, el más fabuloso de todos los pueblos fantasma que hemos visitado porque éste no está construido en el desierto sino directamente junto al mar, con las olas que se estrellan contra la pared trasera, contra el fondo del escenario del teatro. Pero hasta este edificio maravilloso, la joya de Pisagua, está mancillado; hasta este portento arquitectónico vive bajo la sombra de una profanación. Katerine nos invita a subir al segundo piso de la sala de recepción que se encuentra en el inmueble contiguo, donde, en la época del auge del salitre, las damas y caballeros bebían sus cócteles antes de una representación de *La Traviata* y donde, casi un siglo más tarde, cientos de mujeres encarceladas, prisioneras políticas segregadas de la población masculina de la penitenciaría, dormían y comían y orinaban y trataban de sacar mensajes de contrabando, esas recámaras en ruinas donde ciertos días las mujeres oían disparos que provenían del otro lado de la bahía y adivinaban que se estaba llevando a cabo otra ejecución. Una manera perfecta de terminar nuestra visita a Pisagua. La Pisagua histórica, la Pisagua malvada y vieja, la Pisagua que los turistas evitan como la peste pero para la que Katerine conserva esperanzas y que tratará de salvar para la posteridad. La misma Pisagua por la que llevaron a Freddy en ese camión o jeep o lo que diablos fuera que usaron para trasladarlo a él y a sus tres compañeros, por la misma ruta que seguimos ahora, bordeando la bahía unos tres kilómetros, y sí, ya llegamos, aquí está el cementerio, aislado de cualquier casa o insinuación de vivienda humana, con las cruces que sobresalen de la arena y de las rocas marrones y grises como si fueran escarbadientes malditos; aquí estoy, en este lugar de muerte que he tratado de imaginar desde que recibí la noticia del fallecimiento de Freddy, hace casi treinta años.

Rafael nos lleva a la *fosa*, el pozo largo y profundo y ancho donde se descubrieron los restos de diecinueve prisioneros políticos. Hay una lista de nombres, flores esparcidas en la arena y por las piedras que rodean ese socavón insondable, y los inevitables versos de Neruda tallados en la roca. He visto docenas de sitios similares en todo Chile. De hecho visitamos uno de ellos hace menos de una semana, justo en las afueras de Calama, a nuestro regreso de San Pedro, una loma yerma donde habían ejecutado a otros amigos nuestros después del golpe, una franja de desierto a merced del sol que era más triste y sombría que esto, porque al menos aquí está el océano, al menos aquí se encontraron algunos cuerpos.

*Cementerio de Pisagua.*

Freddy no estaba entre ellos. Hay muchos otros como él en Chile, los notorios *desaparecidos* cuyos cuerpos jamás fueron devueltos a sus familias para que los sepultaran después de su muerte. La mayoría de esos disidentes fueron secuestrados y la policía secreta negó los arrestos o tener noticias de su paradero, dejando a los parientes en un infierno de incertidumbre perpetua. Lo que distingue a Freddy y a unos pocos selectos es que, en su caso, los militares admitieron el asesinato y les permitieron a las familias el absurdo consuelo de saber que sus seres queridos estaban realmente muertos. A diferencia de otras mujeres, Jinny no tuvo que imaginar a su marido en algún sótano húmedo donde lo golpeaban sin tregua o le hacían pasar privaciones; no tuvo que pasar el resto de su vida esperando que él regresara y dándose cuenta muy lentamente de que ese regreso o resurrección era imposible. Esa es su única, triste ventaja: a Jinny le dijeron cómo mataron a Freddy.

Qué extraño que la persona que contó al mundo las circunstancias de esa muerte haya sido el teniente coronel Ramón Larraín, que yo tenga que recordar sus palabras para evocar lo que ocurrió en este lugar.

*Calama: sitio de ejecución de presos políticos.*

Esa mañana del 30 de octubre de 1973 Larraín volvió a la prisión más o menos una hora después de la ejecución y —según todos con los que he hablado, Jinny, Óscar, Pichón y Lautaro— se dirigió a los prisioneros desde el patio interior, aquella voz resonando una vez más en cada celda de la penitenciaría. Larraín les informó de que Freddy Taberna era el hombre más valiente que él había conocido y que todos los soldados chilenos deberían tener ese coraje. El valor de Freddy había convertido al oficial encargado de cumplir la orden de darle muerte en el portador de la historia de esa muerte. La versión de Larraín todavía nos ronda: Freddy se negó a que le inyectaran una droga que lo adormeciera, pidió que le quitaran las vendas de los ojos, comenzó a cantar *La Marseillaise*, mientras le ponían contra la pared de rocas opuesta al mar. Y entonces, justo antes de que las balas lo alcanzaran, según contó Larraín, Freddy gritó las palabras: «*No nos acallarán. Venceremos*».

Sin embargo, ese mismo Larraín que aportó un final a la historia de la vida de Freddy fue también quien dejó esa historia abierta como una herida, fue el mismo Larraín quien hizo que ese cuerpo desapareciera. Negándoles así un cierre a Jinny y a sus hijos, quitándole a Pichón el alivio de un funeral, privando a los que sobrevivimos a Freddy de nuestro derecho al duelo. Y obligándonos a una búsqueda de su cuerpo que continúa hasta el día de hoy.

La primera persona que volvió a Pisagua después de la ejecución, a este mismo sitio en el que ahora me encuentro, fue Óscar Varela que, a los cinco años de la muerte de Freddy —cuando regresó de su exilio interior en Arica, lugar al que los militares lo relegaron después de liberarlo—, llevó a su esposa Leyla para mostrarle dónde había muerto su amigo Freddy y para ver si quedaba alguna pista del lugar donde podrían haber escondido el cuerpo. Unos meses antes, los cuerpos de veinte campesinos habían sido descubiertos en Lonquén, una mina abandonada a treinta kilómetros de Santiago y, como resultado de ese primer y escandaloso hallazgo de restos de desaparecidos, los militares —que siempre habían negado la detención de esos muertos— iniciaron en todo el país una operación de limpieza de los sitios donde se habían realizado masacres o ejecuciones. Según las palabras de Óscar, fue como si un viento lo hubiese barrido todo; las huellas del crimen e incluso del campo de concentración que los prisioneros mismos construyeron en los meses posteriores a la muerte de Freddy habían sido borradas por los soldados. Un par de *mariscadores*, esos jóvenes que se sumergían en busca de mariscos, dijeron que habían visto huesos humanos en una cueva cerca del fondo de la bahía, en una ensenada que si ahora giro la cabeza un poco hacia el norte puedo divisar blanca y resplandeciente bajo el sol. Pero en aquel momento no se podía hacer nada. Los militares seguían vigilando, atentos y en alerta, y habían molido a golpes a un hombre llamado Choque, un buceador chileno que había obtenido una medalla en los Juegos Olímpicos y que había cometido la imprudencia de hablar en un bar de unos cadáveres que había visto una tarde cerca de una de las playas de Pisagua.

No fue hasta 1990, cuando se restauró la democracia, cuando un grupo de amigos de Freddy pudieron libremente buscar el cuerpo. Después de muchas tentativas y pistas falsas —durante un tiempo excavaron la playa de guijarros que se encuentra a unos cien metros de donde acabaron con Freddy—, por fin notaron, en esta pendiente junto al cementerio o desde donde en este momento observo el paisaje, una franja de tierra que parecía más blanda con nada menos que el año 1973 tallado enigmáticamente en una roca cercana. Entonces llamaron a Lautaro Núñez, como experto, y abrieron esa tumba común.

Y aparecieron muchos huesos, muy apretados, en sacos, uno encima del otro. Huesos y más huesos, pero Freddy no estaba.

¿Qué había sido de él?

¿Dónde buscarlo?

Estoy habitado por voces. Todos con los que he hablado me han dado una versión diferente, un eco de los rumores que corrieron a lo largo de los años; y cada historia nueva llevaba a otra búsqueda o excavación, la esperanza renovada de encontrar a Freddy. Ricardo Núñez recordó una ensenada más cerca de Pisagua, junto al muelle donde caminé anoche. Sergio Bitar me habló de alguien que lo había llamado pidiéndole dinero a cambio de un dato sobre el lugar donde se había escondido el cuerpo de Freddy. Óscar cree que primero lo enterraron y que más tarde lo sacaron de la fosa y lo hicieron desaparecer. Y Pichón insistió en que habían dinamitado el cuerpo de su hermano y que lo encontrarían pronto en el fondo de un barranco al norte del cementerio. Y además está Jinny, que me habló del horror de días y días de cavar en la arena con unas máquinas especiales que había traído el juez a cargo de la investigación; Jinny, que dijo que eso fue lo peor que le ocurrió desde la muerte de Freddy, toda esa explanada en la que ahora me encuentro y que casi se parece a la colmena de un campo de nitrato agotado lleno de perforaciones y agujeros y la úlcera abierta de la *fosa*... Y Rafael, nuestro anfitrión esta mañana en Pisagua, que nos dice que en la ciudad corre el rumor de que los militares enterraron los cuerpos en el cementerio mismo. ¿Qué mejor lugar para ocultar un cadáver, qué otra solución podría ser más perversa?

Pero finalmente son las palabras de Lautaro las que me vienen a la mente y me guían mientras recorro este campo de la muerte donde sé que no hallaré nada:

«Comenzamos a buscar un lugar donde pudiera aterrizar un helicóptero. Y junto a un constructor que estaba ayudando con la investigación, encontramos, a diez metros de unas fibras que provenían de una lona con la que habían cubierto los cuerpos, residuos de arena y cemento. Los únicos restos de cemento en cinco kilómetros a la redonda. Cualquier arqueólogo habría podido adivinar lo que ocurría allí: soldados, a diez metros del cuerpo, que mezclaban cemento y arena. ¿Para qué? Para agregar peso a los cuerpos, para asegurarse de que se hundieran en el fondo del mar cuando los tiraran desde el helicóptero.»

Lo arrojaron al mar.

Ahora Rafael me lleva hasta la roca donde todavía pueden verse las marcas de las balas, contra la que habían puesto a Freddy y a los otros, uno por uno por uno.

No me muevo.

Rafael y Angélica me dejan discretamente y deciden explorar el cementerio cercano. Ella me hace un gesto. Rafael tiene que volver a Pisagua, donde Katerine está preparando el almuerzo; y nosotros tenemos que emprender la última parte del viaje, llegar a Arica esta noche.

Asiento con la cabeza. No tardaré mucho.

Así que esto es lo que vio Freddy Taberna, estas olas salvajes, esta ensenada sin piedad, estas mil cruces en un cementerio de dos siglos de antigüedad, esto es lo último que Freddy vio cuando le quitaron la venda de los ojos, su último paisaje antes de que las balas del pelotón de fusilamiento lo alcanzaran.

Aquí Freddy oyó a Larraín dar la orden de fuego.

Trato de hacer que el lugar me hable. Que me diga dónde aterrizó el helicóptero. Que estas rocas revelen lo que vieron, sus secretos. No puedo evitarlo: lo que mis ojos advierten a continuación, más cerca de la playa, es otra clase de huella, el rastro reciente que un perro dejó en la arena. Hay algo muy real en este lugar que me han descrito tantas veces y sin embargo tan hueco, seco en su interior, sin que pueda extraerse ni una gota de agua o de misericordia de sus piedras indiferentes.

¿Dónde está? ¿Dónde está Freddy?

Es extraño, tan extraño, que yo conozca a Freddy ahora, en la muerte, más de lo que lo hice cuando comulgábamos con los jardines y el aire y las luchas de Santiago. Es extraño que, si él no hubiese muerto, yo no lo habría recuperado de esta manera. Es extraño que su muerte sea la que nos lo devuelva como un desafío.

No, no es aquí donde encontraré a Freddy.

Preferiría recordar la huella que dejó en otro lugar, en un sitio que le haría sonreír.

En Iquique hay una calle que lleva su nombre. Calle Freddy Taberna. Todas las mañanas, al amanecer; ahora que lo pienso, más o menos a la misma hora en que él se enfrentaba al pelotón de fusilamiento aquí en Pisagua... Temprano, muy temprano, a la hora en que me gusta dar mis caminatas matinales, yo recorría las diez o más manzanas desde nuestro hotel hasta las tumultuosas rocas y olas de la caleta donde él se zambullía y reaparecía con su comida del día, me detenía yo unos minutos junto al Pacífico, respiraba profundamente y hacía unos ejercicios de meditación y yoga; y desde allí subía después por esa calle que lleva su nombre. Que empieza en la Corte de Apelaciones que da al océano y continúa durante cinco manzanas hacia el este, en dirección de las montañas, para terminar en una escuela, el mismo edificio al que había asistido Freddy y en el que en ese momento entraban con algarabía un grupo de jóvenes. Como la misma ciudad de Iquique, esas cinco manzanas están llenas de vitalidad, una mezcla de diferentes residencias y estilos de vida, casas desvencijadas y grandes mansiones, de la época del auge del nitrato y de la pobreza causada por su decadencia.

*Calle Freddy Taberna 14. Calle Freddy Taberna 45. Calle Freddy Taberna 133.*

Me gusta pensar en las cartas enviadas desde cerca y desde lejos a aquellos que viven y aman y trabajan en la calle de Freddy, en el barrio El Morro, de Iquique, donde él jugaba cuando era un niño sin saber jamás que terminaría en ese mar que tanto adoraba, sin saber que se iba a negar a enviar él mismo una última carta. Ésa es la esencia de Freddy: el hecho de que él nunca quiso que su vida o su historia se cerrara, se acabara, tuviera un punto final. Que siempre estuvo perpetuamente moviéndose, con esperanzas de algo mejor para él y para quienes lo rodeaban. Sí, así es como quiero que se lo recuerde, con todas esas personas que reciben cartas con ese nombre en el sobre, todos esos hombres y mujeres, viejos y jóvenes y niños sentados y escribiendo ellos también cartas con esa dirección del remitente en la parte trasera, Freddy Taberna, *nuestro Freddy*, una calle de Iquique donde la vida, simplemente, sigue.

EPÍLOGO

## PISADAS EN EL NORTE: ARICA Y MÁS ALLÁ

Estoy sentado ante mi escritorio en Durham, Carolina del Norte, muchos meses después de que aparentemente dejáramos el desierto, muchos kilómetros al norte de ese norte de Chile, estoy aquí sentado a punto de terminar este libro y preguntándome adónde me llevó ese viaje, ese viaje a mis múltiples orígenes, heme aquí, tratando de averiguar qué fue lo que me traje en realidad desde ese desierto, haciendo un esfuerzo por comprender qué me quedó de esa búsqueda.

Se suponía que la odisea iba a concluir en aquella Arica donde el desierto llega a su propio fin y donde otra parte de América comienza. Y, en cierto sentido, eso es lo que ocurrió: nuestro viaje físico concluyó el 27 de mayo, cuando Angélica y yo, siguiendo una superstición familiar, abordamos aviones separados para regresar a Santiago.

Pero el desierto acostumbra permanecer dentro de uno, por mucho que el cuerpo haya partido; las historias del desierto, una vez que encuentran un punto de apoyo en nuestra memoria, no nos dejan en paz, jamás volverán, en cierta forma, a dejarnos en paz.

Durante los meses siguientes fuimos recibiendo noticias de los hombres y mujeres que nos habían acompañado en nuestras andanzas.

Mario Pino Quivira me dice que una fundación chilena ha aprobado una asignación para poner a resguardo los objetos rescatados de Monte Verde, de manera que en el futuro cercano la huella que ha sobrevivido trece mil años de clima inclemente puede que quede protegida de las depredaciones humanas del siglo XXI. Aunque por supuesto, no es nada fácil conseguir dinero para el proyecto, un arquitecto ya ha trazado los planos para un museo que haga honor a ese lugar.

Y desde San Pedro de Atacama, Carolina Agüero —quien va a añadir una maestría en antropología a su ya impresionante currículum— me informa de algo que jamás se me ocurrió preguntarle cuando la visitamos: resulta que ella estaba haciendo prácticas como estudiante en Monte Verde en 1983 el día en que se encontró la huella; sus ojos habían sido de los primeros en ver el descubrimiento, sus manos la habían transportado a Santiago para hacerle el primer análisis.

Y otra noticia de San Pedro: nos enteramos de que le han otorgado a Lautaro Núñez el máximo honor que un historiador puede recibir en Chile, el Premio Nacional de Historia, un tardío reconocimiento para alguien que ha ayudado a cambiar la forma en que los chilenos entienden su propio pasado.

Y Miguel Roth me manda historias desde Las Campanas, sobre el universo y los astrónomos y su propia batalla contra la soledad.

Y me entero gracias a nuestros anfitriones de Chuquicamata que la evacuación se realiza de acuerdo al plan y que los escombros están a punto de caer sobre el pueblo y que el cementerio se salvará.

Y Julio Valdivia sigue aguardando detrás de su escritorio de Humberstone que la UNESCO declare a las *salitreras* patrimonio nacional de la humanidad, mientras por las noches espanta a los merodeadores que van a robar el pino de Oregón y sus recuerdos y sus sueños.

Y Hernán Rivera Letelier ha publicado una novela sobre la masacre de Santa María de Iquique, la historia de un romance culpable que consigue florecer en el mismo momento en que la sangre empieza a manar.

Y Eduardo Riquelme sigue pasando los fines de semana en las oficinas abandonadas de las pampas y se prepara para el Día de los Muertos, en que visitará la tumba de un niño y la tumba de un adulto para rememorarlos en medio del desierto.

Y Rafael Gaete y Katerine Saldaña han escogido un lote en el cementerio de Pisagua, el único lugar de Chile donde no tendrán que pagar por una tumba, con la esperanza de estar juntos en la muerte como lo estuvieron en vida.

Y Sergio Bitar, al que acaban de nombrar Ministro de Educación de Chile.

Todos esos amigos, antiguos y recientes, que se niegan a desaparecer, que cada tanto nos envían información, todos esos amigos que reciben la respuesta de nuestras propias novedades, nuestras propias noticias.

Y además, por supuesto, están los muertos.

También han vuelto a germinar de nuevo en medio de nuestra existencia.

Empezando por Freddy Taberna.

En Santiago, pocos días después de nuestro regreso

del Norte Grande y justo antes de partir para Buenos Aires, tuve la suerte de encontrar a Jinny en su casa con su familia. Ella no me había dicho, por delicadeza, que era su cumpleaños. Pero de camino a su apartamento compré unas flores; a lo mejor Freddy fue el que me susurró que le llevara alguna clase de ofrenda. No era la única sorpresa que me tenía guardada. Por ejemplo, una historia suya que sus propios hijos jamás habían escuchado y que Jinny me contó cuando le mencioné que me intrigaba el hecho de que la vida de Freddy siempre se hubiera movido entre los dos extremos de la costa y las montañas, el mar en el que él y sus tíos habían nacido, y las tierras altas andinas y las poblaciones indígenas que él había estudiado durante gran parte de su vida. Lo que yo no podía discernir era por qué el vasto desierto que estaba entre la cordillera y el litoral no parecía despertarle ningún interés. En las conversaciones que tuve con todos los amigos de Freddy, nunca se había señalado alguna conexión con el ciclo del nitrato, tan crucial para la historia de Iquique. Jinny me llenó otro espacio vacío de esa historia perdida. Me reveló que Freddy, cuando tenía ocho o nueve años, ganaba algunos pesos yendo a los pueblos fantasma abandonados para ayudar a desmantelar las casas, trabajando codo con codo junto a hombres que estaban destruyendo los mismos lugares que alguna vez habían dado refugio a sus sueños de caliche, y por las noches Freddy escuchaba sus relatos de explotación y sufrimiento y lucha, recogiendo recuerdos de niño que luego trataría de mantener vivos cuando adulto. Así que también Freddy, igual que todos los demás que conocí en el norte de Chile, había sido afectado por la enorme tragedia del salitre; a lo mejor había jurado para sí mismo, en esas largas noches del desierto, que sus hijos conocerían un destino diferente.

Y esa fue la otra sorpresa que Freddy había preparado para mí en esa visita a la casa de Jinny en Santiago: esos niños maravillosos, Daniela y Nacho, que prácticamente no habían conocido a su padre y que sin embargo consiguieron resucitarlo de una manera casi milagrosa. En especial cuando Nacho, en un momento de nuestra conversación, respondió a una de mis fantasiosas teorías sobre el norte con un gesto; pero era más que un gesto, era una actitud. Se desprendía algo indefinible de él, una especie de confianza en sí mismo, un *desplante*, una manera de mirar directamente a los ojos y de no aceptar sin reparos lo que alguien dice. No era que Nacho sintiera desconfianza, sino que medía a su interlocutor, lo desafiaba, como siempre hacía Freddy, a respaldar las palabras con hechos. Eso me trajo el recuerdo de mi amigo muerto más que cualquier fotografía e incluso más que su asombrosa reencarnación en Pichón. Ese aleteo de las manos de Nacho que yo no había vuelto a ver en treinta y cinco años; Freddy movía los brazos de esa manera, Freddy adelantaba la mandíbula de esa manera, era Freddy de los pies a la cabeza, que de pronto se presentaba entero frente a mí, una vez más. Así que sin ni siquiera ser consciente de ello, él había estado en mi interior todas esas décadas, en algún escondite de la memoria, alojado en quién sabe qué gónadas o neuronas, esperando el momento en que su hijo lejano y superviviente lo sacara a la luz.

Las formas en que el pasado persiste.

Como los Müller en Angélica, como el linaje de los Malinarich.

Porque también ellos han hecho una dramática reaparición en nuestra vida; esos antepasados, hombres y mujeres, de Angélica retornaron a nuestra existencia de una manera que jamás podríamos haber imaginado cuando nos aferrábamos a los débiles rastros que dejaron en Iquique.

En Buenos Aires, la ciudad donde nací y donde todavía vive mi padre de noventa y cinco años y otros parientes, y donde —el día después de nuestro arribo— nos ofreció la bendición de un descubrimiento dramático y explosivo, exactamente el que habíamos soñado en nuestro frenético paso por Iquique.

Encontramos al abuelo de Angélica, Ángel Malinarich Pinto.

Bueno, no al hombre en persona, de carne y hueso. Después de todo él murió en Buenos Aires en 1974. Aunque no es cierto que haya ido directamente a la capital de Argentina. Los primeros treinta años que pasó fuera de su patria los vivió al otro lado de los Andes, en Mendoza, adonde llegó en tren el 23 de mayo de 1918 junto con su cuñada Rosa y donde poco después se les unió su madre Carmela Pinto Benavides y donde nació su hijo ilegítimo Rodolfo. ¡Y tenemos fotografías de él y de su madre delante de una casa! Y ella es mucho más morena de lo que habíamos imaginado y él mucho más pálido. Y hay otras fotos; en algunas nos recuerda a nuestro hijo Rodrigo y en otras, en cambio, parece un perfecto desconocido. Y una grabación que hizo para esa madre muchos años más tarde, cantándole el feliz cumpleaños y recitando un poema que había compuesto para el Día de la Madre. Y sabemos que despilfarró su fortuna en proyectos mineros poco sólidos en Mendoza. Y hemos descubierto el nombre de su padre, Ruperto Francisco, el sobrino que vino de Croacia y heredó la descomunal fortuna de los hermanos Malinarich, la fortuna que permitiría que su hijo se escapara a Argentina y que no tuviera que trabajar más por el resto de su vida. Y más, mucho más: que Ángel Malinarich era encantador y seductor y un poco timador, que usó su talento de falsificador para fabricar documentos apócrifos para sus camaradas bolcheviques, que se casó varias veces más y tuvo muchos hijos, que empeñó las pieles que le había regalado a una de sus esposas, que jamás se olvidó de su tierra natal y que se reunía con famosos cantantes chilenos de boleros en Argentina y cantaba con ellos y bailaba durante noches enteras y... Después de haber tratado de extraer información del desierto duro y pétreo del Norte Grande, esto es como una avalancha, una tormenta, un bosque de datos y nombres, una abundancia tan grande de historias que necesitaría otro libro para relatarlas, y no éste, que está acercándose a su fin.

Y sabemos todo eso porque hemos encontrado algo mucho más importante que la historia del abuelo perdido. Hemos encontrado a su familia. Hemos visitado la casa de San Fernando, una localidad ribereña en las afueras de Buenos Aires, donde él pasó los últimos veinticinco años de su vida, donde viven dos de sus cuatro hijos, donde también nos recibió la última de las mujeres que él desposó en Argentina.

Sólo hizo falta buscar el nombre Malinarich en la guía telefónica de la provincia de Buenos Aires y empezar a hacer llamadas, así de simple, así de simple habría sido hablar con él la primera vez que Angélica fue a Argentina conmigo y mis padres en 1964. O podríamos habernos reunido con él en cualquiera de nuestras visitas posteriores. Él, de hecho, todavía vivía en 1973, cuando pasamos por Buenos Aires camino al exilio. Quizá nos hemos cruzado con él en las calles de mi ciudad natal quién sabe cuántas veces; tal vez mi padre haya hablado con él a principios de los cuarenta, cuando Ángel Malinarich Pinto llegó por primera vez a la capital argentina.

Nos consolamos con haber conocido a sus hijos y a sus nietos, toda una tribu de Malinarich, mucho más cercanos a nosotros que los primos lejanos que nos recibieron con interés pero también con resquemores en Iquique.

Alrededor de esa mesa dentro de esa modesta casa de San Fernando, hablando con las tías y el tío de Angélica, con el hermanastro y las hermanastras que su padre Humberto nunca conoció ni supo que existían, alrededor de esa mesa donde su abuelo Ángel comió tantas veces, donde su bisabuela Carmela pensaba en el Chile distante y prohibido, alrededor de esa mesa donde intercambiamos historias y nos pasamos un buen *mate* argentino y comparamos ojos y frentes y pelo y color de piel y celebramos los parecidos y notamos las diferencias, es allí donde pensé que tal vez este libro debería terminar.

¿Qué mejor conclusión para este viaje lleno de vidas interrumpidas que una última imagen de paz, una reunión de lo que la historia separó con tanto salvajismo, un encuentro de los dos lados de la familia de Ángel Malinarich treinta años después de su muerte, qué mejor que esa historia que comenzó trágicamente en el inhóspito desierto termine con alegría en una de las grandes ciudades híbridas del mundo?

Pero tengo que pagar otra deuda.

Hay otros hombres y mujeres muertos que envían mensajes desde el desierto y el pasado, otras familias y otros emigrantes que recorrieron las tierras que el abuelo de Angélica abandonó, hay voces a las que aún no he permitido expresarse.

¿Qué traje del desierto?

Las respuestas estaban en Arica.

Mi viaje me había llevado por las avenidas de la muerte, por los ejércitos de la muerte y más que nada tuve que presenciar violencia, abandono, traición, pueblos convertidos en fantasmas y fantasmas convertidos en polvo mientras su destino se decidía desde lejos. Había visto lo que el desierto hace con aquellos que tratan de extraer hasta el último tesoro de sus rocas sin dejar nada a cambio, había visto codicia y crueldad, desnudas bajo una luz implacable, había visto desaparecer la esperanza como una gota de lluvia en la arena.

Pero eso no fue todo lo que el desierto me mostró. No era tan sólo un territorio donde se revelaba la seca inmundicia de la humanidad a los ojos del futuro y cuyos habitantes habían sido despojados de cualquier recurso de redención. La misma tierra yerma y sin misericordia que hace que los hombres compitan entre sí hasta la muerte por sus escasos recursos también exige solidaridad si quieren sobrevivir, les susurra que se acerquen si desean superar al sol y a las piedras infinitas, les dice que la única alternativa a la muerte es confiar el uno en el otro. Del desierto, la única forma de escapar de verdad es acompañado por alguien. En un ambiente tan implacable y hostil, tanto lo mejor como lo peor de la humanidad se eleva y se magnifica.

Y de todas las historias de esperanza y maravilla que he visto en el desierto, ninguna fue tan conmovedora como la que me contaron furtivamente las momias de los chinchorros de Arica.

*San Miguel de Azapa: el depósito de calaveras del museo.*

Una misiva que me enviaron las momias más antiguas del mundo, que me enviaron hace ocho mil años, cuando los habitantes de la costa de Arica y los valles mellizos que llegan juntos hasta la orilla del mar comenzaron a conservar a sus muertos. Todos los cazadores-recolectores manipulaban los cuerpos de los fallecidos. Cuando sucedía algo tan misterioso y terrorífico en la comunidad como el final de la vida de uno de sus miembros, no podían abandonar a esa persona a la intemperie. Tal vez cambiaban de posición el cuerpo, o lo evisceraban, lo pintaban, lo quemaban, lo desollaban, lo comían. Siempre le hacían algo. El enigma de la muerte requería una relación activa. Pero en el caso de los muertos chinchorros, según el arqueólogo Calogero Santoro y el historiador Jorge Hidalgo, que me organizaron una visita guiada por el museo de San Miguel de Azapa y luego me llevaron a una cámara frigorífica donde se guardaban y estudiaban cientos de momias y miles de mordaces calaveras y huesos y esqueletos, había ocurrido algo completamente novedoso y diferente, algo que en esa época no sucedía en ningún otro lugar del planeta. Los chinchorros recuperaban los cuerpos manipulados y hacían que formaran parte de la comunidad de los vivos.

En cierta manera es casi injusto llamar «momias» a esos cadáveres protegidos del paso del tiempo, dado el horror y la fealdad que esa palabra despierta en la actualidad, degradada por las películas de terror de Hollywood y las detestables evocaciones de las tumbas egipcias. Las frágiles figuras de arcilla de los chinchorros no suscitan terror, ni están cubiertas de vendas o maldiciones, sino más bien de dignidad y belleza y paz. Los que sobrevivían usaban los cuerpos de los muertos para crear un cuerpo diferente; convertían cada cadáver en una composición escultural, hacían arte con la piel y los huesos y los ojos y el pelo, adornaban a los seres queridos con una máscara mortuoria.

Las momias se encontraron juntas ocho mil años después de su muerte, no como se las exhibe en las vitrinas del museo, sino en grupo. Un hombre, luego un niño, luego otro hombre, luego una mujer, luego tal vez un perro y otro niño, un hombre y cada tanto algún feto, que los vivos enterraban y desenterraban cada vez que se producía otra muerte, y el miembro más nuevo de la comunidad se sumaba al grupo y lo aumentaba de la misma manera en que una familia real crece con el paso del tiempo, inmerso en una identidad colectiva donde ningún individuo está separado de los demás, donde no pueden distinguirse las jerarquías, puesto que no hay ningún collar ni objeto favorito ni posesión alguna enterrados con ellos. Lo único que esos parientes nuestros tan lejanos llevaban en su viaje al otro mundo era su propio cuerpo. Su propio cuerpo y la comunidad entera que viajaría con ellos.

Esta es la manera en que hay que respetar a los muertos, pensé para mí durante mi breve comunión con esas momias el día que terminaba mi viaje al desierto. Así es como deberíamos tratarnos entre nosotros, en la vida y en la muerte. Sentí que era casi como si aquellos que enterraron a los muertos estuvieran haciendo el amor con ellos, queriéndolos, acunándolos, preparándolos para el renacimiento, cuidándolos y volviendo a visitarlos una y otra vez. Como si hubieran estado recordando esas vidas a lo largo de los días y a lo largo de las noches que trabajaron sobre esos cuerpos inmóviles, la forma en que se relacionaban entre sí, recordando a la madre que les daba leche o al abuelo que les había enseñado los primeros pasos. Sus manos recreaban el pasado para luego ofrecerles el refugio final de la tierra. Tal vez así quisieron imaginar la eternidad los chinchorros: como una familia que ni el tiempo ni la muerte pueden separar.

Calogero —que trabajó mucho tiempo con Lautaro Núñez— me explicó, al tiempo que yo miraba a un niño oscuramente radiante que descansaba a corta distancia de los largos brazos de dos adultos, que los nativos tardaban varios días en convertir estos muertos en momias, un gasto importante de tiempo y recursos. Lo que significa que el grupo consideraba que el momento de la muerte era algo muy crítico, una emergencia. Sin duda era una ocasión en la que el largo ritual de preparar a los muertos para su conservación reafirmaba los principios y valores en los que se sostenía esa sociedad. No había, desde luego, ni radio, ni televisión, ni palabra escrita, ni alfabeto; y aunque esos hombres y mujeres se encontraban esparcidos a lo largo de trescientos kilómetros por la costa y los oasis adyacentes, durante cuatro mil años, sin embargo, mantuvieron la misma forma de honrar a los muertos y siguieron exhibiendo un sentido extraordinario de cohesión grupal. Lo único que cambió durante ese extenso período fue que el proceso se volvió cada vez más sencillo, cada vez más delicado. De manera que la muerte debió de haber sido el momento en que todos se reunían, en que la narración del grupo y la historia del grupo se soñaban una y otra vez, se repetían para que no cayeran en el olvido. Se entretejían palabras que reconstituían al grupo y, de alguna manera que apenas podemos suponer, seguramente también sanaban sus dolencias.

Mientras Calogero hablaba, me vi transportado al comienzo de mi viaje, tres semanas antes, cuando Mario Pino evocó, desde las lejanas aguas de trece mil años de antigüedad, las noches en que el conocimiento se transmitía de generación en generación dentro de los toldos del campamento de Monte Verde. Era casi como si los dos extremos de mi viaje estuvieran iniciando un diálogo lleno de resonancias. Las historias de los chinchorros mientras cuidaban de sus muertos contestaban de alguna manera a los relatos que los hombres y mujeres de Monte Verde se murmuraban entre sí para cuidar de los vivos. Esa conexión que yo iba estableciendo se hacía todavía más conmovedora cuando recordamos que lo único que Monte Verde no había revelado para la posteridad era la manera en que sus residentes lidiaban con los muertos. No había quedado ningún hueso humano, ningún indicio de alguna posible ceremonia, ninguna insinuación de lo que la muerte significaba para ellos.

Cuando planeé mi viaje no tenía idea de la falta de costumbres mortuorias en aquel yacimiento cercano a Puerto Montt, el más antiguo del continente americano. Sólo tenía la intuición de que debía comenzar el recorrido por el norte en ese punto tan lejano en el tiempo, y que tenía que ver —y si no la veía, sentir el peso de— la huella. Estaba obsesionado con llevarme grabado en el cerebro el rastro de la pisada de ese niño antes de aventurarme en el vasto cementerio del desierto. Esa decisión parece, retrospectivamente, sabia. Mi viaje comenzó en un lugar del sur donde la muerte aún no había sido concebida, donde no se hallaron restos humanos, y terminó en el otro extremo de Chile, en el norte distante, donde cinco mil años más tarde otros nativos se habían enfrentado a esa muerte y le habían cantado y la habían domado y tal vez habían incluso albergado la ilusión de que se la podía conquistar. Era una danza que lograba entrelazarse en mi cabeza. El niño o niña que había sido colocado junto a sus parientes en las secas arenas cerca de Arica estaba, de alguna manera, llamando al muchacho o a la muchacha invisible que había dejado ese débil rastro en la humedad cerca del arroyo de Monte Verde, una primera pisada que quedó intacta en la historia de toda América y que se conectaba con todos los otros pies que caminaron por este continente, desde el extremo de Alaska hasta el estrecho de Magallanes.

Pisadas que también encontré en Arica, donde todavía me aguardaba otro mensaje más de los muertos y del desierto.

Desde el comienzo de mi viaje yo albergaba la esperanza de echar un vistazo a las pictografías y las pinturas en las rocas que los primitivos habitantes del Norte Grande y el Norte Chico habían esparcido por las colinas y montañas y *quebradas*, figuras en las piedras que seguían hablándoles a los viajeros y a los intrusos y a los aspirantes a moradores tantos años más tarde. Había rebaños de llamas y bandadas de *cóndores*, lagartos totémicos y lentos guanacos, hombres que irradiaban autoridad como el sol y otros hombres que blandían varas amenazantes, un abanico de cuerpos simbólicos tallados en los barrancos y dunas desde La Serena hasta Arica, o delineados por rocas oscuras recortadas contra un fondo más claro, miles de años de manos que pictografiaron diseños intricados y complejos en esa faz del desierto. Juré que no terminaría este viaje sin vislumbrar por lo menos una de esas imágenes, pero hasta ahora no había tenido éxito. En la última parte de nuestro trayecto, ese 25 de mayo, esa última tarde de sábado en que estaríamos en la carretera, paramos cuatro o tal vez cinco veces después de partir de Pisagua rumbo a Arica y, con una desesperación cada vez mayor, revisamos las imponentes laderas de unas colinas altas como dragones, esos largos kilómetros de terraplenes de arena tallados en la meseta durante millones de años por ríos que jamás llegaron al mar, e hicimos todo lo que pudimos por localizar los famosos *geoglifos* y *petroglifos*. Pero nuestros ojos no eran como los de los indígenas que vagaban por estas rutas y no detectamos nada, ninguna imagen, ni un dibujo. Sólo en Arica, cuando ya estaba a punto de despedirme de las momias de los chinchorros, Santoro e Hidalgo me llevaron hasta las figuras talladas en las murallas de trescientos metros que bordean los dos oasis verdes y serpenteantes de Azapa y Lluta y que me esperaban, pensé en ese momento, desde que partí de Monte Verde, tres semanas antes.

Hay incontables teorías sobre por qué los habitantes primitivos de esta región se tomaron la considerable molestia de escalar aquellas áridas laderas para dejar en ellas esas gigantescas marcas artísticas. Como me explicaron mis amigos mientras yo miraba hacia arriba con asombro y admiración —otra vez más, dirigiendo la mirada hacia el cielo, como había hecho en el cerro Las Campanas para tratar de extraer de unos orígenes remotos alguna insinuación contemporánea de significado—, esas figuras estaban relacionadas con las rutas del tráfico y el comercio. Son los guardianes de los pasajes que conectan el mar con las tierras altas y por lo tanto marcan el incesante movimiento nómada central que convirtió el desierto en un lugar habitable. Se han encontrado conchas marinas en los Andes y vestigios de la utilización en las orillas del Pacífico de técnicas de fundición típicas de las montañas. Esas figuras indican a los viajeros dónde se hallan y cómo avanzar. Pero también marcan el territorio. Están situadas precisamente donde el valle se abre y se ensancha con el objeto de impedir que los extraños penetraran en un territorio que pertenecía a otra tribu y para proteger con dioses tutelares las caravanas que partían y llegaban. «Aquí estamos, dicen esas figuras, no os metáis con nosotros, somos poderosos, mirad lo que hemos tallado aquí, en esta montaña. Si pudimos pintar estos cuerpos devotos aquí arriba, pensad en lo que os podríamos hacer allí abajo. Estamos en contacto con estos espíritus.»

Escuchaba a mis guías con atención y sus aclaraciones tenían todo el sentido del mundo, pero lo que en realidad me obsesionaba eran otros pensamientos, allí, al finalizar mi viaje, en este lugar donde tantos viajes habían comenzado y terminado, donde tantos otros hombres y animales habían pasado camino a otro lugar. Miraba a esos enormes *gigantones* con sus grandes rostros cuadrados, una especie de capucha detrás de la cabeza y algo similar a una mochila en la espalda y esos cuerpos verticales y rectangulares en los que el tronco estaba separado de la cabeza y las piernas se abrían, y lo que más me impresionaba, tal vez porque estaba buscándolo, necesitándolo, deseando imaginarlo, era el extremo dinamismo de esas figuras. Parecían estar a punto de caminar o que las hubieran atrapado en medio de un viaje, con un pie listo para dar otro paso, para moverse o bailar o... El pie que había explorado ese desierto, un paso tras otro, que lo había transformado en una tierra que los humanos pudieron habitar por un tiempo, tratando de creer que se quedarían para siempre.

Y nos contaban otra cosa que hemos olvidado, que aquellos que vinieron después, en busca de plata y oro y guano y cobre y nitrato, no pudieron entender.

Hemos perdido la tradición que engendró el significado más profundo de esas siluetas de allí arriba.

Todas las travesías son peligrosas.

Y hay que prepararse para ellas con una plegaria y hay que terminarlas con un agradecimiento.

Eso, entonces, es lo que me contaban mientras mi travesía se acercaba a su fin y prometía otras travesías, al tiempo que este desierto me decía que me había enseñado algunas lecciones que no debería permitirme olvidar.

Así que ésta es mi plegaria, mi forma de agradecer el haber completado este recorrido. Mi propia escritura, mis propios postes indicadores, mi propia manera de marcar el camino que tomamos, con un reconocimiento por las vidas que nos fueron entregadas para que las recordáramos y las cuidáramos y las transmitiéramos. Quiero que este libro sea una pequeña ofrenda, un *gracias* por haber sido conducido con tanta suavidad a través de las fantasmales extensiones de mi país, el lugar en el que Chile y la familia con la que me casé y el mundo que habito, en el que todo ello tuvo su origen.

¿Qué fue, finalmente, lo que traje del desierto?

Gratitud.

## AGRADECIMIENTOS,
## JUNTO CON UNA ÚLTIMA HISTORIA

En un libro que termina con una nota de gratitud no puedo despedirme sin agradecer a todos los que hicieron posible el viaje, empezando, por supuesto, por Angélica, a quien está dedicado y quien no sólo tuvo que soportar todas mis alucinaciones y desvaríos durante la travesía misma sino también la locura mucho peor que me aqueja a lo largo del proceso de escritura.

Es casi innecesario decir que todos los hombres y mujeres cuyos nombres se mencionan en las páginas precedentes hicieron una contribución significativa a nuestra búsqueda en el norte. Pero, ¿de qué serviría volver a mencionar a todos y cada uno de ellos, y contar que nos recibieron en sus hogares y oficinas y talleres y que nos inundaron de regalos y comidas e historias?

Necesito, sin embargo, expresar un breve reconocimiento a aquellos que me ayudaron mucho más de lo que el deber les exigía. La forma que tomó el viaje le debe mucho a Sergio Bitar, quien pasó muchas horas al teléfono, ayudándome a preparar los planes; y lo único que lamento es que no haya podido sumarse a nosotros en Antofagasta. Tampoco debo olvidar los esfuerzos de Natalia Varela, que organizó la mayor parte del programa en Iquique, Pisagua y Arica. En cuanto a Lautaro Núñez, no sólo aportó la sabiduría y camaradería que han quedado testimoniadas en muchos capítulos de este volumen, sino que también nos abrió incontables puertas en su Iquique natal. Entre otras, la posibilidad de hallar a Calogero Santoro en Arica, ese guía maravilloso, discípulo y colaborador suyo. Mario Pino demostró una amabilidad extraordinaria antes, durante y después de mi visita a Monte Verde; Carolina Agüero nos ofreció una abrumadora (y muy necesaria) hospitalidad e inteligencia en San Pedro de Atacama; Senén Durán nos brindó su tiempo y sus conocimientos con una generosidad excepcional; e Ivor Ostoijic y su esposa se desvivieron para que nos sintiéramos cómodos en la ciudad donde habían desembarcado sus ancestros y los de Angélica. Gracias también al Pelao Gavilán por las comidas que nos preparó en El Vagón, en especial la última. Y, por supuesto, a Jinny: gracias por permitirme entrar en tu vida y en la de Freddy. Y a Miguel Roth y a Jenny bajo las estrellas, y están Hernán Rivera Letelier y su esposa Mari y... Pero si sigo así terminaré haciendo un catálogo completo y romperé la promesa de ahorrarles a los lectores una extensa lista de nombres.

Entonces lo mejor es que ahora me dedique a aquellos que no ha mencionado en MEMORIAS DEL DESIERTO, pero que sin embargo fueron cruciales para el éxito de esta excursión. Gloria Figueroa y su personal en el Hotel Orly nos entregaron el mismo apoyo y la amabilidad que siempre ofrecen cada vez que nos alojamos en esa joyita de hotel en Santiago. Y Jin Auh, mi amiga, que me representa en la agencia Wylie, me proporcionó una ayuda inestimable, tanto al principio, cuando definimos la travesía, como durante los meses que llevó terminar el manuscrito. Jennifer Prather, mi asistente, atendió sin inmutarse mi necesidad inacabable de información e hizo malabarismos con plazos y bibliografías con tanta buena voluntad como alegría. Y la biblioteca de Duke University aportó con la competencia habitual los libros y textos que solicité para investigar los orígenes de prácticamente todo lo que existe en el planeta. Y tuve el privilegio de contar con el auxilio y entusiasmo de Symmie Newhouse y Larry Porges de National Geographic, a lo que agrego un reconocimiento y una deuda especial con mi editor, John Paine, que leyó el manuscrito con mucha atención y lo mejoró notablemente con sus clarividentes sugerencias.

Pero una peregrinación como ésta no podría terminar sin una historia final, una historia que también es, a su manera, un agradecimiento.

La última noche de mi viaje, la noche del domingo 26 de mayo de 2002, justo antes de abordar el avión de regreso a Santiago, visité a don Fortunato Manzano Manzano en su casa del barrio de San José, en Arica.

Fui a verlo porque es un *yatiri*, un chamán aimara que nació en las laderas de los Andes, muy cerca del punto en que Chile se encuentra con Bolivia y Perú, y que ahora pasa la mayor parte del tiempo en Arica, atendiendo a las almas y los cuerpos de los numerosos habitantes indios de la ciudad. Cuando empecé a planear este viaje imaginé que sería particularmente apropiado conocer, sobre el final de mis andanzas por el desierto, a un chileno descendiente de los habitantes originales, alguien que siguiera considerándose un intermediario entre el cielo y la Tierra, el *altiplano* y el mar, los dioses de arriba y los dioses de abajo. Un hombre cuyo idioma principal no era el castellano (y, por supuesto, tampoco el inglés), sino el aimara que se hablaba en estas tierras antes de que llegaran los conquistadores, y que había sobrevivido a las invasiones y humillaciones que siguieron a esa conquista. También tenía la vaga idea de que si dejaba ese encuentro para el último momento de la travesía, tal vez algo se me iba a revelar.

Resultó que no pude pasar tanto tiempo con don Fortunato como hubiera querido. Me perdí en el laberinto de calles del barrio, habitado casi exclusivamente por indios aimara, y no me topé con él hasta que no se sucedieron varias horas frustrantes. De hecho, había comenzado a preguntarme, mientras vagabundeaba y daba vueltas e interrogaba a vecinos y residentes, si la extremada vaguedad de las instrucciones de don Fortunato no eran un modo de ponerme a prueba, una forma de determinar si mi deseo de conocerlo era lo suficientemente fuerte para perseverar en el intento. Pero la verdadera razón por la que no pude tener una conversación más prolongada con él una vez que encontré su morada fue que mi cuerpo había sufrido un espasmo de espalda el día antes, en el instante preciso en que terminé de sacar las maletas del auto frente a nuestra habitación en el motel de Arica. Hace varios años que tengo problemas en la espalda y esa no fue la primera vez que, al final de un trayecto prolongado —y en este caso había conducido durante miles de kilómetros—, en cuanto mis músculos comienzan a relajarse, me asalta y me repta un dolor terrible.

Angélica me pidió que cancelara todas mis citas en Arica y que pasara el último día del viaje descansando con ella en la lujuriosa vegetación del Azapa Inn. ¿No estábamos hartos ya de polvo y caminos? ¿Acaso no debía cuidar mi salud? Pero la dejé allí, en la entrada de ese oasis que se extiende muchos kilómetros hacia las montañas distantes, disfrutando de las flores y el profuso follaje y el canto verde de aves que podrían competir con cualquier jardín del Edén y partí en busca de las momias y las gigantescas siluetas nativas que, encarnizadamente, sabía que me faltaban. Así es que admiré la inmovilidad calmada y tierna de las momias aunque yo mismo no pudiera descansar; comulgué con los dinámicos dioses de las colinas que caminan durante una eternidad entera aunque yo estuviera cojeando y respeté mi cita con los primeros emigrantes que llegaron a estas tierras hace diez mil años.

El dolor y la cojera y mis lentos movimientos paradójicamente reforzaron mi deseo, a medida que avanzaba el día, de conocer al menos a un descendiente de esos emigrantes, de esas personas que, por primera vez, habían convertido este desierto en su hogar. Estrecharía la mano de don Fortunato Manzano Manzano aunque muriera en el intento.

Ese encuentro estuvo lejos de ocasionarme la muerte.

Hablamos de muchas cosas con el yatiri, una exploración más de la manera en que la cultura de los Andes se cruza con el mundo contemporáneo y nos envía mensajes que convendría escuchar y... Y me encantaría seguir, en serio, pero después de un rato no tolero ya el dolor y me levanto con pesadumbre del sofá y le digo a don Fortunato que por desgracia debo partir, que el día ha sido muy largo, el viaje mucho más.

—No puede irse —me contesta—, hasta que le dé algo para la espalda. —Y desaparece en la recóndita parte trasera de la casa desde donde llegan unas voces femeninas y el eco de una puerta que se abre y se cierra, se abre y se cierra. Luego el anciano reaparece con una poción en la mano, una especie de bálsamo que huele a eucalipto y a otros aromas menos definidos, hierbas del altiplano, dice el yatiri, y me ordena que me acueste en el sofá y me desvista hasta dejar la espalda expuesta.

Cierro los ojos.

—¿Cree en la medicina aimara? —pregunta su voz.

Le contesto la verdad. Sí y no. Creo y no creo.

Detrás y encima de mí lo oigo murmurar palabras sobre Dios y la Virgen en castellano y después de hacer la cruz —siento el débil susurro del viento de sus dedos en el aire—, recita algo en aimara, y luego aplica la pomada en profundidad, un breve ardor en mi espalda, ahí donde el dolor es más intenso. Me frota durante no más que un minuto. Dice que esa región de mi espalda está muy fría y cuando yo le digo que en los Estados Unidos se usa hielo para aflojar un músculo tenso, él da un bufido despectivo y me ordena que mantenga la zona afectada lo más caliente posible y que no me lave el bálsamo que me acaba de poner.

Y da resultado, su preocupación por mí, esa atención de un desconocido.

Da resultado, y no sólo esa noche y el día siguiente. En los días posteriores, el espasmo no se repite, no he tenido molestias ni una vez, ni de noche ni al amanecer, desde que don Fortunato Manzano Manzano apretó mis huesos con sus dedos en Arica, hace seis meses.

El último regalo del desierto. Que llevo en mi propio cuerpo. El bálsamo que un curandero aimara recibió de su padre, o a lo mejor de su madre, una forma de sabiduría que se ha transmitido desde quién sabe cuántas generaciones atrás, atrás, hasta los límites mismos del tiempo humano. Un último regalo de esos hombres y mujeres y, sí, niños, que fueron los primeros en caminar en América, en bailar en América, en amar esta tierra.

Seguramente sabían cómo aliviar el dolor.

Seguramente sabían cómo derrotar a la muerte en el desierto.

SOBRE EL AUTOR

Un «gran maestro de la literatura» (*Time*), cuya obra explora la intersección incesante del poder y la identidad, Ariel Dorfman ha sido aclamado por el *Washington Post* como «un novelista mundial de primera categoría» y por *Newsweek* como «uno de los más grandes novelistas de América Latina». Sus libros, escritos tanto en inglés como en castellano, han sido traducidos a más de treinta idiomas y sus piezas de teatro montadas en más de cien países. Sus obras incluyen *Más allá del miedo* y la aclamada autobiográfica *Rumbo al sur, Deseando el norte*, las novelas *Viudas, Konfidenz, Terapia* y *La nana y el iceberg*, además de *Último Vals* en Santiago (poemas) y *Acércate Más y Más* (cuentos). Su obra dramática, *La muerte y la doncella* fue adaptada al cine por Roman Polanski. Entre sus muchos galardones internacionales se destacan el Premio Ampliado Sudamericana, el Lawrence Olivier y dos del Kennedy Center. Un activo defensor de los derechos humanos, colabora regularmente con los más importantes periódicos y revistas del mundo, entre otros con *El País*. Dorfman es Profesor Distinguido en la Universidad de Duke y vive en Carolina del Norte junto a Angélica, su mujer.

Las Iglesias del desierto
Photos y texto mínimo

Este libro se terminó de imprimir
en Indugraf S.A.,
en el mes de enero de 2005.
www.indugraf.com.ar